KB077734

FUSION FANTASTIC STORY
미더라 장편 소설

괴짜 변호사 : 악마의 저울 3

미더라 장편 소설

초판 1쇄 찍은 날 § 2015년 5월 11일
초판 1쇄 펴낸 날 § 2015년 5월 18일

지은이 § 미더라
펴낸이 § 서경석

편집부장 § 권태완
편집책임 § 이창진

펴낸곳 § 도서출판 청어람
등록번호 § 제387-1999-000006호
등록일자 § 1999. 5. 31
어람번호 § 제1-2122호

주소 § 경기도 부천시 원미구 부일로 483번길 40 서경B/D 3F (우) 420-822
전화 § 032-656-4452 팩스 § 032-656-4453
http://www.chungeoram.com
E-mail § chungeorambook@daum.net

ISBN 979-11-04-90229-1 04810
ISBN 979-11-04-90196-6 (세트)

ODD LAWYER
Devil's Balance
괴짜 변호사
3
악마의 저울
도서출판 청어람
FUSION FANTASTIC STORY
미더라 장편 소설

CONTENTS

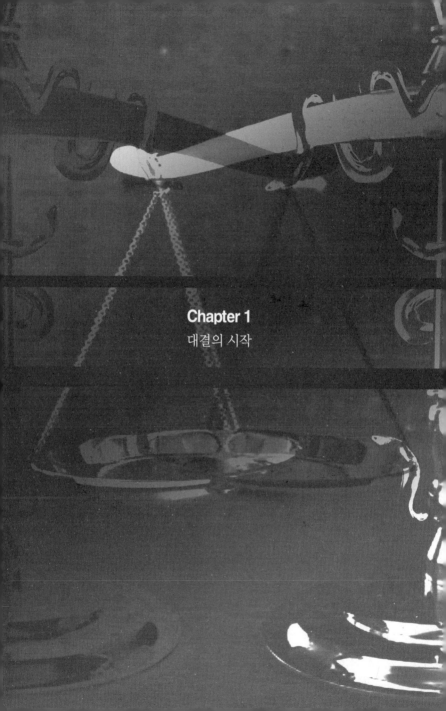

Chapter 1
대결의 시작

혁민의 컨셉이 돈을 밝히는 싸가지라고 해서 모두에게 그런 건 아니다. 지금처럼 호호백발의 할아버지에게 어떻게 그런 행동을 하겠는가. 아주 공손한 태도로 설명하고 있었다.

"할아버지, 그러니까요 피고라고 해서 죄를 지었다는 게 아니라니까요."

"피고가 나쁜 놈 아녀? 테레비에서 보면 피고한테 막 뭐라고 하는 것 같던데?"

할아버지는 죄를 지은 것도 없는데 자기가 왜 피고냐고 화를 내고 있었다. 혁민은 웃으면서 찬찬히 설명해 나갔다.

"그게요, 민사소송하고 형사소송하고 용어가 좀 다르거든요."

민사소송에서는 원고와 피고로 나누는데, 원고는 소송을 제기한 사람, 피고는 소송을 당한 사람이다. 죄하고는 전혀 상관없는 개념이다. 그런데 할아버지는 형사소송의 경우와 혼동이 되는 모양이었다.

형사소송에서는 검찰이 공소를 제기한 사람을 피고인이라고 하니 그럴 만도 했다. 피고와 피고인. 글자도 비슷하지 않은가. 그래서 피고도 죄를 지은 사람처럼 생각하는 경우가 간혹 있었다.

혁민은 말귀도 잘 알아듣지 못하는 할아버지에게 같은 말을 여러 번 반복해서 설명했다.

"그러니까 피고라고 해서 죄를 지었다는 게 아니니까 그렇게 화내지 않으셔도 됩니다, 할아버지. 아셨죠?"

"그려어? 뭐시기 똑똑한 양반이 허는 얘기니까 맞겄지. 그럼 그 피고인이라는 건 뭐여?"

혁민은 여전히 웃으면서 설명을 계속했다.

"사건 발생하면 형사들이 누가 범인일까 막 찾는 거 보셨죠?"

"아이구, 그러엄. 내가 수사반장 어엄청 좋아했거든."

할아버지는 아는 이야기가 나오는 듯하자 어깨를 들썩이며 즐거워했다.

"범인이 누굴까 하면서 형사들이 의심 가는 사람들을 조사하죠? 그 사람들을 용의자라고 해요. 이건 들어보셨죠?"

"그러엄. 그 정도야 나도 알지."

혁민은 최대한 쉽게 풀어서 설명하려고 노력했다. 덕분에 이런 쪽으로 잘 모르는 장보람도 쉽게 이해할 수가 있어서 잠시 일손을 멈추고 혁민의 이야기에 귀를 쫑긋 세우고 있었다.

"그런데 정식으로 수사를 개시하면 용의자 중에서 범인이라고 생각되는 사람을 입건해요. 그러면 그 사람을 용의자가 아니라 피의자라고 불러요. 그리고 피의자를 검사가요 '이 사람은 죄가 있다!' 이러면서 기소하면 피고인이 되는 거고요."

할아버지는 기소나 입건 같은 용어 때문에 조금 어려워했지만, 그래도 대충은 알아들은 듯했다. 그런 상황은 보람도 비슷하긴 했는데, 그래도 이곳에서 일하면서 이런저런 이야기를 들어서인지 조금은 더 잘 알아들을 수 있었다.

혁민은 설명을 마치고 피고라고 해서 죄를 지었다는 게 아니니 안심하라고 하자 그제야 할아버지의 얼굴에 웃음이 돌아왔다. 혁민의 그런 모습을 보면서 장보람은 갈피를 잡을 수 없다는 생각을 했다.

'어떨 때는 정말 괴팍한 사람 같기도 하고, 어떨 때는 굉장히 자상하기도 하고.'

사람들이 괴짜 변호사라고 하는 것도 들었고, 그것보다 조금 심한 욕을 하는 것도 들었다. 곁에서 지켜보니 다 맞는 말이었다. 보는 사람이 어떻게 보느냐에 따라서 달라 보일 것 같았다.

보람은 혁민이 무척 다양한 면을 가진 사람이라고 생각했다. 그리고 그런 느낌을 일과가 끝나고 율희와 만난 자리에서 이야기하게 되었다.

"얘, 생각은 해봤니?"

"응, 언니. 그런데 어떡하지? 나 다른 데 합격해서 거기로 가려고."

보람은 율희에게 사무실에서 사람을 뽑으니까 이력서를 넣어보라고 권했다. 혁민과 성만은 보람이 괜찮다고 하는 사람이면 우선적으로 생각해 보겠다는 말까지 했고, 그래서 율희에게 적극적으로 이야기한 거였다.

"어머? 다른 데? 어디 됐는데? 좋은 데야?"

"로펌인데 좀 큰 데야. 아는 오빠가 소개해 줘서 이력서 넣었는데 합격했다고 연락 와서."

율희는 일부러 얘기까지 해줬는데 미안하다고 말했다.

"아빠하고 상의를 해봤는데, 아빠가 그래노 큰 데가 좋지 않겠냐고 하셔서……."

"어머 잘됐네. 큰 데 못 들어가서 난린데 얘는 당연한 거지. 큰 회사에서 시작하면 나중에 회사 옮길 때도 좋아. 다른 회사에서 아 저 사람은 저렇게 큰 회사에서도 뽑을 만큼 실력이 있구나, 이렇게 생각한다니까?"

보람은 잘되었다고 축하해 주었다. 자신이 있는 변호사 사무실도 괜찮았지만, 큰 로펌에 합격했으면 당연히 거기 가는 게 좋다고 생각했다.

"합격한 데가 어딘데?"

"응, 태경이라고……."

"어머, 어머. 거기 우리나라에서도 손꼽히는 데잖아. 잘됐다, 정말~"

그래도 변호사 사무실에서 일했다고 들은 게 좀 있는 보람은 태경이 얼마나 큰 로펌인지 어느 정도는 알고 있었다.

"언니한테 미안해서……."

"야, 괜찮아. 우리 사무실도 좋긴 한데 시작은 그런 데서 하는 게 좋아. 그리고 정 다니다가 뭐하면 그때 우리 사무실로 오면 되지."

"그런데 언니. 언니네 사무실이 그렇게 좋아?"

율희의 이야기가 끝나기가 무섭게 보람은 사무실 자랑을 늘어놓았다. 분위기도 좋고, 잘해주고, 변호사 실력이 좋아서 앞으로 가능성도 크다며.

"지금까지 한 번도 진 적이 없다니까? 최고! 최고! 그래서 이번에 사무실도 넓은 데로 옮기는 거야. 그리고 나 이번에 방통대 다닌다?"

방통대 이야기에 율희가 큰 관심을 보였다. 그녀 역시 대학교에 가지 못하고 바로 취업하는 게 마음에 걸리는 일이었으니까. 하지만 아버지가 힘들게 일하는 걸 알면서도 대학에 갈 수는 없었다.

"회사에서 여러 가지 지원도 해준대. 그리고 특별한 일 없으면 시간도 자유롭게 쓸 수 있고."

율희는 정말 그런 회사가 있느냐며 놀라워했다. 게다가 그게 끝이 아니었다. 가끔가다가 큰 사건이 잘 마무리되면 보너스도 두둑하게 나온다고 말하자 부러워서 어쩔 줄을 몰라 했다.

"그냥 그 사무실로 갈 걸 그랬다. 나도 거기 가서 언니랑 같이 방통대도 다니고 하면 좋을 텐데."

율희는 다른 조건이야 그렇지만, 자유로운 분위기와 방통대에 다닐 수 있다는 게 끌렸다.

"얘는. 그럼 지금이라도 생각해 보든가. 우리는 아직 안 뽑았으니까."

"아냐. 그래도 간다고 했는데 어떻게 다시 그래. 일단은 다녀볼게."

"에휴, 그래. 일단 경력 쌓는다고 생각하고 다녀봐. 우리 사무실은 계속 잘될 것 같으니까 내년에도 사람 뽑을 거야. 아니면 중간에라도 사람 구하게 되면 내가 바로 이야기할게."

"고마워 언니."

둘은 서로 좋겠다면서 재잘댔다. 스물과 스물한 살. 정말 때 묻지 않은 순수함이 얼굴이나 행동에 그대로 드러나는 시기 아닌가. 둘은 그런 때라는 걸 한껏 보여주면서 시간을 보냈다.

"그런데 언니, 거기 변호사님이 그렇게 실력이 좋아?"

"최고야, 최고!"

보람이 엄지를 척 하고 치켜세웠다. 그러고는 실력도 실력이지만, 괴짜로 더 유명하다고 귓가에 속삭였다.

"그래? 재미있는 사람인가 보다. 이름이 뭔데?"

이름 이야기가 나오자 보람이 픽 하고 웃었다.

"아유, 우리 변호사님은 이름 발음하기 댑따 어려워. 아~

그러고 보니 너하고 비슷하다. 너도 발음하기 진짜 어렵잖아. 그래서 맨날 애들이 유리라고 했지."

보람은 잠깐 율희를 놀리다가 변호사 이름이 정혁민이라고 말했다.

"정혁민? 진짜 어렵다. 그런데 어디선가 많이 들어본 것 같은데?"

"그래? 그 오빠한테 들은 거 아냐? 이쪽에서는 굉장히 유명한 사람이라고 하던데……."

율희는 고개를 갸웃거렸다. 윤태에게서 들은 것 같지는 않아서였다. 사실 친하긴 해도 잘 만나지도 못하는데 언제 그런 얘기를 듣겠는가. 하지만 분명히 어디선가 들어본 이름 같다는 느낌이 들었다.

"그런데 언니. 왜 괴짜라고 그러는 거예요?"

"음… 좀 괴팍하게 사람들 대할 때가 있거든."

보람은 괴팍할 때는 전혀 종잡을 수 없게 행동하기도 하고, 카리스마 있을 때는 무척 위엄 있게 보이기도 한다고 했다. 그리고 자상하고 친절할 때는 사람이 달라 보이고.

"아마도 천재라서 그런가 봐. 왜 천재들은 보통 사람하고는 조금 다르다고 하잖아."

"아, 그렇구나."

이야기를 들은 율희는 고개를 끄덕였다. 어차피 그런 사람들은 자신과 같은 평범한 사람들은 이해할 수 없는 부류이다. 그냥 그런가 보다 해야 하는 사람들. 율희는 혁민에 대한 평가를 나름대로 내렸다.

'천재인데 다중인가 보네.'

＊　　　＊　　　＊

"뭐? 태경으로 갔다고?"

밥을 먹다 말고 혁민은 자리에서 벌떡 일어나 소리를 질렀다. 보람으로부터 율희가 태경에 취업했다는 소리를 들었기 때문이었다. 성만과 보람뿐 아니라 식당에 있던 사람들 모두가 혁민을 쳐다보았다.

"저기요, 제가 뭐 잘못한 거라도……."

보람이 혁민의 눈치를 보면서 조심스럽게 이야기했다. 혁민은 잠시 정신을 가다듬고는 아무 일도 아니라고 이야기했다.

"아니야. 보람 씨가 잘못한 게 뭐가 있겠어. 갑자기 예전에 있었던 일이 생각나서……."

그렇게 핑계는 댔지만, 다들 이상하다는 눈초리였다. 하기야 누가 이런 핑계를 믿겠는가. 하지만 왜 그런 반응을 보였는지 모르는 터라 성만과 보람은 고개만 갸웃거리고 있었다.

차라리 다른 데 취업이 되었다면 이렇게까지 예민한 반응을 보이지 않았을 것이다. 하지만 하필 태경이라니. 태경에는 윤태가 있지 않은가. 그렇게 생각하니 윤태가 손을 써서 취직한 게 아닌가 하는 생각이 들었다.

그리고 생각하면 할수록 자꾸만 이상한 생각이 들었다. 혁민은 고개를 흔들었다.

'아니야. 내가 너무 이상한 쪽으로만 생각하는 걸 거야. 그래. 거기 사람이 몇 명인데. 그리고 일하는 사무직 여직원도 엄청나게 많잖아. 그리고 변호사에게 직접 배속된 것도 아니고.'

혁민도 태경에서 일한 적이 있다. 두 달 동안 변호사 시보일을 하면서 태경에서 사람들이 어떻게 일하는지 직접 보았다. 변호사는 각자 일하고 사무직 직원들은 일을 분배해서 하는 식이다.

그리고 엄청나게 넓다. 같은 회사에서 일한다고 해도 둘이 마주칠 일이 거의 없을 수도 있다. 하지만 그래도 신경이 쓰였다. 그리고 그렇게 날카로워진 신경은 오후 업무에도 영향을 미쳤다.

가끔가다가 상담하러 와서는 자기주장만 박박 우기는 사람들이 간혹 있다. 세상에는 별난 사람이 다 있지 않은가. 오후에 찾아온 상담자도 그랬다. 어떻게든 무죄로 해달라는 거였다. 성추행으로 고소를 당한 40대 남자였는데, 성만이나 보람은 오늘따라 혁민의 얼굴에서 찬바람이 몰아친다고 수군거렸다.

"신을 원하면 교회나 절로 가시죠. 저는 있는 죄를 없애는 방법은 모릅니다."

혁민은 무표정한 얼굴로 대답했다. 목소리는 크지 않았는데, 상당한 위압감이 느껴졌다. 그래서인지 40대로 보이는 그 남자도 처음에는 기세등등하게 이야기를 했지만, 지금은 혁민의 기세에 눌려서 슬슬 눈치를 보고 있었다.

"아니, 뭐 그렇게 해줬으면 좋겠다는 거지……."

멀찍이 떨어져 있는 성만과 보람도 혁민이 입을 열 때마다 북풍한설이 몰아치는 느낌을 받았으니 바로 앞에 있는 남자는 오죽하겠는가.

"그리고 집행유예 끝나면 전과도 없어지고 다 끝난 거라고 그랬는데……."

남자는 억울하다는 듯 말했지만, 혁민의 표정에는 변화가 없었다. 그는 여전히 냉정하고 딱딱한 말투를 계속 유지했다.

"누가요? 누가 다 끝난 거라고 그러던가요?"

"누구긴, 뭐… 아는 변호사가……."

혁민은 실소를 머금었다. 아마도 인터넷 뒤적여 찾았을 것이다. 그리고 집행유예 기간이 끝나면 괜찮다는 말을 보고서는 또다시 그런 짓을 한 듯했다. 하지만 그는 완전히 잘못 알고 있는 거였다. 집행유예 기간이 끝나도 전과기록이 없어지는 건 아니다.

법률적으로 전과기록이라 함은 수형인명부, 수형인명표 및 범죄경력자료를 말한다. 다른 거야 집행유예 기간이 끝나면 삭제하거나 폐기하지만, 범죄경력자료는 남는다. 그런 형을 받았다는 기록은 지워지지 않는다는 말이다.

이런 이야기를 하자 남자는 처음 듣는다는 표정이었고 당황한 기색이 역력했다. 혁민은 여전히 차가운 목소리로 이야기했다.

"전과 기록이 왜 중요한지 압니까?"

남자는 눈치를 보다가 고개를 저었다. 당연히 모를 것이다. 하지만 전과기록이 남아 있다는 사실은 엄청나게 중요하다.

"전과기록은 누범 전과로 적용될 수 있고, 피고인의 성향이 문제 되어 양형 참작의 사유가 될 수 있어서 중요한 겁니다."

혁민은 간단하게 말해서 당신이 그 죄를 지었다는 기록이 남아 있으니까, 똑같은 죄를 저지르거나 유사 범죄를 저지를 경우 더 강하게 처벌받는다는 뜻이었다. 그러니 얼마나 중요한 일인가.

물론 집행유예야 누범가중에 해당하지 않지만, 그런 거야 굳이 말해줄 필요가 없다. 이런 인간은 그렇게 상냥하게 상담을 해줄 필요가 없는 인간이다.

"그러니까 지금 빨리 나가서 이런 거 잘하는 변호사 찾아보는 게 좋을 겁니다. 조금이라도 형 줄이려면 말이죠."

"그게… 변호사님이 맡아주시면……."

"제가 오시기 전에 미리 말씀드렸을 텐데요. 사무실에서는 몇 가지 다루지 않는 사건이 있다고."

혁민은 비난받아 마땅한 파렴치범과 뺑소니 사고를 낸 경우는 의뢰를 받지 않았다. 남자는 갑자기 저자세가 되어 애원하듯 빌었다.

"저기 돈이라면 얼마든지 줄 테니까 제발 좀 어떻게… 저기 실형만 면하게 해주면 내가 크게 사례를……."

"나가서 부장판사라도 하다가 최근에 변호사 개업한 사람이라도 알아보세요. 그러면 1심에서는 그나마 가능성이 좀 있으니까. 그것도 검사 잘못 만나면 꽝이고."

혁민은 차갑게 말하고는 소파에서 일어서서는 자기 자리로 돌아갔다. 상담은 끝났으니 나가보라는 무언의 압력. 남자의 평소 성격대로라면 삿대질하면서 난리를 피웠겠지만, 지금은 그러지 못했다. 혁민의 기세에 완전히 눌려서 찍소리도 못하고 밖으로 나갔다.

그가 나가자 보람이 차를 한 잔 내려놓으면서 조용히 물었다.

"수고하셨어요, 변호사님. 그런데 뺑소니 사건은 왜 맡지 않으시는 거예요?"

"그건 이상하게 못 하겠더라고."

혁민은 알 수 없는 말을 하고는 약간은 씁쓸한 웃음을 지으면서 조용히 차를 마셨다.

＊　　　＊　　　＊

"부장님, 이번 달에는 나오는 거죠?"

직원들은 부장의 눈치를 보면서 조심스레 물었다. 부장도 죽을 맛이라는 걸 알고 있었으니까. 월급을 못 받은 거야 부장도 마찬가지인데 매일같이 직원들이 이런 질문을 해대니 오죽하겠는가.

사무실에 있는 사람들의 표정은 하나같이 썩어 있었다. 월급이 제대로 나오지 않은 게 벌써 반년이 넘었다. 중간중간 조금씩 나온 돈으로 근근이 버텨왔지만, 이제는 한계였다.

"하아~ 낸들 알겠나."

부장은 길게 한숨을 내쉬었다. 두어 달 전에야 어떻게든 해결이 될 거라고 직원들을 다독였지만, 그것도 정도가 있는 법이다. 지금은 자신도 불안해서 미칠 지경이었다.

"사장은 뭐래요?"

"사장이야 항상 똑같지, 뭐. 후우~ 저기 나가서 담배들이나 한 대 피자고."

부장도 답답한지 담배를 꺼내면서 자리에서 일어났다. 사무실 분위기는 최악이었다. 월급이 제대로 나오지 않는데 일이 손에 잡히겠는가. 일하는 시간보다 한숨을 내쉬면서 지내는 시간이 더 많았다.

부장은 밖으로 나와서 사람들에게 담배를 내밀었다. 어느 때보다도 담배가 생각나는 상황이었지만, 사람들은 그마저도 마음껏 하지 못했다. 워낙 쪼들리다 보니 담배 살 돈도 부담스러웠기 때문이었다.

"이걸 끊든가 해야 하는데 말이야……."

부장은 담배를 한 모금 빨고는 씁쓸하게 웃으며 이야기했다.

"이러다가 정말 회사 문 닫는 건 아니겠죠? 불안해서 미치겠어요."

"이럴 줄 알았으면 나도 김 대리 나갈 때 그냥 따라서 나갈 걸⋯⋯."

사람들은 진작 회사에서 나가지 못한 걸 후회하고 있었다. 하지만 이직이란 게 어디 쉬운 일인가. 경력이 많지 않은 사원이나 대리급이야 그나마 나았지만, 경력이 많을수록 옮기는 게 쉽지 않다.

그리고 지금 나가면 한 푼도 못 받을 줄 알라는 사장의 엄포가 결정타였다. 원래 받아야 할 돈이었지만, 사장이 안 주고 버티면 어쩌겠는가. 노동부에 제소한다? 그러면 어떻게든 받을 수야 있을 것이다. 하지만 사장이란 인간이 바로 줄 리가 없다. 육 개월? 일 년? 사장 성격상 적어도 일 년 정도는 질질 끌다가 줄 것이다.

게다가 그런 소문이 나면 자신에게도 좋을 게 없다. 어차피 이 바닥 다 거기서 거기인데 다른 회사까지 소문나는 건 순식간이다. 그런 사람을 다른 회사 경영진이라고 좋아하겠는가. 그래서 기계 부품 회사인 현백정밀에서 나가지 못하고 계속 붙어 있었던 것이다.

"그래도 빨리 떴어야 했는데⋯⋯."

사람들은 다들 비슷한 생각을 했다. 차라리 받을 월급이 많지 않을 때 움직이는 게 더 나았다. 이제는 받을 돈이 아까워서라도 나갈 수가 없었다. 이미 돌이킬 수 없는 지점까지 온 것이다.

이제는 어떻게든 회사 사정이 나아져서 밀린 월급을 받을 수 있게 되는 걸 바라는 수밖에.

하지만 항상 나쁜 예감은 현실이 된다.

"부장니임~"

사무실에서 창문을 빼꼼 열고는 직원이 부장을 불렀다. 사람들은 그 순간 불길한 느낌을 동시에 받았다. 동료가 아무런 이야기도 하지 않았지만, 가슴이 철렁하고 내려앉았다.

모두 마음속으로 제발 일어나지 않았으면 하는 일이 있었지만, 사실 점점 더 파국이 가까워져 오고 있다는 걸 느끼고 있었던 것이다. 사람들은 우르르 사무실로 몰려 들어갔다.

"지금 공장에 사람들이 와서 난리가 났대요. 밀린 대금 내놓으라고요."

"뭐? 대금이 밀려?"

"한두 군데가 아니래요. 공장에 와서는 돈 안 주면 기계 다 뜯어갈 기세래요."

그 이야기를 듣는 순간 부장은 찬물로 샤워한 것같이 정신이 번쩍 들었다. 떠올리기도 싫은 최악의 시나리오가 현실로 나타났다는 생각이 들었기 때문이었다.

"씨발!!"

부장이 갑자기 욕을 하면서 고함을 치자 다들 놀랐다.

"부장님 왜요?"

"사장이 마지막으로 한탕하고 손 빼려는 거야."

부장은 의자에 털썩 주저앉아 머리를 움켜쥐었다. 최근에 공장을 풀로 돌려서 다들 기대를 하기도 했다. 회사가 조금 나아지려나 하고. 하지만 오늘 보니 그게 아니었다. 거래처까지 등쳐 먹었다는 건 회사 그만하겠다는 거였다. 외상으로 부품 다 끌어모아서 마지막으로 만든 제품 팔아먹고 튀겠다는 의미.

직원 중에 재빨리 핸드폰을 꺼내 사장에게 전화를 한 사람이 있었다. 모두가 그만 쳐다보고 있었지만, 들리는 건 전화기가 꺼져 있다는 소리뿐이었다. 직원들은 모두 힘없이 의자에 쓰러졌다. 그리고 울먹이는 소리가 들렸다.

회사가 정상화될 것이라는 희망으로 지금까지 버텨왔는데, 모든 게 허물어져 버렸다. 희망도 돈도 모두 날아가 버렸다.

"어떻게든 해봐요. 이대로 있을 거예요?"

"그래요. 뭐라도 하죠. 돈 될 만한 거 빨리 챙겨놔야 하는 거 아니에요? 다른 사람들이 챙기기 전에."

몇 명이 씩씩대면서 말했지만, 대부분은 축 늘어져 있었다. 돈 될 만한 게 뭐가 있겠는가. 사정이 이렇게 되면서 이미 다 알아봤다. 하지만 그런 건 없었다. 있다면 지금 자신의 앞에 있는 낡은 컴퓨터 정도가 그나마 돈이 되는 거였다.

"소용없어. 있는 건 다 챙겨서 튄 거야. 사장 그 새끼가 부스러기라도 남겨놓았을 줄 알아?"

"내가 그 쓰벌놈이 회사 사장으로 왔을 때부터 알아봤어야 했는데. 아우~"

버럭 화를 내는 사람도 있었지만, 사람들은 방금 받은 충격에서 쉽게 헤어 나오지 못하고 있었다. 그렇다고 계속 이렇게 절망만 하고 있을 수는 없는 일. 시간이 조금 지나자 다른 부서 사람들도 모였고, 대책을 논의하기 시작했다.

"혹시 회사 자금 사정이나 부채 그런 거 어떤지 아는 분 있어요?"

다들 고개를 저었다.

"자금 쪽은 전부 사장이 자기 사람 앉혔잖아. 안 그래도 내가 경리 여직원한테 물어봤는데, 중요한 건 자기들은 손도 대지 못하게 했대."

이야기할수록 절망은 점점 더 깊어져만 갔다. 사장은 애초부터 이럴 생각이었음이 분명했다. 돈이 될 만한 건 전부 챙기고 회사는 버릴 생각. 분위기는 점점 더 침울해져만 갔다.

"이거 사장 집이라도 쳐들어가자고. 이대로 도망가 버리면 큰일이잖아. 사장이라도 잡아놓고 있어야지!!"

"이러지 말고 우리 뭐라도 해봐요. 이거 못 받으면 나는 길바닥에 나앉게 생겼다고요. 월세도 벌써 몇 달 밀렸어요."

"전화만 와도 깜짝깜짝 놀라서 죽을 것 같아요. 다들 알 거 아녜요? 돈 달라고 할까 봐 벨 소리만 들려도 심장이 벌렁벌렁해요. 이러다가 심장마비로 먼저 죽을 것 같다니까요. 애들 학원비는 고사하고 요즘은 먹을 것도 제대로……."

사람들은 서로 울분을 토했다. 그래도 믿고 지금까지 일했는데, 이런 꼴을 당했다. 할 말이 오죽 많겠는가. 직장인이야 월급으로 살아간다. 그게 제대로 나오지 않았으니 다들 사정이 어떻겠는가. 사람들의 눈에는 살기까지 어렸다. 눈앞에 사장이 보이면 당장 달려들어서 찢어발길 기세였다.

"자! 자!! 이러지 말고 우리 방법을 찾아봅시다. 그래도 혹시 모르니까 회사에 돈 될 만한 게 좀 있나 알아봐요. 그리고 혹시 잘 아는 노무사나 변호사 있는 사람?"

서로 보기만 할 뿐 아무도 손을 들지 않았다. 대신 몇 명이 공장 사람들하고도 이야기를 해봐야겠다고 말을 꺼냈다.

"그건 내가 좀 알아볼게요. 다른 사람들도 뭐라도 쓸 만한 게 있나 알아봅시다. 아! 혹시 회사 자문 변호사가 누군지 알아요?"

"누군지는 잘 모르겠고, 큰 로펌 소속이라고 했어요. 태경이라던가?"

*　　　*　　　*

"태경. 율희. 태경. 율희."

혁민은 서류는 쳐다보지도 않고 계속해서 두 단어만 중얼거렸다.

"아무래도 안 되겠어. 어떻게 지내는지 보고 와야지."

혁민은 자리에서 벌떡 일어섰다. 율희가 눈에 어른거려서 도저히 집중할 수 없었던 것이다. 그나마 다행인 점은 사무실을 옮겨 이제는 혁민의 방이 따로 있다는 점이었다. 그래서 성만과 보람은 혁민이 이렇게 안절부절못하고 있는 걸 알지 못했다.

"형, 태경에 잠깐 다녀올 테니까 무슨 일 있으면 바로 연락해."

혁민은 문을 벌컥 열고 나가면서 성만에게 말했다.

"태경에? 무슨 일 있어?"

"어, 그냥. 인사나 할 겸해서."

"인사? 오후에 재판 있어서 법원 가야 하는데?"

"갔다가 바로 법원으로 갈게."

혁민은 가방을 들고는 사무실 밖으로 나갔다. 성만과 보람은 처음에는 갑자기 무슨 일이 있나 싶었지만, 그럴 만한 일이 있겠거니 하고는 자기 일에 집중했다.

여러 생각을 하면서 태경에 도착한 혁민. 그는 입구에서부터 사무실을 훑어보았다. 예전에 일할 때하고 큰 차이는 없었다. 그는 율희가 어디 있는지 찾기 위해서 계속해서 고개를 두리번거렸다.

"저기… 무슨 일로 오셨는지……."

여직원 한 명이 일어서서는 웃는 얼굴로 물었다.

"아, 하 변호사님 뵈러 왔는데."

"하 변호사님이요? 어떤 하 변호사님을 말씀하시는 건지……."

하 씨가 흔한 성은 아니었지만, 인원이 워낙 많다 보니 하 씨 성을 가진 변호사도 여럿 있는 모양이었다.

"하치훈 변호사님이요."

혁민이 하치훈의 이름을 거론하자 여직원이 깜짝 놀란 눈치였다. 대표를 제외하고는 가장 파워가 있는 파트너 변호사가 하치훈이었으니까. 그런 하 변호사의 손님이라고 하니 혁민이 달라 보였다.

"약속은 하셨습니까?"

"아니요. 지나던 길에 들렀는데……."

혁민은 대화하면서도 계속해서 사무실 안을 살폈다. 하지만 율희는 다른 곳에 있는지 잘 보이지 않았다.

"어? 이게 누구야."

본인의 방에서 나오던 장 변호사가 혁민을 알아보고는 알은체했다. 그러자 혁민과 대화하던 여직원의 눈은 더욱 커졌다.

"아. 안녕하세요. 잘 지내셨죠?"

"맨날 똑같지 뭐. 일하고, 일하고, 일하고. 야근하고 휴일에도 일하고."

장 변호사는 장난스러운 표정을 지으면서 웃었다.

"그런데 정 변호사가 여기는 어쩐 일이야?"

"그냥 지나가는 길에 인사라도 하려고요. 하 변호사님 계신가요?"

"어, 지금 계실 거야. 윤미 씨, 확인 좀 해줘요."

여직원은 재빨리 확인하고는 지금 사무실에 있다고 대답했다. 장 변호사와 혁민은 하치훈의 사무실로 향했다. 하치훈의 사무실은 위치가 바뀌었는데, 전에 있던 사무실보다 더 넓고 좋아 보였다.

"오랜만이야. 요즘 이래저래 바쁘다면서? 소문이 아주 자자

하던데."

"그냥 들어온 일이 좀 있는데 그거 처리하기도 항상 허덕거립니다."

악수를 하고 자리에 앉은 셋은 전혀 쓸모없는 이야기를 나누었다. 인사치레와 알맹이 없는 이야기. 그리고 진정성 없는 리액션이 반복되었다. 그래도 하치훈은 자신에게 인사를 온 모양이라고 무척 흡족해했다.

"바쁘신데 제가 공연히 시간 빼앗은 건 아닌지 모르겠네요."

"무슨. 언제 와도 나는 환영이야. 나중에 식사도 한번 하자고."

혁민은 법원에 가야 한다면서 자리에서 일어섰다. 하치훈과 장 변호사도 혁민을 따라 일어섰는데, 혁민이 먼저 문을 열고 밖으로 나갔다. 조금이라도 먼저 밖으로 나가서 율희가 어디에 있는지 보기 위함이었다.

그리고 얘기를 하더라도 밖에 나가서 문득 생각이 난 듯 말을 걸어서 시간을 끌 생각이었다. 그래야 율희가 어디에 있는지 찾을 수도 있고, 찾았다면 조금이라도 더 오래 볼 수 있으니까. 사무실 안에서야 백날 이야기한들 무슨 소용이 있겠는가. 여기 온 목적은 칙칙한 중년 남자 둘과 이야기를 하기 위해서가 아니었다.

"어멋~"

그런데 너무 급하게 나가서일까. 앞을 지나가던 사람과 살짝 부딪쳤다. 여직원은 서류와 복사한 종이를 들고 종종걸음으로 뛰어가던 중이었는데, 방에서 혁민이 불쑥 나오는 바람에 충돌하게 된 거였다.

서류 뭉치가 바닥에 떨어지고 복사한 종이가 허공에 비산했다. 푸드덕 하는 소리와 함께 종이들이 허공에서 이리저리 날아갔다. 여직원은 당황해서 급히 고개를 숙이며 사과했다.

"죄송합니다. 제가 나오시는 걸 잘 못 봐서……."

여직원은 몸을 굽히고 떨어진 서류와 종이를 주웠다. 하지만 혁민은 아무런 말도 못 하고 여직원만 멍하니 쳐다보았다.

'율희야!! 나야. 나라고!!'

초등학교에 다니던 때의 모습은 워낙 어려서 마치 사진 속의 모습을 보는 것 같았지만, 이제는 자신이 알고 있는 그 율희가 틀림없었다. 혁민은 심장이 찢어질 듯 강하게 펌프질하는 게 느껴졌다.

"법원에 가야 한다면서. 어서 나가지."

"잠깐만요."

장 변호사가 나가자며 이야기했지만, 혁민은 그를 제지했다. 그러고는 몸을 굽히고 떨어진 종이들을 줍기 시작했다.

"저, 괜찮습니다. 제가 해도……."

"아니에요. 내가 실수한 겁니다. 잘못한 사람이 돕는 게 당연한 거죠."

혁민은 율희를 도왔다. 하치훈과 장 변호사는 혁민이 왜 저렇게 열심히 종이를 줍는지 의아해했지만, 혁민은 이리저리 몸을 움직이며 정말 열심히 종이를 주웠다. 사방에 종이가 널려 있었지만, 혁민이 도운 덕인지 바닥에 떨어졌던 그 많던 종이가 모두 없어졌다.

"어?"

그런데 그때 혁민은 반갑지 않은 얼굴을 보게 되었다. 강윤태가 방에서 나온 것이다. 그는 율희를 보고 알은척을 했다. 율희도 가볍게 고개를 숙이면서 인사를 했고. 그리고 혁민을 보더니 살짝 놀라는 눈치였다.

"오랜만이네요, 정혁민 씨."

윤태는 그 말을 하더니 혁민에게 다가왔다. 혁민은 재빨리 앞으로 후다닥 걸어갔다. 그는 율희의 앞을 지나가 윤태의 손을 잡았다. 덕분에 율희는 혁민의 등 뒤에 있게 되었다.

"오랜만이야, 강윤태 씨."

혁민은 윤태와 손을 잡았다. 혁민의 등 뒤에 있는 율희는 혁민의 옆으로 고개를 슬쩍 내밀고 그 모습을 보았고, 하치훈과 장 변호사는 조금 떨어진 곳에서 그 광경을 지켜보고 있었다.

그리고 먼 곳에서 혁민을 노려보는 눈동자가 있었다. 예전에 변호사 시보를 하러 왔을 때도 적개심을 가지고 혁민을 바라보던 바로 그 눈동자.

하지만 혁민은 그런 사실은 모른 채 웃고 있었다. 잠깐이었지만 율희를 보았고 그녀를 도울 수 있었으니까. 그리고 잠깐이었지만, 종이를 건네다가 그녀의 손도 잡을 수도 있었다.

그것이면 충분했다. 그거면 충분한 거였다.

혁민은 활짝 웃었다. 얼굴은 윤태를 향해 있었지만, 마음은 등 뒤를 향한 채.

*　　　*　　　*

"예, 전 사장님. 예. 아아~ 네? 고소를요?"

장 변호사는 하치훈의 사무실 한쪽 구석에서 통화하고 있었다. 그는 슬쩍 소파에 앉아 있는 하치훈을 살피더니 말을 이었다.

"예, 흐음… 일단 전화상으로 듣고 얘기할 건 아닌 것 같고요. 제가 잠시 후에 다시 연락드리겠습니다. 예에~"

통화를 마친 장 변호사는 서둘러 하치훈의 앞에 앉았다.

"죄송합니다, 부장님. 갑자기 문제가 생겼다고 연락이 와서……."

"아니야. 클라이언트가 항상 우선이어야지. 무슨 문제가 좀 있나 보지?"

"예, 뭐 직원들이 고소를 한다고 했다는데, 좀 살펴봐야 할 것 같습니다. 얘기만 들어봐서는 확실치가 않아서……."

"그렇긴 하지. 말이야 늘 변하는 거 아니겠나. 오늘 다르고 내일 다르고……."

하치훈은 피식 웃고는 김이 모락모락 올라오는 차를 조금 마셨다. 잠시 침묵이 감도는 가운데 장 변호사는 방금 들은 현백정밀 전 사장 목소리가 떠올랐다. 아주 급하고 경황없는 듯

한 목소리. 말은 말도 되지 않는 거라고 했지만, 분명히 무슨 문제가 생긴 게 분명했다.

"그래, 강윤태 군은 어떤가?"

하치훈의 목소리에 장 변호사는 상념을 멈추고 다시 현실 세계로 돌아왔다. 그리고 아주 흡족하다는 표정을 지으면서 대답했다.

"아주 영민한 친굽니다. 실력이야 두말할 것도 없고, 일처리가 아주 꼼꼼하고 빈틈이 없더군요. 조금 고지식하다고 할까? 사고의 유연성이 좀 부족하기는 한데, 그거야 그 나이 때는 다 그런 거 아닙니까."

"그건 그렇지. 정말 타고난 모범생 같은 이미지야. 그게 장점이기도 하면서 단점이기도 하지만 말이야."

하치훈은 명현그룹과의 관계도 있으니 잘 지켜보라고 했다. 하치훈이 이 사무실로 옮기게 된 건 강윤태를 로펌으로 데리고 온 덕이었다.

강윤태를 로펌으로 데리고 오면서 명현그룹과 자연스럽게 화해를 하는 모양새가 되었다. 굵직한 클라이언트를 모셔왔는데 당연히 하치훈의 발언권이 강해지지 않았겠는가. 그러면서 현재 대표에 대한 공격도 뒤에서 시작했다.

개인적인 감정에 휩싸여서 명현그룹이라는 큰 고객과 척을 지고 있었다는 말을 계속 퍼뜨린 것이다. 그래서 대표의 힘은 점점 약해졌고, 하치훈의 영향력은 점점 강해졌다.

"혁민 군까지 와서 둘 다 내 밑에 있었으면 좋았을 텐데 말

이야. 그래도 밖에서 고생을 더 할 줄 알았더니 지금은 제법 자리를 잡은 티가 나던데?'

"그건 좀 의외이긴 하더군요. 이번에 사무실도 더 넓은 곳으로 옮겼답니다. 수완이 아주 좋은 모양이더군요."

장 변호사는 싸가지 없고 돈만 밝힌다는 소리도 있다는 말을 했지만 하치훈은 껄껄 웃었다.

"친절하고 무능한 것보다야 그편이 좋지 않나. 그 정도 실력이면 성격이 그래도 괜찮지."

"하지만 그렇게 되면 태경으로 오는 건 더 멀어지는 게 아닐는지……."

"당분간은 그러겠지."

하지만 하치훈의 표정은 그리 나쁘지 않았다.

"어차피 큰 사건을 아직 맡아보지 않아서 그래. 큰 사건이어디 혼자 힘으로 할 수 있는 건가. 인맥도 있어야 하고 정보도 있어야 하고……."

"하긴 그렇습니다. 큰 사건이라고 해봐야 게임 회사 사건인데, 그건 그쪽 법무팀에서 한 거니까요."

"그렇지. 그러니까 어차피 점점 자신의 한계를 느끼게 될 거야. 그러니까 어제 나를 찾아온 것 아니겠나. 지나가다가 들렀다고는 하지만 말이야."

그 말을 하고는 하치훈은 기분이 좋은 듯 소리 내어 웃었다. 혁민이 먼저 자신에게 인사를 하러 온 것에 상당한 의미를 부여하는 듯했다. 혁민이 점점 한계를 느끼고 있고, 자신에게 손을 내미는 거라고 생각하는 거였다.

"그럴 수밖에 더 있겠습니까. 녀석이 제아무리 천재라도 어쩔 수 없는 게 있는 법이죠."

"그러니까. 이렇게 직접 인사까지 하러 오고 그러는 걸 보면 이제는 우리 라인이라는 걸 확실하게 하려는 거라고 봐도 되겠어."

하치훈은 밖에 있기는 하지만 식구처럼 생각하라고 이야기했다. 장 변호사는 혁민을 처음 봤을 때부터 싫었지만, 내색하지는 않았다.

'그런 미친 새끼가 뭐가 그렇게 좋다고 하시는지.'

자신과는 스타일 자체가 맞지 않는 녀석이었다. 오히려 강윤태는 정말 자신과 스타일이 잘 맞았다. 일하는 것도 말하는 것도 정말 마음에 들었다.

"그런데 장 변호사."

"예, 부장님."

"그 새로 온 여직원은 뭐야? 강 변호사가 소개했다는 여직원."

"아! 그 직원은 그냥 동네 아는 사람이라고 합니다."

원래는 율희가 태경에 들어오는 건 불가능했다. 강윤태가 이야기하지 않았다면 그럴 일은 없었을 것이다. 하지만 강윤태가 슬쩍 이야기를 꺼내 붙여준 것이다. 사무직 신입 여사원 한 명이야 누가 오든 무슨 상관이 있겠는가.

"같은 동네라고 하면 좀 있는 집안인가?"

강윤태가 사는 동네가 어디 보통 동네던가. 유력자들이 즐비하게 사는 동네다. 그러니 뭔가 있는 집안 자제인가 싶어서 물어본 거였다.

"그건 아니고 그냥 조금 아는 사이랍니다."

장 변호사는 어릴 적부터 알던 사이라고 한 윤태의 말을 전하면서 그냥 평범한 집안이라고 말했다.

"그래? 그러면 둘이 조금 특별한 사이인 건가?"

"그럴 리가 있겠습니까. 그런 사이라면 이런 부탁을 하지도 않았겠죠."

자기 속내나 약점 같은 건 철저하게 숨기는 재벌가 사람들이다. 이렇게 대놓고 얘기할 정도면 정말 그저 그런 사이일 확률이 높았다. 장 변호사는 시계를 확인하더니 양해를 구했다.

"저는 아무래도 현백정밀 전 사장에게 다녀와야겠습니다."

"허허, 자네가 이러는 걸 보니 간단한 일은 아닌 것 같군."

"예. 이 사람이 사업체를 털고 빠지려고 하는 중이라서 아무래도 좀 시끄러울 것 같습니다."

고의부도를 내고 빠지려고 한다는 이야기. 하치훈은 얼굴을 찌푸렸다. 장 변호사가 자문을 할 정도면 작은 업체는 아닐 터.

"지저분한 일이구만. 여간 시끄러운 게 아니겠어. 흐음… 그럼 잘됐군. 안 그래도 소개를 해줄 사람이 있었는데."

하치훈은 갑자기 잠시 기다리라고 하고는 어디론가 전화를 걸었다. 그러고는 누군가에게 자신의 방으로 오라고 이야기했다. 통화를 마치고는 장 변호사에게 의미심장한 표정을 지으면서 말했다.

"내가 데리고 있는 사람 중에서 이런 일에 아주 적임인 사람이 있으니까 이 기회에 알아두게. 자네도 아마 일을 시켜보면 만족을 할 거야."

장 변호사는 고개를 갸웃거렸다. 하치훈의 밑에 있는 사람은 자신이 대부분 아는데, 도대체 누굴 소개하려고 이런 것일까 궁금했기 때문이었다. 궁금증은 곧 풀렸다. 하치훈이 전화한 지 얼마 지나지 않아서 남자 한 명이 들어왔다.

"아, 왔군. 인사하지. 이쪽은 조사원인 진윤상 군."

진윤상은 장 변호사에게 잘 부탁한다면서 고개를 거의 90도 가까이 숙였다.

"처음 뵙겠습니다. 앞으로 잘 부탁드립니다, 장 변호사님."

장 변호사는 자신을 아는 것 같자 살짝 놀라면서 인사를 받았다. 그리고 가만히 보니 회사를 오가면서 얼굴을 본 적이 있는 것 같다는 생각을 했다. 하치훈은 싱긋 웃으면서 말을 이었다.

"이 친구가 아주 유능해. 필요한 게 있으면 어떻게 해서든 가져오거든. 증인이나 증언도 그렇고, 증거도 그렇고."

"과찬이십니다."

장 변호사는 그가 어떤 식으로 일하는 사람인지 알 수 있었다. 사건을 맡아서 진행하다 보면 공식적이지 않은 방법이 필요할 때가 있다. 그런 일을 하는 사람. 게다가 하치훈이 칭찬을 하는 것을 보면 실력은 검증된 것이다.

장 변호사가 그런 생각을 하는 사이, 하치훈은 진윤상에게 강윤태와 민율희가 무슨 사이가 아닌지 좀 알아보고 당분간 지켜보라고 이야기했다.

"자네도 필요한 일이 있으면 이 친구한테 맡겨보라고. 그런 방면으로 유능하니까 말이야."

"맡겨만 주십시오. 최선을 다하겠습니다."

진윤상은 우렁찬 목소리로 장 변호사에게 말했다.

"특히나 이번 사건 같은 경우에는 아주 곤란한 일이 많지 않나. 그러니까 진 조사원이 활약할 곳이 많을 게야."

거기까지 이야기한 하치훈은 가볍게 손짓을 했고, 진윤상은 깍듯이 인사를 하고는 문밖으로 나갔다. 그러자 하치훈은 몸을 조금 굽히고는 조용히 말했다.

"저 친구에게 이야기하면 뭐든지 가져올 거야. 뭐든지! 무슨 말인지 알겠지?"

무슨 말인지 모를 리가 있겠는가. 장 변호사도 조금 조심스러운 표정을 하고는 질문했다.

"예, 그런데 저런 친구는 어떻게 아시게 된 겁니까?"

하치훈은 아는 사람이 추천했는데, 배짱도 좋고 연기력도 일품이라면서 칭찬했다.

"그리고 공식적으로는 회사 사람이 아니야. 그러니까 무슨 일이 생겨도 우리에게 부담될 일도 없다는 거지."

하치훈은 의미심장한 미소를 지으면서 말했다. 만약 무슨 문제가 생기면 조사원 개인의 책임이라는 말. 대신 건당 확실하게 챙겨주어야 한다고 말도 덧붙였다.

'저런 사람이 있으면 아주 편하지. 그래, 실력이 어느 정도인지 이번 사건에 투입을 해봐야겠군.'

장 변호사는 다른 것보다 법을 좀 안다는 게 아주 마음에 들었다. 심부름센터에 일을 시키면 일일이 다 말해주어야 한다. 하지만 저 친구에게는 핵심적인 것만 이야기해 주면 나머지는 알아서 할 것이다.

"아무튼 강윤태, 강 변호사 각별하게 챙기라고. 그리고 정 변호사도 신경 좀 쓰고."

하치훈은 두 사람이 모두 자기 라인이라고 생각하면서 잘 챙기라고 말했다.

그리고 같은 시각, 강윤태와 정혁민의 이야기를 하는 사람들이 더 있었다.

"너 어제 그 변호사가 누군지 알아?"

율희는 옆자리에 앉은 여직원과 같이 식사 중이었는데, 잘 모른다면서 고개를 저었다.

"전에 우리 회사에 변호사 시보 하러 왔는데 대박이었잖아. 다른 사람들 다 안 된다는 사건 가져가더니 떡 해결해 버렸다니까."

"정말?"

율희는 눈이 동그래져서 되물었다. 나이도 굉장히 젊어 보였는데, 태경에 있는 대단한 변호사들도 못한 걸 했다고 하니 놀라웠던 것이다. 그리고 윤태와도 잘 아는 듯 보였고. 물어보고 싶었지만, 어제는 물어볼 기회가 없었다.

"그래! 그래서 회사에서도 어떻게든 데려오려고 했는데 그냥 자기 힘으로 해보겠다면서 사무실 차렸는데, 지금 잘나간대. 이름이 정혁민이던가 그래."

"아, 정혁민. 알아요. 아는 언니가 거기 사무실에서 일하는데."

"그래? 그런데 난 굉장히 까탈스러울 줄 알았는데, 어제 너도와주는 거 보니까 사람 디게 괜찮더라. 뭐라고 했더라? 제가 잘못했으니까 도와드려야죠."

여직원은 혁민 목소리를 흉내 냈는데, 너무 어설퍼서 율희는 손으로 입을 가리고는 웃을 수밖에 없었다.

"그렇지. 아웅, 실력도 좋은데 성격도 그렇게 좋구."

"예, 굉장히 친절한 분 같았어요."

그리고 다른 묘한 느낌이 있었는데 그건 말하지 않았다. 어떤 느낌인지 자신도 잘 알지 못했기 때문이었다.

*　　　*　　　*

"아니 이게 말이 돼요?"

사람들이 모두 분통을 터뜨렸다. 돈을 받을 방법이 없다. 아니 왜? 자신들의 월급을 왜 받지 못한다는 말인가.

"법인에 재산이 없으면 받을 길이 없대요. 체당금이라고 석 달 치 급여하고 삼 년 치 퇴직금이던가? 그건 받을 수 있긴 한 데 그것 가지고는……."

월급도 월급이지만 10년 이상 다닌 사람이 수두룩하다. 지금 일을 그만두면 다시 취업하기 쉽지 않은 사람도 있다. 그런데 퇴직금까지 제대로 받지 못한다고 하니 다들 충격을 받아 쓰러지기 일보 직전이었다.

"어떻게 다른 방법은 없대요? 아니 회사에 뭐 있는 거 없어? 밤중에 와서 기계라도 떼다가 팔자구요. 이대로 당하는 거 너무 억울하지 않아요?"

"그거 팔아서 얼마나 나온다고. 그리고 그 무거운 걸 어떻게 가져가고 어디다가 팔아."

"누가 그걸 몰라요? 답답해서 그래요, 답답해서. 그럼 그냥 이렇게 손 놓고 있자는 거예요?"

몇 사람이 불같이 화를 내면서 떠들었지만, 그런다고 해결책이 나오는 건 아니었다. 화가 나는 건 다른 사람들도 매한가지였지만, 방법이 없었다.

"변호사도 방법이 없대요?"

사람들의 고개가 일제히 변호사에게 알아보러 간 사람에게 돌아갔다.

"똑같은 말 합디다. 법인에 재산이 없으면 받을 수가 없다고."

그런데 그때 갑자기 직원 한 명이 손을 들고 이야기했다.

"저기요. 어떤 데서 연락이 오기는 했는데……."

"뭐라고 연락이 왔는데?"

"그게… 변호사 사무실인데 자기가 맡으면 돈을 받아줄 수 있다고……."

돈을 받아줄 수 있다는 말에 사람들이 갑자기 우르르 몰려들었다. 지금 그들에게 중요한 건 바로 그거였다. 자신들이 받을 월급과 퇴직금. 정당하게 자신들이 받아야 할 그 돈을 받게 해 줄 수 있는 사람.

"누군데? 연락한 사람이 누군데?"

"그게… 잠시만요. 어디다 적어 뒀는데……."

그 직원은 주머니를 뒤적이더니 꼬깃꼬깃 접힌 종이 하나를 꺼내 조심스럽게 폈다. 그리고 거기에 적힌 이름을 불렀다.

"변호사 정혁민이래요. 아우, 이거 발음이 어려워서. 정.혁.민.이요. 변호사 정.혁.민."

"그 사람이 정말 돈을 받아줄 수 있대?"

"예, 전화로는 그렇게 말했구요, 연락처하고 홈페이지도 알려줬는데……."

사람들은 그 사람의 종이를 보기 위해서 삽시간에 몰려들었다. 사무실 안은 삽시간에 난장판이 되었다.

"잠깐! 잠깐! 이봐, 가만 좀 있으라고!!"

간신히 소란을 진정시킨 후 사람들이 직원에게 다시 물었다.

"그래. 돈 받을 수 있다는 말 말고 다른 이야기는 하지 않았고?"

직원은 잠깐 생각하다가 대답했다.

"음… 잠깐 이야기하다가 이 사건, 내가 맡겠습니다. 뭐 그렇게 얘기하던데요?"

＊　　＊　　＊

"그러니까 아직까지 고소를 하지는 않은 상태군요."

"그렇지. 그런데 워낙 인간들이 드세게 나와서… 에헤이. 아니, 내가 그동안 지들을 어떻게 챙겨줬는데. 이 인간들을 그냥 콱."

현백정밀의 전 사장은 화를 버럭 냈다. 직원들이 어떻게 자신에게 이럴 수 있느냐면서 온갖 험한 소리를 해댔다. 장 변호사는 입맛을 다셨다.

이렇게 자기중심적인 사람은 말이 잘 통하지 않는다. 어떤 이야기를 해도 자기한테 유리하게만 왜곡해서 받아들여서 고객으로서는 거의 최악. 하지만 어쩌겠는가. 그래도 고객은 고객인데.

장 변호사는 조용히 말을 했다.

"아직 소송을 한 것도 아니니 일단 지켜보시죠. 혹시 문제가 될 만한 거나 제가 알아두어야 할 거라도 있습니까?"

"그게… 뭐… 어허허허~"

전 사장은 갑자기 말을 하다 말고 너털웃음을 터뜨렸다. 문제가 있다는 소리. 하기야 이런 일을 벌이면서 문제가 없다는 건 말이 되지 않는다.

장 변호사는 안경을 살짝 매만지면서 말했다.

"저에게는 솔직하게 이야기를 해주셔야 합니다. 그래야 대책을 마련할 수 있으니까요."

"흐음… 이게 좀 민감한 문제기는 한데……."

전 사장은 계속해서 말을 주저했지만, 장 변호사는 무표정한 얼굴로 계속 기다렸다. 그리고 얼마 가지 않아 전 사장이 입을 열었다.

"장 변호사도 잘 알 거 아뇨. 사업하다 보면 복잡한 문제가 아주 많아. 뭐 어쩌겠나. 사업을 망하게 둘 수는 없는 노릇이고. 그래서 전문가의 손을 좀 빌렸지."

"전문가요?"

"그래. 그 사람이 애를 좀 썼지. 혹시나 검찰이 조사한다고 하더라도 문제가 될 만한 걸 쉽게 찾지는 못할 거라고 하더군."

장 변호사는 알았다는 듯 고개를 끄덕였다. 그리고 어떻게 한 것인지를 전 사장에게서 들었다. 물론 그게 전부가 아닐 수도 있지만, 들은 것만 해도 아주 가관이었다.

차명 계좌에 돈을 빼돌려 놓은 것은 물론이고, 부동산을 다른 사람에게 싸게 넘긴 다음에 다시 친인척이 사는 방식으로 빼돌리기도 했다. 그런데 이야기를 듣다 보니 감이 오는 게 있었다.

'이 인간 이거 이 회사를 인수한 목적이 따로 있었구만.'

모회사인 항신정밀의 악성 부채를 떠넘기려는 목적으로 이 회사를 인수한 거였다. 악성부채는 모두 현백정밀로, 알짜배기는 모두 항신정밀로 넘긴 후 현백정밀은 고의로 부도를 낸 거였다.

그리고 그 과정에서 전문가라는 사람이 끼어들어서 교묘하게 일처리를 한 것이었고. 그리고 누군지 몰라도 상당히 교묘한 수법들을 사용해서 정말 쉽게 증거가 드러날 것 같지는 않았다.

'직원들 월급은 건드리지 않는 편이 좋았을 건데……'

월급 주는 게 아까웠는지, 그 돈을 모아서 빼돌렸다. 몇 개월간 월급도 제대로 주지 않고 부려먹었으니, 직원들이 그때까지 가만히 있었던 게 오히려 더 이상했다. 칼을 들고 사장을 찾아오지 않은 것만 해도 다행이라고 생각해야 할 판이었다.

"알겠습니다. 그런데 좀 움직이는 게 좋지 않을까요?"

장 변호사는 직원 일부라도 회사 편으로 만들면 훨씬 수월하지 않겠냐며 이야기했다. 다만 얼마라도 주면서 포섭할 수 있을 거라면서. 하지만 전 사장은 일부에게 나갈 돈도 아까운 모양이었다. 그 말을 듣자마자 숨 쉴 틈도 주지 않고 바로 대답했다.

"그깟 녀석들이 뭘 한다고. 해볼 테면 해보라고 해."

전 사장은 화를 내면서 큰소리를 탕탕 쳤다. 하지만 그것이 오히려 불안해서 그러는 것이라는 사실을 장 변호사는 느낄 수 있었다.

'큰소리를 치면서도 안절부절못하는 걸 보니 상당히 불안한 모양이군.'

그리고 그 시각, 전 사장이 아무것도 못 할 것이라고 한 직원들은 한자리에 모여서 앞으로의 일을 의논하고 있었다.

"알아봤지만 법인에 재산이 없으면 어쩔 수 없다는 얘기뿐이에요."

"그런데 이상하지 않아? 다른 데는 다 어렵다고 하는데 그 사람은 무슨 수가 있다는 거야?"

현백정밀의 사람들은 정혁민이라는 변호사에 대해서 알아보는 한편, 다른 변호사들과 접촉했다. 하지만 어느 곳에서도 긍정적인 답변을 하는 곳은 없었다.

돈을 받을 수만 있다면 바랄 게 없다. 하지만 무언가 꺼림칙했다. 변호사가 먼저 연락을 해온 것도 그랬고, 나이가 너무 어린 것도 그랬다.

"실력은 있나 봐요. 내가 알아보니까 연수원 다닐 때부터 유명했다더라고요."

"그래도 너무 젊은 거 아닌가? 그냥 좀 유명한 변호사한테 맡기는 게 어때? 횡령으로 고소하고 압박하면 의외로 쉽게 풀릴 수도 있다고 한 변호사도 있었잖아."

사람들은 쉽사리 결정하지 못하고 우왕좌왕했다. 하지만 점점 정혁민에게 맡겨보자는 의견이 우세해졌다. 쉽게 문제가 해결될 수도 있을 거라는 식으로 모호하게 이야기한 변호사보다는 받을 수 있다고 확실하게 말한 정혁민에게 더 끌린 것이다.

"맡겨봅시다. 그래도 변호사인데 뭔가 있으니까 그렇게 얘기를 했겠지. 그러니까 가서 말이라도 들어보자고요."

"그래요. 가서 들어보고 결정은 나중에 해도 되잖아요."

일단 이야기나 들어보자는 말에 다들 고개를 끄덕였다. 다른 변호사에게 맡기자는 말을 하던 사람들도 도대체 어떤 변호사인지 궁금은 했던 것이다. 하지만 직원이 모두 갈 수는 없는 일이니 직원들을 대표해서 갈 사람을 정했다.

직원들은 변호사 사무실에 도착해서는 그나마 마음이 좀 놓인다는 생각을 했다. 사무실이 제법 규모도 있었고 번듯하니 이 변호사가 허당은 아니구나 하는 생각이 들었던 거였다.

"이쪽으로 오시죠."

보람이 웃으면서 회의실로 사람들을 안내했다. 사람들은 어미 오리를 따라가는 새끼들처럼 보람을 따라서 회의실로 줄지어 움직였다. 그들은 가면서 계속해서 두리번거리면서 사무실 내부를 구경했다.

자신의 방에서 블라인드 커튼 너머로 그 광경을 보고 있던 혁민은 피식 웃었다.

"사람들은 참 이상하지 않아? 꼭 이렇게 그럴싸하게 해놔야 실력이 있는지 안다니까?"

"인상이란 게 무시할 수 없는 거잖아. 그리고 세상이 다 그런데 뭐 어쩌겠어?"

성만도 이런 세태가 마음에 들지는 않았지만, 다 그런 걸 어쩌겠는가.

"그런데 이렇게 해도 괜찮은 건지 모르겠네. 저 사람들이 불쾌해하지 않을까?"

사람들을 일부러 좀 기다리게 하자는 혁민의 의견에 따르기는 했지만, 성만은 좀 불안한 모양이었다.

"초반에 기선 잡고 가야 해. 대부분 사오십 대인 데다가 거친 사람도 있고, 감정은 격앙되어서 폭발하기 직전이지. 그런데 이제 갓 서른이 된 변호사. 사람들이 내 말을 잘 따라줄 리가 없어."

그래서 일부러 시간을 좀 끌다 들어갈 생각이었다.

"게다가 이번 사건은 저번처럼 정보가 새 나가면 큰일이야."

혁민은 이미 조사를 좀 한 상태였다. 재산을 빼돌린 후 고의 부도를 낸 게 분명했다. 경영 악화로 정말 법인에 남아 있는 게 없다면 받을 방법이 없다. 하지만 이런 경우라면 방법이 있다. 단, 정보가 미리 새 나가면 끝장이다.

"그러니까 확실하게 잡아놓아야 해. 안 그러면 이번 소송은 이길 수 없어."

현백정밀 직원들에게 강한 인상을 남기기 위해서 선택한 전략이었다. 그리고 한참 시간이 지난 후 직원들이 도대체 왜 변호사가 오지 않느냐며 목소리가 점점 커질 때쯤 회의실로 들어갔다.

혁민이 들어오자 모두가 조용해졌다. 그리고 혁민이 움직이는 대로 사람들의 고개가 움직였다. 혁민은 간단하게 소개를 했는데, 성질 급한 직원 한 명이 바로 질문을 했다.

"저기, 진짜 돈을 받을 수 있는 겁니까? 퇴직금하고 월급 모두 받을 수 있냐구요."

혁민은 일부러 대답하지 않고 사람들의 얼굴을 한 명씩 쳐다보았다. 혁민의 강한 눈빛을 받은 사람들은 슬쩍 고개를 숙이거나 시선을 외면했다. 그렇게 모두를 한 번 이상씩 쳐다본 혁민은 입을 열었다.

"받을 수 있습니다."

누군가는 하아 하는 탄식을 내뱉었고, 누군가는 주먹을 꽉 쥐었다. 혁민의 말을 들으니 그동안 그렇게 초조하고 불안했던 마음이 봄볕에 눈 녹듯 사라진 것이다. 사람들의 얼굴에 오랜만에 환한 웃음이 피어났다. 아마도 월급이 밀리기 시작한 이후로 처음일 것이다.

"정… 정말입니까? 정말 그 돈을 받을 수가 있는 겁니까?"

혁민은 흥분한 사람들을 잠시 바라보다가 고개를 끄덕이면서 말을 이었다. 받을 수 있다고. 물론 모두가 수긍하는 건 아니었다. 어디를 가나 딴죽을 거는 사람이나 불만이 있는 사람은 있게 마련 아닌가.

하지만 이미 예상하고 있던 상황. 혁민은 주변을 압도하면서 상황을 마무리 지었다. 자신 외에는 이 사건을 해결할 수 있는 사람은 없으니 알아서 선택하라고 선택권을 넘긴 것이다. 사람들이 선택할 수 있는 게 뭐가 있겠는가.

선택지는 혁민밖에 없었다. 그리고 성공 보수까지 확실하게 마무리했다. 성공 보수 40%. 일반적이지는 않은 퍼센트이다. 직원의 수가 삼백 명이 넘으니 어마어마한 금액일 것이다. 하지만 결코 비싼 금액은 아니라고 혁민은 생각했다.

'내가 아니면 아예 받을 수 없는 돈.'

그리고 그런 큰 금액을 지켜야 하니 상대방도 가만히 있겠는가. 절대로 쉬운 싸움은 아닐 것이다. 하지만 자신 있었다. 혼자라도 자신이 있었다. 그런데 백 선생과 장중범의 도움까지 받을 수 있다. 혁민은 이번에도 반드시 이길 거라고 확신했다. 그리고 그런 확신은 자연스럽게 표정과 말에서 드러났다.

"저는 승산이 없는 게임은 하지 않습니다. 상대가 누구든 말이죠."

혁민의 말에 사람들의 표정에 안심하는 기색이 스쳐 지나갔다. 혁민의 말 속에 있는 강한 자신감이 사람들의 마음을 어루만진 것이다.

혁민은 몸을 앞으로 쑥 내밀면서 말했다.

"제가 이깁니다. 그리고 상대는……."

혁민은 하얀 이를 드러나면서 말했다.

"영혼까지 탈탈 털어드리죠."

* * *

현백정밀의 직원들은 돈을 받을 수 있다는 기대감을 지닌 채 정식으로 계약했다.

"거듭해서 이야기하지만, 절대로 정보가 새 나가서는 안 됩니다. 아시겠습니까?"

혁민의 말에 직원들은 거칠게 반응했다.

"예; 그람요. 아이고 누가 이상한 짓을 하겠습니까."

"맞습니다. 믿으소. 여기 사장이라고 하면 이 안 가는 사람 없다 아입니까."

"사장 그 새끼는 말도 꺼내지 말라. 내가 그 새끼 면상을 보면 창자를 배때지에서 꺼내서 빨랫줄에 널어버릴 테니까."

하지만 혁민은 사람들이 반응이 거칠수록 불안한 마음이 들었다. 사람들이 이렇게까지 격노하고 있는 건 지금 상황이 어렵기 때문이다. 당장 하루하루 먹고사는 게 걱정이고 그만큼 고통스러운 상황.

'어려울수록 유혹에 빠지기도 쉬운 법인데…….'

하지만 그렇다고 일을 진행하지 않을 수는 없는 일. 일단 자신이 생각한 방식대로 일을 진행했다.

"일단 업무상 횡령 및 배임으로 고소를 하고 시작할 겁니다."

그리고 혁민의 움직임은 곧바로 전 사장과 장 변호사에게 알려졌다.

소식을 듣자마자 태경에 있는 장 변호사의 사무실로 전 사장이 단숨에 달려왔다.

"정혁민 변호사?"

"장 변호사가 아는 사람?"

"예, 알기는 알죠."

장 변호사는 전 사장의 질문에 고개를 끄덕였다.

'아니 그 미친 새끼는 왜 이 사건을 맡은 거야?'

아닌 말로 자신과의 관계를 생각해서라도 이 사건을 맡으면 안 되는 거라고 생각했지만, 혁민을 떠올리고는 입맛을 다셨다.

'에효, 그래. 그 똘아이 새끼가 뭔 짓은 못 하겠냐.'

"이봐, 장 변호사. 무슨 문제가 생기거나 하진 않겠지?"

"특별한 일은 없을 겁니다. 그리고 상대가 하는 걸 봐서 대응하면 되니 크게 걱정하지 않아도 됩니다."

전 사장은 그 말을 듣더니 마음이 놓인다는 듯 소파에 털썩 몸을 기댔다.

"뭐, 그쪽 변호사는 완전 애송이라던데 장 변호사 같은 베테랑이 질 리가 없지. 그놈들 그거 다 헛수고하는 거야, 헛수고."

전 사장은 흐뭇한 미소를 지었다. 하지만 장 변호사는 안심하라고 거듭 말했지만, 속으로는 조금 불안한 감이 있었다. 혁민이 워낙 괴짜라서 무슨 짓을 할지 예상이 되질 않아서였다.

"금융거래정보도 신청했고, 문서제출명령 신청도 했군요. 회사 거래 내역을 뒤져서 뭐가 있는지 볼 테고, 횡령 징후 같은 것도 찾아내려고 하는 것 같은데……."

특별할 것 없는 진행이었다. 하지만 무언가 찾아내는 게 쉽지는 않을 것이라고 장 변호사는 생각했다. 이미 회계 전문가를 통해서 검토를 했는데, 작업을 한 사람의 솜씨가 좋아서 잘 드러나지를 않았다.

'하지만 혹시 모르니까.'

다른 변호사였다면 이렇게 신경을 곤두세우지는 않았을 것이다. 하지만 정혁민은 무슨 짓을 할지 모르는 인간. 장 변호사는 확실하게 단도리를 해야겠다고 생각했다.

'그래, 이 기회에 아주 혼꾸멍을 내주는 거야. 다시는 내 앞에서 고개를 뻣뻣하게 들지 못하도록.'

장 변호사는 전 사장이 나간 다음에 진윤상을 불렀다.

"찾으셨습니까?"

"어, 진 조사원. 자네가 해줘야 할 일이 있어."

진윤상은 장 변호사의 이야기를 들었는데, 서류에 적혀 있는 정혁민이라는 이름을 보더니 눈빛을 번득였다.

"어떤가? 할 수 있겠나?"

진윤상은 서류를 내려놓고는 장 변호사를 쳐다보았다.

"원하시는 것 이상을 손에 넣으시게 될 겁니다. 제 모든 것을 걸고 약속드리죠."

진윤상은 한쪽 입꼬리를 살짝 올리면서 대답했다.

*   *   *

거대 로펌의 힘이라는 건 실제로 겪어보지 않은 사람은 잘 모른다. 실력이 좋은 변호사면 상관없는 게 아니냐고 생각하는 사람도 있겠지만, 절대로 그렇지 않다.

"그러니까 말이 잘 통하는 검사에게 배정되었다, 이거네?"

전 사장은 아주 흡족한 표정으로 이야기했다.

"그 정도야 당연한 거 아니겠습니까. 태경이 왜 태경이겠습니까? 그런 정도 힘이 있으니까 태경인 것이죠."

"하하하! 그래그래, 그래서 내가 여기를 좋아하는 거야."

큰 로펌에는 사건 배정 코디네이터라는 사람이 있다. 일종의 브로커인데, 사건을 자신들에게 유리한 검사에게 배정하도록 하는 사람이다.

검사도 성향이 있다. 약을 치기 좋은 검사가 있고, 전혀 그런 게 통하지 않는 검사도 있다. 강직한 검사에게 배정되면 여러모로 골치가 아프니까 아예 사건이 배정되는 단계에서 편한 검사에게 배정되도록 로비를 한다. 그게 사건 배정 코디네이터의 일이다.

"그러면 횡령 쪽으로는 아무런 걱정을 하지 않아도 되겠구만."

"특별한 일이 없는 이상 그럴 겁니다."

"그러면 사건은 이렇게 그냥 끝나는 건가?"

"상대 쪽에서도 가만히 있지는 않겠지만, 쉽지는 않을 겁니다."

둘은 같이 웃으면서 여유를 즐기고 있었다.

하지만 둘의 생각과는 달리 혁민은 유력한 증거들을 찾은 상태였다.

"그러니까 차명 계좌로 빼돌린 흔적이 있다, 이거지?"

—그래. 그리고 이거 부동산도 좀 이상해. 이렇게 싼 가격에 넘겼다는 게 말이 되지 않거든. 그러니까 이 부동산이 지금 누구 소유인지 알아보라고. 분명히 사장하고 가까운 사람이 가지고 있을 테니까.

백 선생은 재무제표와 현금흐름표, 법인의 신용카드 사용처와 같은 금융 정보를 샅샅이 뒤져서 의심이 되는 포인트를 지적했다.

혁민이 하려는 건 빼돌려진 자산을 찾는 거였다. 현재로써는 법인에 재산이 없으니 직원들이 월급과 퇴직금을 받을 방법이 없다. 하지만 빼돌려진 자산이 사실상 법인의 것이라는 걸 증명할 수 있다면, 그걸 통해서 돈을 받아낼 수 있는 것이다.

물론 그게 그렇게 쉬운 일은 아니다. 하지만 백 선생과 장중범의 도움이 있으니 불가능한 것도 아니었다.

"그러면 그 부분을 집중적으로 알아보지."

—그래. 그리고 문제가 될 만한 게 또 있어.

"그래? 뭔데?"

백 선생은 얼핏 보기에는 현백정밀하고 항신정밀 사이에 특별한 관계가 없는 것 같지만, 분명히 무언가 있을 거라고 말했다.

—이게 제품 단가나 자산을 지나치게 싼 가격에 판 경우가 있어. 거기다가 용역 계약도 비정상적인 게 있고.

거래는 다른 회사와 진행이 되었는데, 아무래도 삼각 거래 같다는 거였다. 항신정밀에서 현백정밀을 인수했다. 그런데 두 회사가 직접 거래를 하는데, 가격이 정상적이지 않으면 당연히 의심을 받지 않겠는가.

그래서 중간에 다른 회사를 집어넣어서 의심을 피하는 방식을 쓴 것 같다는 거였다.

—리베이트나 리펀드도 있는 것 같으니까 알아보고.

"알았어. 일단 자료가 확보되면 바로 보전처분을 해야겠군."

부동산이나 차명 재산을 찾으면 그걸 처분하지 못하도록 묶어놔야 한다. 상대가 눈치를 채고 팔아버리거나 하면 큰일이니까. 확정판결이 있다면 압류를 할 수 있겠지만, 지금이야 그럴 수 있는 상황은 아니고 보전처분을 해야 한다.

예금과 같은 금전채권에 대해서는 가압류를, 부동산과 같은 비금전채권에 대해서는 처분금지 가처분 신청을 할 수 있는데, 이를 통칭해서 보전처분이라고 한다.

문제는 차명 계좌로 빼돌려진 돈이나 부동산이 사실상 현백정밀의 것이라는 걸 증명해야 그것이 가능하다는 건데, 지금 상태라면 가능할 것 같았다.

"그것만이 아니지."

그 증거들은 전 사장의 목을 죄는 족쇄가 될 것이다. 사건이 상대에게 유리한 검사에게 배정될 것이라는 정도는 혁민도 알고 있었다. 예전에도 숱하게 겪었던 일. 하지만 크게 걱정할 건 아니다. 빼도 박도 못하는 증거가 있다면 검사도 어쩔 수가 없다.

"하지만 장 변호사도 가만히 앉아서 당하지는 않겠지?"

혁민은 장 변호사가 어떻게 나올 것인지 기대가 되었다.

*   *   *

"야! 쟤 있지? 쟤."

사무직 직원 한 명이 턱으로 옆자리에 앉아 있는 율희를 가리켰다.

"쟤. 강윤태 변호사님 소개로 왔대."

"진짜아? 어머, 웬일이니. 혹시 쟤네 집도 완전 잘나가는 거 아냐?"

"그건 아닌 것 같더라. 그냥 그런 집이래."

율희는 여러모로 화제가 되었는데, 그게 다 강윤태와의 관계 때문에 그런 거였다. 태경에 들어올 때부터 강윤태는 화제의 중심에 서 있었다. 왜 그렇지 않겠는가. 능력도 능력이었지만, 재벌가의 자제 아닌가.

"그러면 혹시 이거 아냐? 이거?"

여직원 한 명이 새끼손가락을 들어 보이면서 물었다. 하지만 대부분 고개를 저었다. 그렇게 보이지는 않았기 때문이었다.

"에이 설마. 저런 애를 좋아하려고. 그럴 만한 애는 아닌 것 같은데."

"맞아. 뭐 그냥 평범하구만. 쟤보다야 내가 더 낫지."

"니네들 사람 일이라는 거 모른다. 특히 공부만 들입다 한 사람들은 보는 눈이 좀 다르다고 이 기집애들아."

여직원들은 깔깔대면서 이야기를 나누었다.

같은 시각, 여직원들이 이야기하는 강윤태는 하치훈 대표와 만나고 있었다.

"소송에 참여하고 싶다고?"

"예, 제가 옆에서 도와드렸으면 합니다."

하치훈은 강윤태의 의도를 알 수 없어서 고민이 되었다. 특별히 관심을 가질 만한 소송이 아니었다. 그런데 윤태가 장 변호사를 옆에서 도와주겠다고 하니 무슨 속셈이 있는 것인지가 궁금했던 것이다.

'혹시 정혁민 때문인가?'

둘 사이가 어떤지는 이야기가 많았다. 사법시험 때부터 계속해서 라이벌 관계를 유지해 온 두 사람. 그래서 둘 사이가 무척 안 좋을 것이라는 이야기도 있었다. 하지만 둘이 서로에게 특별한 감정을 가지고 있지는 않다고 알려져 있었다.

'하기야 서로를 의식하지 않을 수야 없겠지.'

나이도 동갑에 수석과 차석을 번갈아가면서 한 사이. 게다가 한창 피 끓을 나이 아닌가. 서로에게 감정이 없다면 그게 더 이상할 터.

"그렇게 하게. 장 변호사도 자네가 서포트해 준다면 좋아할 거야."

"감사합니다."

강윤태는 혁민이 어떤 식으로 소송을 진행할지가 정말 궁금했다. 상황만 본다면 현백정밀의 직원들이 불리했다. 자신이 소송을 맡는다고 가정하고 생각을 해보았는데, 직원들이 돈을 받을 수 있는 확률이 그다지 높지 않을 것 같았다.

하지만 혁민은 승리를 자신하고 있는 듯했다. 직접 보지는 못했지만, 그런 느낌이 들었다. 그래서 도대체 어떻게 소송을 끌어가는지를 직접 보고 싶었다. 그것도 자신이 혁민을 직접 상대하는 기분을 느끼면서.

"내가 장 변호사에게 얘기를 해줄까?"

"아닙니다. 제가 직접 하겠습니다."

윤태는 한껏 기대감에 부푼 마음을 한 채 방에서 나갔다. 밝은 표정으로 나가는 윤태를 보면서 하치훈은 젊음이 좋긴 좋다는 생각을 했다.

"저 나이이니 저런 걸로 즐거워할 수 있는 거겠지?"

하치훈은 윤태에게서 순수한 열정 같은 게 느껴져서 흐뭇했다. 그런데 혁민이 왜 이 사건을 맡았는지에 대해서는 아직도 의문을 가지고 있었다.

"무슨 생각을 가지고 사건을 맡은 거지? 장 변호사가 사건을 맡으리라는 걸 알고 있었을 텐데 말이야."

원래도 속내를 알기 어려운 혁민이었지만, 이번에 사건을 맡은 건 정말 왜 그런 것인지 알 수가 없었다. 그것도 자신에게 직접 찾아와서 친밀한 관계라는 걸 어필하고 난 후에 바로 이런 일이 생겨서 더 의문이었다.

"혹시 자기 능력을 어필하려고 그런 건가?"

하치훈은 그럴 수도 있다고 생각했다. 기왕 하치훈 라인으로 들어오기로 한 거 밑바닥은 마음에 들지 않는다. 그래서 이인자나 다름없는 장 변호사와 맞장을 떠서 자기 실력을 증명한다. 혁민 같은 괴짜라면 그런 생각을 했을 법했다.

"이거 당돌한 친구구만그래. 하기야 그 정도 패기는 있어야지."

하치훈은 윤태도 그렇고 혁민도 그렇고 좋은 인재를 얻었다며 흐뭇해했다. 사실은 둘 다 하치훈에게는 별다른 마음이 없다는 걸 모른 채.

*   *   *

"참 답답한 양반이네."

진윤상은 혀를 끌끌 차면서 안타까워하는 표정을 지었다.

"그래도 어떻게 그런 짓을……."

"아니 동료들을 배신하라는 것도 아니고 그냥 어떻게 진행되는지만 알려달라는데 그게 뭐 어렵다고 이러시나."

진윤상은 직원들의 대표로 혁민의 변호사 사무실에 오가는 사람 중에서 포섭할 대상을 물색했다. 이런 일은 여러 사람하고 접촉해서는 안 되는 일이다. 가장 적임자를 찾아서 단번에 포섭해야 한다.

그래서 뒷조사를 좀 했다. 가장 돈이 필요한 사람. 그리고 마음도 좀 여린 사람. 이런 사람이 있나 살펴보았고, 적임자를 찾았다. 그래서 은밀하게 만나서 이야기하고 있었다.

"아저씨 이 소송 이길 수 있다고 보는 겁니까?"

"변호사가 이길 수 있다고……."

"그거야 당연하죠. 진다고 하는 사람이 어디 있어요. 그런데 말이에요, 이걸 아셔야 해요."

진윤상은 변호사는 손해 볼 게 없다고 했다.

"어차피 이기든 지든 수임료는 받는 거잖아요. 게다가 성공보수를 40%나 얘기했다면서요? 자기도 이게 이기기 어렵다는 걸 아는 거라니까요?"

진윤상은 어차피 이기기 어려운 거, 이기면 대박이고 져도 손해 볼 건 없다. 이런 마음으로 사건을 진행하는 거라고 말했다.

"그런가? 음……."

상대는 그 말을 듣고는 상당히 흔들리는 듯했다. 일리가 아예 없는 말은 아니었으니까. 진윤상은 상대의 눈치를 살피다가 말을 이었다.

"그리고 상식적으로 생각을 해보세요. 태경이에요, 태경. 우리나라 최고의 로펌. 그런 데하고 소송을 해서 이기기가 쉬울 것 같아요?"

거대 권력과 맞선다는 건 무척 어려운 일이다. 남자도 그런 걸 잘 알고 있다. 세상을 살면서 그런 걸 숱하게 보아왔으니까. 말도 안 되는 일인데도 힘 있는 자가 승리하는 그런 모습. 그런 건 낯선 게 아니었다.

진윤상은 선심을 쓰는 척하면서 정보를 하나 흘렸다.

"변호사가 사건 담당이 어떤 검사라고 얘기했어요?"

"검사? 아니, 그런 말은 없었는데."

"하아, 내가 그럴 줄 알았지. 담당 검사가 장 변호사 후배에요. 그리고 내년이나 후년 정도에 태경에 들어오기로 되어 있는 사람이구요. 무슨 말인지 아시겠어요?"

그 말을 들은 남자의 눈동자가 급격하게 흔들렸다.

"게임은 이미 끝난 거라니까요. 그러니까 실속을 챙기시란 말이에요, 실속을."

진윤상은 남자에게 슬쩍 돈뭉치를 보여주었다. 백만 원권 두 뭉치. 큰돈은 아니었지만, 몇 달째 돈을 제대로 받지 못해서 허덕이고 있는 남자는 그 돈에서 눈을 떼지 못했다.

"아저씨. 침몰하는 배에 같이 있으면 어쩌자는 겁니까? 같이 다 바다에 가라앉을 거예요? 빨리 배에서 나와야죠."

진윤상은 돈을 남자에게 슬쩍 쥐어주었다.

"이건 성의라고 생각하시구요, 좋은 거 가져올 때마다 하나

드릴게요. 애들 맛있는 것도 좀 먹이고 그래야죠. 학원비도 내시고."

남자는 이러면 안 된다는 생각을 하면서도 돈을 돌려주지는 못했다. 이 돈이면 가족에게 반찬이라도 제대로 먹일 수 있고, 밀린 월세도 낼 수 있다. 애들 학원비하고 식당에서 일하느라 손이 부르튼 아내에게 줄 핸드크림도 살 수 있고.

"그냥 어떻게 진행되는지만 알려주면 되는 거지?"

진윤상은 회심의 미소를 지었다.

"그렇다니까요. 어려운 일도 아니잖아요."

"그런데 그 변호사는 좀 대하기가 어려워서……."

"뭐하러 변호사한테 그런 걸 알아봐요. 거기 사무장 있거든요. 오성만이라고."

"아, 맞아. 사무장이 오성만이라고 했어."

"그 친구한테 슬쩍 물어보세요. 그 친구가 아주 착하거든요. 그러니까 답답해서 그런다고 하면서 물어보면 아주 자세하고 친절하게 알려줄 거예요."

변호사야 워낙 괴팍해서 말을 걸기가 좀 그랬지만, 사무장은 정말 사람이 좋아 보였다. 사무장이라면 말을 걸어도 잘 받아줄 것 같았다. 남자는 돈을 손에 꼭 쥔 채 알았다고 하면서 고개를 끄덕였다.

그런데 남자는 갑자기 이상하다는 듯 질문을 던졌다.

"그런데 이길 게 확실하다면서 이런 건 왜 하는 건지……."

진윤상은 천연덕스럽게 대답했다.

"그래서 태경이 무서운 거예요. 99% 이길 수 있지만, 1%의 변수도 남겨두지 않겠다는 거거든요. 그러니까 이런 데하고 붙어서 이길 수가 있겠냐구요."

남자는 이해가 된다는 듯 고개를 끄덕였다. 남자를 보내고 나서 진윤상은 쾌재를 불렀다. 이로써 혁민이 이길 가능성은 거의 없게 되었다고 생각하면서.

'이 싸가지 없는 새끼. 내가 너 잘나가게 내버려 둘 줄 알아?'

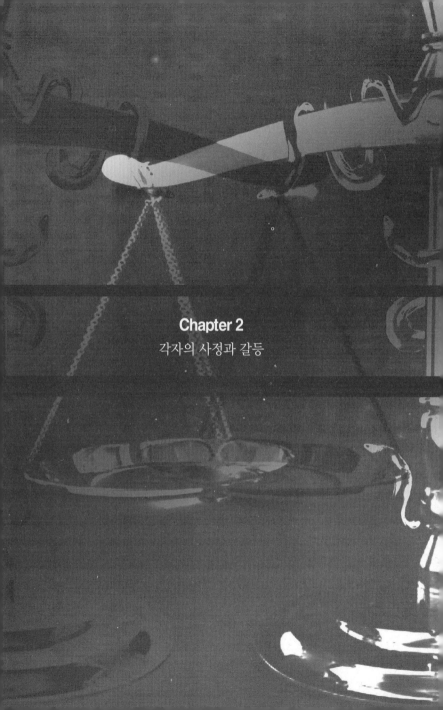

Chapter 2
각자의 사정과 갈등

강윤태는 눈살을 찌푸렸다. 그 역시 이 바닥 생리를 잘 알고는 있었지만, 조금 과한 게 아닌가 싶어서였다. 검사 배정이야 그렇다고 해도, 상대의 정보를 빼내는 건 마음에 들지 않았기 때문이었다.

　윤태는 장 변호사가 혁민과 제대로 된 승부를 하는 걸 보고 싶었다. 과연 혁민이 어떤 걸 보여줄지 가슴이 설레었다. 법으로 싸우는 남자들의 결투. 법조인인 강윤태가 기대한 건 멋진 승부였지, 지금처럼 반칙이 난무하는 개싸움은 아니었다.

　"꼭 이렇게까지 해야 하는 건가?"

　윤태는 서류를 뒤적이면서 자신도 모르게 중얼거렸는데, 사무실 안이 워낙 조용해서인지 장 변호사도 그 소리를 들었다.

"왜? 문제 되는 거라도 있는 건가?"

"아닙니다. 그냥……"

잠시 망설이던 윤태는 조심스럽게 말을 꺼냈다. 자신보다는 훨씬 선배이니 대놓고 비난을 할 수는 없는 일.

"정보를 빼 오는 게 좀… 그렇게까지 하지 않더라도 이길 수 있지 않나 싶어서요."

"뭐 나도 그렇게 생각은 하네만, 확실한 게 좋지 않겠나."

장 변호사는 부드럽게 웃으면서 말했다. 솔직히 말해서 장 변호사도 이런 식으로 일하는 걸 즐기지는 않는다. 그라고 해서 자존심 같은 게 없겠는가. 장 변호사도 나름 엘리트 코스를 밟으면서 살아온 사람이었다. 당연히 실력으로 맞붙어서 혁민을 깨버리고 싶었다.

하지만 혁민은 이제 막 개업한 애송이. 자신과는 경력이나 명성 면에서 비교가 되지 않는다. 이기면 본전, 지면 개망신. 그러니 절대로 지면 안 되는 게 이번 소송이었다. 게다가 혁민에 대한 감정도 있었다.

'그 새끼는 언젠가는 손을 봐줘야겠다고 생각하고 있었지. 마침 잘 걸렸어.'

태경으로 변호사 시보 왔을 때부터 마음에 들지 않았다. 사회적 위치와 나이가 있어서 대놓고 티를 내지는 못하고 있었지만, 마음속으로는 혁민에 대한 악감정이 부글부글 끓고 있었다. 물론 지금도 그런 티를 내지는 않았다.

"방심은 금물이야. 더구나 정 변호사는 워낙 기행으로 유명하지 않은가. 방심할 수 없는 상대이지."

장 변호사는 너털웃음을 터뜨리면서 이야기했다. 하지만 윤태는 그에게서 혁민에 대한 악감정을 느낄 수 있었다. 상대를 짓눌러 버리고 싶다는 끈적끈적하고 찐득찐득한 감정이 장 변호사의 말에서 느껴졌다.

'겉으로는 점잖은 척. 다른 사람들의 시선을 많이 의식해서 드러내려고는 하지 많지만, 속으로는 음흉한 감정을 키우고 있는 사람.'

윤태는 장 변호사에게서 자신의 형들과 비슷한 느낌을 받았다. 겉으로는 위하는 척, 점잖은 척하고 있지만, 욕망을 채우기 위해서는 무슨 짓이라도 할 사람. 그리고 그런 행동을 그럴듯한 명분을 가져다 합리화하는 사람.

자신이 보아온 사람 중에는 이런 사람이 대부분이었다. 아마도 세상 사람 대부분이 이럴지도 모른다.

"가만있어 보자. 전 사장이 올 때가 되었는데……."

장 변호사는 손에 찬 롤렉스 시계를 보면서 중얼거렸다. 그리고 밖에서 그 말을 듣고 있었다는 듯 전 사장이 문을 열고 들어왔다. 윤태는 확실히 양반은 아니라고 생각하면서 피식 웃었다.

윤태는 장 변호사와 전 사장이 밝은 표정으로 인사를 나누는 모습을 보았다. 형식적이고 의례적인 모습. 진심이라고는 한 방울도 느껴지지 않는 감정의 웅덩이. 사건이 자신들에게 유리하게 진행되고 있어서 기분이 좋다는 걸 제외하고는 어떠한 교감도 느껴지지 않았다.

하지만 전 사장은 이내 윤태에게로 방향을 틀었다. 윤태를 보더니 득달같이 그의 앞으로 달려온 것이다.

"아이고, 이거 처음 뵙겠습니다."

장 변호사에게도 살짝 말을 놓는 전 사장은 윤태에게는 오히려 깍듯하게 대했다. 윤태와는 첫 만남이었지만, 이미 그가 명현그룹의 자제라는 걸 알고서 그러는 것일 터.

'우리 집에 찾아오는 사람들에게서 흔히 볼 수 있었던 그런 스타일. 강자에게는 약하고, 약자에게는 무자비한 인간.'

윤태는 직감적으로 전 사장이 어떤 부류의 인간인지 느낄 수 있었다. 그리고 그런 사람들에게 어렸을 때부터 했듯이 거의 무표정한 얼굴로 인사를 받았다.

하지만 전 사장은 그런 것에는 전혀 개의치 않고 계속해서 윤태에게 말을 걸었다. 이 기회에 확실하게 자신의 얼굴을 알리겠다는 듯이.

"저는 나가보겠습니다. 두 분이 말씀 나누시죠."

잠시 이야기를 들어주던 윤태는 자리에서 일어났다. 자신 때문에 장 변호사가 제대로 대화에 끼어들지 못하고 있었기 때문이다.

장 변호사가 헛기침을 하면서 신호를 보냈지만, 전 사장은 전혀 개의치 않고 윤태에게만 말을 걸었다. 너무 노골적이라서 눈살이 찌푸려질 정도. 하지만 넉살이 좋은 것인지 눈치가 없는 것인지 전 사장은 그런 거에는 전혀 신경을 쓰지 않았다.

"아니, 조금 더 있다가 가시지⋯⋯."

"할 일이 있어서요. 죄송합니다."

전 사장은 무척이나 아쉬워했지만, 장 변호사는 앞으로 사건 때문에라도 계속 보게 될 테니 다음을 기약하자고 그를 달랬다.

밖으로 나온 윤태는 혁민이 어떤 식으로 이 위기를 벗어날까 생각해 보았다. 솔직한 이야기로 내부 정보까지 빼오는 상황을 제대로 알지 못하면 옴짝달싹하지 못하고 당할 것 같았다.

'쉽지 않겠어. 법리적인 문제나 실무적인 역량 같은 건 써먹지도 못할지도 몰라. 링에 서기도 전에 승부가 나버릴 테니까. 그 녀석은 이런 종류의 힘이 있다는 걸 알고는 있는 걸까?

만약 자신이라면 어땠을까 생각도 해보았다. 아마도 원리원칙대로 진행했을 것이다. 자료를 받아서 거기서 증거를 찾고, 그 증거를 바탕으로 소송을 진행하고. 그게 윤태의 스타일이었으니까.

'그렇게 되면 아마도 패소하겠지?

윤태는 씁쓸하게 웃었다. 자신과 같은 스타일은 이런 게임에서는 틀림없이 패했을 것이다. 하지만 혁민은 조금 달랐다. 자신이 정통파 복서라면 혁민은 변칙 복서. 그러면 무슨 수를 낼 것 같았다.

하지만 그렇다고 혁민을 돕거나 할 생각은 없었다. 세상이란 원래 공평하지 못한 곳이다. 그 안에서 자신의 소신대로 행동하겠지만, 억지로 그걸 부수거나 깨려고 하지는 않을 거라는 게 윤태의 생각이었다.

'아니야, 그래도 이건 너무 불공평한 거 아닌가? 약간의 정보는 알려줄까?'

윤태는 그런 고민을 하면서 자신의 방으로 들어가려는데, 방 근처에서 율희와 마주쳤다.

"어, 율희구나."

"안녕하세요."

율희는 어색한 표정으로 인사했다. 친한 오빠였지만, 직장에서야 평소처럼 대할 수는 없는 일. 가뜩이나 윤태의 추천으로 입사한 것 때문에 말이 많은데, 공연히 다른 사람들에게 오해를 살 일을 할 이유는 없었다. 남들의 입에 오르내려서 좋을 건 없었으니까.

"회사 생활은 어때?"

"괜찮아요. 다른 분들이 신경도 많이 써주시고요."

율희는 꾸벅 인사를 하면서 급하게 전달해야 할 게 있다고 말하고는 걸음을 옮겼다. 윤태는 어서 가보라고 하고는 자신의 방으로 들어왔다. 직원 몇 명이 이 광경을 보았지만, 그저 스쳐 지나가는 걸 보고는 이내 자기 업무에 집중했다.

윤태가 방으로 들어가고 나서 시간이 조금 흐른 후, 전 사장이 웃으면서 장 변호사의 사무실에서 나왔다, 그리고 다시 시간이 조금 흐른 후, 진윤상이 나타나더니 장 변호사의 사무실로 들어갔다.

"어, 진 조사원."

장 변호사가 반갑게 그를 맞이했다.

"그래, 일은 잘되고 있겠지?"

"물론입니다. 포섭된 인력 한 명이 계속해서 변호사 사무실에 들락날락하고 있으니 무슨 일이 있으면 바로 연락이 올 겁니다."

그 남자는 주저주저하면서도 변호사 사무실에 자주 갔다. 어차피 소송에는 큰 영향을 주지 않는 거라고 하면서 진윤상이 살살 꼬드겼기 때문이었다.

"일단은 계좌 쪽을 집중해서 보고 있답니다."

"그래? 그러면 혹시 모르는 일이니까 그쪽으로는 신경을 좀 써야겠어."

장 변호사는 하치훈이 왜 이 친구를 높이 평가하는지 알 것 같았다. 입에 맞는 정보를 쏙쏙 가져왔다.

"그러면 그쪽 일은 다른 소식이 오면 처리하는 걸로 하고, 혹시 강윤태 관련해서는 무슨 소식이 없나?"

장 변호사는 은근한 표정으로 진윤상을 보면서 물어보았다. 그러자 진윤상은 몸을 살짝 굽히더니 살짝 웃는 표정을 한 채 대답했다.

"하 변호사님이 장 변호사에게는 이야기해도 된다고 하셨습니다."

그 말을 들은 장 변호사는 기분이 좋은 듯 껄껄 웃었다. 그런 정보까지 공유한다는 건 자신을 그만큼 가깝게 여기고 있다는 거였으니까. 그리고 진윤상이 사람의 기분을 잘 맞출 줄 아는 사람이라는 생각이 들었다.

같은 말을 해도 사람의 기분을 상하게 할 수도 있고, 마음을 흡족하게 할 수도 있다. 그런데 진윤상은 상대가 원하는 방향으로 말을 할 줄 알았다.

"그래, 어떻던가?"

"새로 온 여직원하고는 특별한 관계는 아닌 것 같습니다. 최근에 둘이 따로 만난 적은 없더군요."

계속 지켜보고는 있는데, 별다른 사이는 아닌 것 같다고 했다.

"애초부터 둘이 어울리는 사이가 아니기는 하지."

장 변호사는 그럴 줄 알았다는 듯 고개를 끄덕였다. 재벌가의 삼남에다가 엘리트 변호사이다. 그런 남자와 변변치 않은 집안의 고졸 출신 사무직 여직원이 어디 가당키나 한 소리던가. 애초에 둘 사이에 뭐가 있다고 생각하는 것 자체가 이상했다.

"부장님은 뭐라고 하시던가?"

"그래도 혹시 모르는 일이니 당분간은 조금 더 지켜보라고 하셨습니다."

"하기야 워낙 꼼꼼한 분이니까."

장 변호사는 알았다고 하고는 진윤상과 악수를 했다. 계속 수고해 달라고 하면서. 진윤상은 공손하게 두 손으로 악수하고는 밖으로 나갔다. 진윤상이 밖으로 나가자 장 변호사는 자리에 털썩 앉으면서 중얼거렸다.

"어디서 찾았는지는 모르겠지만, 부장님도 정말 대단하시군. 저런 녀석이 주변에서 서포트를 해주면 일하기가 정말 편하겠어. 게다가 뒤탈이 생기면 그냥 잘라 버리면 그만이고 말이야."

장 변호사는 큭큭대며 웃었다. 그리고 전 사장에게 연락해서 차명 계좌 관련해서 신경을 좀 쓰라고 말해야겠다고 생각했다.

*　　*　　*

"일은 잘되는 거야?"

"그럼. 거의 다 됐어. 이제 증거만 조금 더 보강해서 법원에 제출하기만 하면 돼."

혁민은 차명 계좌에 대한 가압류와 부동산에 대한 처분금지 가처분 신청은 통과되리라 생각했다. 그만큼 확실한 증거를 첨부했으니까.

"나는 다른 건 몰라도 이건 잘됐으면 좋겠더라. 아우, 그 사람들 고생한 거 이야기를 들어보면 정말 사장 그 자식 죽이고 싶겠더라."

"잘될 거야."

"차명 계좌하고 부동산 둘 다 하면 사람들 월급하고 퇴직금 받을 만큼은 되겠지?"

"부동산은 경매해 봐야 아는 거기는 한데, 사람들 받을 만큼이야 될 거야."

성만은 잘되었다면서 자기가 뭐 도울 일 없느냐고 신이 나서 말했다.

"어차피 내가 해야지 뭐. 형은 보람 씨하고 퇴근해. 나는 한두 시간 정도 더 해야 끝날 것 같으니까."

"혼자 사는데 일찍 가서 뭐하겠어."

성만은 머리를 긁적이면서 이야기했다.

"그럼 보람 씨하고 뭐 보러 가든가.. 영화나 공연 같은 거 좋아한다더라."

"에이, 보람 씨야 볼 사람 따로 있겠지."

"남자 친구는 없는 것 같던데?"

"그래? 그럼 언제 공연 같은 거 같이 보자고 그럴까?"

성만은 그 말을 듣더니 후다닥 밖으로 나갔다. 같은 사무실에서 일하니 친하게 지내는 것 정도야 괜찮다고 생각했다. 하지만 그 이상은 조금 위험할 수도 있었다. 혁민은 장중범이 얼마 전에 한 말이 떠올랐다.

—내 딸한테 이상한 짓이라도 했다가는 법원에는 평생 휠체어 타고 다녀야 할 거야.

전화기 건너에서 들려오는 목소리인데도 몸이 부르르 떨릴 정도였다.

"설마하니 순진한 성만이 형이 사고 치지는 않겠지?"

혁민은 그럴 리가 없다고 생각하며 서류 정리에 집중했다.

하지만 갑자기 걸려온 전화 때문에 일을 멈추어야 했다.

"이 전화기가 아니네?"

원래 가지고 다니는 전화기가 아닌, 다른 전화. 장중범의 전화였다. 오늘은 특별히 연락이 올 일이 없는데, 무슨 일일까 하는 생각이 들었다.

─조금 곤란하게 됐다. 생각보다 시간이 조금 더 걸리겠어.

"그래요? 가능하면 빨리 끝냈으면 했는데……."

─그런데 이런 게 꼭 필요한 건가?

"필요하죠. 필요한 상황이 오지 않는다면 다행이겠지만, 확실한 게 좋으니까."

─아무튼, 시간은 좀 걸릴 것 같다. 뭐 그래도 그렇게 오래 걸리지는 않을 거야. 생각한 것보다 더 걸린다는 거지.

혁민은 최대한 작업을 서둘러 달라고 말하고는 통화를 마쳤다. 그리고 얼마 지나지 않아 서류 작업도 모두 마쳤다.

"자, 이제 내일 이걸 내면 끝이구나."

혁민은 크게 기지개를 켰다.

"일단 이걸로 잽을 한번 날려보고."

혁민은 그렇게 중얼거리면서 서류를 한번 쭉 확인하고는 고개를 끄덕였다. 그는 사무실에 불을 끄고 밖으로 나왔다. 짙은 어둠이 방 안에 있는 모든 것을 덮었다.

＊　　　＊　　　＊

"합의요?"

윤태는 조금 의아하다는 듯 물었다. 소송하다가 서로 합의하는 경우야 흔한 일이다. 하지만 이번 경우에는 타이밍이 이상했다.

"그래. 가능하면 원만하게 타협을 하는 게 좋지 않겠나. 사실 횡령하고 배임이 걸려 있어서 클라이언트에게 부담되기도 하고 말이야."

윤태는 자신도 모르게 고개를 갸웃거렸다. 그 이유는 말이 되지 않기 때문이었다. 이상함을 느낀 윤태는 슬쩍 장 변호사의 얼굴을 쳐다보았는데, 그의 표정이 아주 묘했다. 마치 수수께끼를 내고 한번 맞춰보라고 하는 사람의 표정을 하고 있었다.

"왜? 뭐 이상한 점이라도 있나?"

"전 사장에게 불리한 증거가 나왔나 보군요."

윤태가 눈치를 채고 말하자 장 변호사는 만면에 미소를 띠면서 되물었다.

"왜 그렇게 생각하지?"

"지금까지 상황으로 보면 합의를 할 이유가 없으니까요. 그런데 갑자기 합의를 생각한다는 건……."

장 변호사는 가볍게 웃으면서 고개를 끄덕였다.

"그래. 자네가 생각하는 게 맞아."

장 변호사는 상대방이 발견한 게 있는데, 크게 신경은 쓰지 않아도 된다고 말했다. 그러면서 윤태에게 합의를 진행해 볼 생각이 있느냐고 물었다. 자신도 참가하겠지만, 생각이 있으면 경험 삼아서 해보라는 거였다.

장 변호사는 윤태가 명현그룹의 삼남이니 이런 걸 경험해 두면 좋지 않겠냐는 일종의 배려를 한 거였다.

"어렵게 생각하지 않아도 돼. 그냥 시간을 끌기만 하면 되는 거니까."

장 변호사는 윤태에게 손을 쓸 시간만 벌면 되는 거라고 이야기했다. 윤태는 장 변호사가 하는 행동은 마음에 들지 않았지만, 자신이 어쩔 수 있는 건 아니었다. 어차피 자신의 의사와는 상관없이 진행될 소송.

"알겠습니다. 제가 진행하죠."

윤태는 이런 상황을 어렸을 때부터 많이 겪었다. 자기 뜻대로 되는 건 정말 열에 하나도 없었다. 아버지와 가족의 뜻이 절대적이었으니까. 그래서 그런 데 시간과 노력을 투자하는 게 얼마나 무의미한지를 너무나도 잘 알고 있었다.

그래서 자신이 원하는 것. 혁민과 반대편이 되어 겨루어보는 것. 그 기회를 얻는 것에 만족하기로 했다.

"좋아. 여기에 적힌 내용대로만 진행하라고. 아마도 좋은 경험이 될 거야."

장 변호사는 수치가 적힌 서류를 윤태에게 넘겨주면서 유난히 경험이라는 단어에 힘을 주어 말했다. 윤태는 서류를 보느라 눈치채지 못했지만. 윤태가 서류를 보는 사이 장 변호사는 밖에 연락해서 시간을 잡으라고 말했고, 사무실 밖에서는 율희가 어디론가 전화를 걸었다.

　시간이 흘러 도심의 건물에 그림자가 드리워질 때쯤, 연락받은 현백정밀의 직원들과 혁민이 태경이 있는 건물 근처에 나타났다.

"이거 좋은 거 아닙니까?"

　직원 몇 명이 얼굴이 상기된 채 혁민에게 질문을 던졌다. 상대가 굴복해서 돈을 주겠다고 하는 게 아니냐고 물은 것이다.

　연락을 받자마자 직원들은 혁민과 함께 태경으로 향했다. 합의라는 말에 돈을 받을 수 있는 거 아니냐면서 다들 흥분해서 난리를 피워서 혁민도 따라올 수밖에 없었다. 사무실로 몰려와서는 당장 가자고 하는데 어쩌겠는가.

　사실은 이런 경우에는 시간을 좀 끌고 여유 있게 대처하는 게 좋다. 상대와의 기 싸움이 얼마나 중요한가. 그런데 이렇게 오라고 한다고 바로 달려오면 자신들이 급하다는 걸 광고하는 꼴밖에 되지 않는다. 하지만 직원들이 혁민을 끌고라도 올 것 같은 분위기라서 어쩔 수가 없었다.

"아직은 모릅니다. 일단 가서 대화를 해봐야 알 수 있을 것 같네요."

　혁민은 원론적인 대답을 했지만, 내심 상대가 수작을 부리고 있다고 생각했다. 타이밍상으로는 그럴듯했다. 전 사장의 비리가 점점 밝혀지고 있으니 문제가 더 커지기 전에 합의하는 게 좋을 수도 있었다.

하지만 어디 세상이 그렇게 자기 유리한 쪽으로만 돌아간다든가. 상대도 당연히 자신에게 유리한 방향으로 끌고 가기 위해서 모든 걸 다 할 것이다. 그리고 태경이라는 거대 로펌이 이렇게 손쉽게 꼬리를 내린다? 있을 수도 없는 일이다.

"역시 실력 있는 변호사님이라고 하더니 뭐가 달라도 다르네. 그지?"

"그러니까. 사장이 먼저 돈 줄 테니까 만나자고 할 줄 누가 알았나 말이야. 월급 때가 지나도 우리가 먼저 가서 돈 달라고 해야 줄까 말까 했는데 말이지."

"그 사장 약점을 콱 틀어쥐니까 그런 거지. 사장 그 새끼가 어떻게 나올는지 아주 궁금해서 미치겠네, 미치겠어."

사람들은 이긴 거나 마찬가지라고 생각하는 듯 만면에 웃음이 가득했다. 혁민은 일단은 그냥 내버려 두었다. 지금 무슨 이야기를 해도 들리지 않을 것이다. 이들의 머릿속에는 오로지 돈을 받을 생각만 가득하니까.

혁민은 상대가 어떻게 나오든지 상관없었다. 오히려 잘되었다는 생각도 들었다. 어차피 자신에게도 시간이 필요했으니 울고 싶은데 뺨을 제대로 때려준 격이었다.

'못 이기는 척하고 수작에 놀아나는 시늉을 하면 딱이겠어.'

그런데 그렇게 와자지껄하게 떠들던 사람들이 태경에 도착하자 갑자기 벙어리가 된 것처럼 조용해졌다. 거대 로펌이 주는 압도적인 분위기. 직원들은 자신도 모르게 그런 분위기를 느끼는 모양이었다.

"아까 제가 이야기한 거 다들 기억하죠? 흥분하지 말고 상대가 어떤 이야기를 해도 일단 듣고 나서 같이 상의한다. 오늘 이야기로 끝나는 게 아니다. 혹시 이야기가 좀 되는 것 같아도 앞으로 몇 번 더 만나야 할지 모른다."

"아무렴. 알다마다."

사람들은 이구동성으로 알았다고 했지만, 건성으로 대답하고 있다는 게 보였다. 혁민은 그런 사람들을 보면서 고개를 흔들고는 사무실 안으로 들어갔다.

"이쪽으로 오세요."

혁민은 순간적으로 멈칫했다. 현백정밀의 직원들과 혁민을 안내하기 위해서 율희가 기다리고 있었던 것이다. 이곳에 오면 그녀를 볼 수 있으리라는 생각은 하고 있었지만, 이렇게 안내하러 나와 있으리라고는 생각지도 못했다.

좋아하는 사람을 조금이라도 더 가까이서 보고 싶은 건 당연한 마음이다. 하지만 예상치도 못한 상황에서 마주치게 되면 기쁘기도 하지만 당황스러운 게 우선이다. 혁민도 무어라 말은 해야 하는데, 말은 나오지 않고 가슴만 벌렁벌렁 뛰었다.

당황스러운 건 율희도 마찬가지였다. 상대는 자신을 따라올 생각은 하지 않은 채 제자리에 우두커니 서 있었다. 혁민이 움직이지 않자 직원들도 움직이지 못하고 있었던 것이다.

"저기, 그러니까… 이쪽으로 오셔야……."

"아, 예… 네. 물론 그래야죠."

율회와 혁민은 서로 당황해서 중간에서 우물쭈물거렸다. 아주 짧은 순간이었지만, 둘은 서로 얼굴이 살짝 붉어진 채 서로를 힐끔거리면서 말을 더듬었다. 마치 미팅에 처음으로 나간 어린 소년과 소녀처럼.

하지만 혁민이 당황한 것은 아주 잠깐. 이내 정신을 추스르고 움직였다. 현백정밀의 직원들은 잠시 이상함을 느꼈지만, 바로 잊어버렸다. 사장에게서 돈을 받아낸다는 생각에 모든 정신이 팔려 있었기 때문에 다른 건 눈에 잘 들어오지도 않았기 때문이었다.

그리고 그들이 들어간 회의실에는 전 사장과 두 명의 변호사가 미리 와서 기다리고 있었다.

"이쪽으로 앉으시지요. 아, 저기. 마실 것 좀 부탁해요, 미스 민"

장 변호사는 직원들을 보며 자신의 앞쪽 자리에 앉으라고 손짓을 했다.

직원들은 전 사장을 노려보면서 자리에 앉았는데, 전 사장은 그런 직원들을 보고는 가소롭다는 듯 피식 웃었다.

*   *   *

"지금 장난하나!!"

턱수염이 덥수룩한 직원이 벌떡 일어나서 소리를 질렀다. 어차피 이곳에 올 때 돈을 전부 받을 수 있으리라고는 생각지 않았다. 전부 줄 거라면 부르지도 않았을 것이다. 합의를 한다는 건 금액을 맞추어보자는 거였으니까.

하지만 적어도 절반 정도는 이야기할 줄 알았다. 아니, 아무리 못해도 30~40% 정도는 주겠다고 말을 꺼내고, 거기서부터 시작해서 밀고 당기고를 하다가 적당한 선에서 합의하거나 그러리라 생각했다. 설마하니 10%를 이야기할 줄 누가 알았겠는가.

"저기 너무 흥분하지 마시고……."

윤태가 수습을 해보려 했지만, 사람들의 고성은 그치지 않았다. 얼굴이 시뻘게진 사람들이 일어나서는 삿대질을 하면서 고함을 질렀다. 회의실 안은 순식간에 난장판이 되었다.

윤태는 정말로 당황스러웠다. 언제 재벌가의 자식인 자신의 말에 이렇게까지 흥분하면서 소리를 지른 사람들이 있었던가. 이런 상황은 처음이라서 어찌할 바를 몰랐다. 그래서 평소에는 그렇게 차분하고 냉철한 윤태였지만, 지금은 식은땀을 흘리면서 쩔쩔매고 있었다.

"당신 같으면 지금 흥분 안 하게 생겼나? 십 프로? 그걸 지금 말이라고 하는 기야?"

"겨우 이따우 얘기하자고 불렀어? 이 새끼들 확 찢어서 널어버려?"

하지만 전 사장은 이런 직원들의 모습이 마음에 들지 않은 모양이었다. 그는 가뜩이나 열이 받은 사람들에게 기름을 부었다.

"그나마 못 받을 거 챙겨주는 줄 알아. 그 정도면 감지덕지 해도 모자랄 판인데 어디서 쌍욕이야, 쌍욕이. 하여간 무식한 새끼들은……."

전 사장이 말을 하자마자 직원들 눈에 핏발이 곤두섰다. 거친 욕설이 들리면서 당장 전 사장에게 달려가려는 사람들이 여기저기 보였다. 아마 그대로 두었으면 아마도 몇 명은 전 사장을 덮치고 사정없이 두들겨 팼을 것이다. 그래도 이상하지 않을 정도로 상황은 험악했다.

콰앙!!

그런데 갑자기 폭탄이 터진 것 같은 커다란 소리가 들렸다. 사람들이 깜짝 놀라 시선을 돌렸는데, 소리의 진원지는 바로 혁민이었다. 그가 주먹으로 책상을 내려친 거였는데, 얼마나 강하게 내리쳤는지 책상이 움푹 들어가 있었다.

사람들의 시선이 모이자 혁민은 팔짱을 끼면서 말했다.

"작전타임 좀 합시다. 경기가 너무 과열된 것 같아서……."

혁민의 껄렁껄렁한 말투에 장 변호사는 묘한 표정이 되었다. 그는 계속해서 혁민을 바라보다가 피식 웃었다.

"그럽시다. 잠깐 쉬었다가 합시다. 이러다가는 주먹다짐까지 하게 생겼구만."

장 변호사는 이죽거리면서 이야기를 하고는 사람들을 데리고 회의실에서 나갔다. 셋은 장 변호사의 사무실로 갔는데, 셋다 표정이 묘했다.

"이봐, 장 변호사. 저기 상대 변호사 괜찮은 거야? 보통내기가 아닌 것 같은데?"

전 사장은 직원들 변호사가 나이도 어리고 해서 얕보고 있었는데, 오늘 보니 만만하게 볼 상대가 아니라는 생각이 들었다. 평소에도 사람 보는 눈은 있다고 자부하는 전 사장이었다. 그가 보기에 혁민은 손쉬운 그런 사람이 아니었다.

"실력이야 있지만, 혼자서 뭘 하겠습니까. 어차피 우리는 시간만 벌면 되니까요."

"그건 그렇지만… 그래도 아까워. 아까 분위기 좋았는데 말이야. 두들겨 맞았으면 쉽게 갈 수도 있었는데 그걸 딱 끊어버리네."

전 사장은 아쉽다는 듯 입맛을 다셨다. 둘이 이야기하는 동안 윤태는 약간 자괴감에 빠져 있었다. 그동안 꽤 경험을 쌓았다고 생각했는데, 그게 전부 헛것이 아닌가 하는 생각이 들었던 것이다.

자신이 상대한 사람들은 그저 하소연하고 부탁하는 사람들이었다. 이렇게 눈앞에서 피를 토하는 것같이 말하고 상대를 죽일 듯이 달려들려는 사람은 처음 보았다. 사람들의 기세가 너무 험악해서 몸이 잘 움직이지 않을 정도였다.

'나는 그냥 온실 속의 화초였나?'

그에 반해 혁민은 어떠한가. 좋지 않게 흐를 수도 있었던 회의실 안의 분위기를 단번에 휘어잡아 버렸다. 자신은 움찔거리면서 몸을 피하고 있을 때 말이다.

'도대체 그 녀석은 지금까지 뭘 하면서 살아온 거지? 전쟁

터라도 경험한 건가?

같은 시각, 회의실 안에서는 직원들이 혁민의 눈치를 살피고 있었다. 자신들이 실수할 뻔했다는 걸 알고 있었기 때문이었다.

"저기… 변호사님. 이게… 우리가 너무 흥분을 해서……."

직원들의 대표가 슬그머니 옆으로 와서는 조심스럽게 말을 걸었지만, 혁민은 손을 들고는 무표정한 얼굴로 대답했다.

"아, 괜찮습니다. 제가 처음부터 얘기했죠? 어차피 여러분 믿지 않는다고."

그 말에 사람들은 더욱 위축되었다. 입이 있어도 할 말이 없었다. 오기 전에 분명히 조심하라고 주의를 주었다. 상대방은 어떻게 해서든 꼬투리를 잡으려고 별짓을 다 할 거라는 말도 해주었다.

하지만 정말 참기 어려웠다. 자신들이 이렇게 고생하는 게 누구 때문인데. 그런데 그 죽일 놈이 비꼬는 말을 툭 내뱉으니 순간적으로 꼭지가 돌아버린 거였다.

"상대가 왜 저럴 것 같습니까?"

혁민은 자리에 앉아서 다리를 꼰 채 무릎에 손을 모으고는 이야기했다. 사람들의 얼굴을 쭉 훑어본 혁민은 말을 이었다.

"이기고 있는 팀은 작전에 변화를 줄 이유가 없죠. 분위기가 좋은데 뭐하러 작전을 바꿉니까. 작전을 바꿨다는 건 뭔가 안 풀리는 게 있다는 거 아니겠어요?"

"아~"

사람들이 일제히 고개를 끄덕였다. 혁민은 간단하게 이야기를 했다.

"업무상 횡령 또는 배임으로 왜 고소하는지는 제가 간단하게 이야기한 적이 있었죠?"

혁민의 말에 직원들이 고개를 끄덕였다.

뉴스에 보면 직원들이 회사의 대표를 업무상 횡령 또는 배임으로 고소하는 장면이 종종 나온다. 그러면 그 직원들이 회사 대표의 부정을 단죄하기 위해서 그러는 것이냐. 물론 그럴 수도 있겠지만, 대부분은 회사 대표를 압박하기 위한 목적이다.

특정경제범죄 가중처벌 등에 관한 법률에는 업무상의 횡령과 배임의 경우 이득액에 따라서 가중처벌을 하도록 규정하고 있다. 횡령이나 배임으로 얻은 이득액이 5억 원 이상 50억 원 미만일 때는 3년 이상의 유기징역, 50억 원 이상일 때는 무기 또는 5년 이상의 징역에 처한다고 되어 있다.

회사의 대표로서는 엄청난 부담일 수밖에 없다. 그래서 직원들의 밀린 월급과 퇴직금을 받아내는 것이 목적이지만, 이런 종류의 소송은 실무적으로 형사소송을 통해 업무상 횡령 또는 배임으로 고소를 하고 시작하는 것이다.

그래서 태경에서도 기를 쓰고 자신들이 손을 쓸 수 있는 검사에게 사건이 배정되도록 한 것이고. 혁민은 이 부분에 관해서 조금 자세히 설명하고는 말을 덧붙였다.

"저를 믿으면 이길 수 있습니다. 확실하게."

혁민의 이야기에 사람들이 안도하는 표정을 지었다. 혁민이 무슨 방법을 찾았으니 이제는 돈을 받는 일만 남았다고 생각하면서.

*   *   *

"이거 얘기한 거하고는 틀리지 않나."

전 사장은 일이 생각한 대로 풀리지 않는다며 장 변호사를 질책했다.

"아직이야 문제 될 게 없는 거 아닙니까. 조치를 하고 있으니 좀 기다리시지요."

"아니 상대 변호사가 계속해서 파고들어 오는데 지금 그렇게 한가한 소리를 하고 있을 때야? 엉? 확실하게 이길 수 있는 건 맞아? 그런 거냐고!"

"하이고, 전 사장님. 검사가 우리 편인데 무슨 걱정을 하십니까."

장 변호사의 말에 전 사장은 그제야 조금 화를 누그러뜨렸다. 하지만 장 변호사는 말과는 달리 마음이 편할 수가 없었다. 검사로서도 어찌할 수 없는 시점이 분명히 있기 때문이었다.

사소한 증거 한두 개야 어떻게든 무마한다고 하지만, 누가 보더라도 뻔한 걸 대놓고 무시한다는 건 쉽지 않은 일이다. 그런데 혁민이 비리를 찾아내는 솜씨를 보니 이 정도에서 끝날 것 같지가 않았다. 그래서 더 걱정이었다.

'아니 전문가들도 쉽지 않을 거라고 한 걸 어떻게 그렇게 찾아내는 거지?'

설마하니 혁민이 이 정도로 속속들이 비리를 밝혀낼 줄은 생각도 못 했던 장 변호사는 진윤상이 있어서 그나마 다행이라고 생각했다. 그가 정보를 가지고 오지 않았다면 그냥 앉아서 당할 뻔했으니까.

"그런데 단도리는 잘하고 있는 거겠지?"

"물론입니다. 이미 확실하게 처리를 해놓았고……."

장 변호사는 잠시 말을 끌더니 전 사장의 귀에다 대고는 속삭였다. 방 안에는 둘밖에 없었지만, 누가 듣기라도 하면 큰일이 나는 것처럼.

"따로 움직이는 사람이 있으니까 조만간 좋은 소식이 올 겁니다."

"따로? 아하! 어제 이야기한 그건가 보구만."

장 변호사는 웃으면서 고개를 끄덕였다.

"맞습니다. 그렇게만 된다면야 손 안 대고 코 풀 수 있는 거죠. 그렇지 않다고 하더라도 상대가 분열되면 그만큼 힘도 빠지는 거고, 방법도 여러 개 생기는 거니까요."

"하기야 원래 노조 같은 거 잡을 때는 일단 나눠놓고 시작하는 거지. 좋아! 어디 한번 믿어보지."

장 변호사와 전 사장은 서로를 마주 보고 껄껄 웃었다.

그리고 그 시각, 진윤상은 사람을 만나고 있었다. 현백정밀 직원 대표 중 한 사람을.

"지금 항신정밀에서 베트남에 공장을 새로 지으려고 하는데 이 사건 때문에 골치가 아파서 빨리 해결하려고 하는 겁니다. 그런 거만 없었으면 이렇게 얘기할 이유가 없죠. 어차피 이긴 소송인데 말이에요."

"켕기는 게 있는 건 아니고? 그런 게 없으면 이러지 않을 거 같은데?"

하지만 턱수염이 덥수룩한 직원은 의심이 가득한 눈초리로 진윤상을 쳐다보았다. 하지만 진윤상은 조금의 흔들림도 없이 이야기를 이어나갔다.

"얘기드렸잖아요. 검사가 내년에 태경에 오기로 한 사람이라고. 그냥 혐의 없다고 하고 덮으면 끝이에요. 어차피 옷 벗을 사람인데 그런 게 어려울 것 같습니까?"

남자는 한숨을 내쉬었다. 세상이 그렇다는 거 누가 모르겠는가. 그리고 태경 정도의 거대 로펌이라면 그럴 수도 있을 것 같았다.

"생각을 해보시라고요. 검사가 죄가 있다고 생각하면 구속을 할 거 아닙니까. 그런데 전 사장 구속되지 않았죠?"

남자는 이야기를 들을수록 불안해졌다. 변호사야 분명히 이긴다고 말했지만, 그거야 변호사의 이야기일 뿐. 당연하다고 생각한 게 뒤집히는 거 숱하게 보아오지 않았던가.

계약이 다 되었다고 생각했는데, 갑자기 다른 회사로 넘어가는 일. 분명히 죄가 있는 사람이 무죄로 풀려나는 일. 그게

다 보이지 않는 힘이 작용해서 그렇게 된 거 아닌가. 그런 걸 평생 봐왔기 때문에 불안했다.

"그러니까 횡령, 배임 뭐 이런 건 소용없는 거예요. 그러면 숨겨놓은 거 실질적으로는 법인 재산이라고 밝혀서 돈 받아낸다고 했을 건데요, 그것도 이미 다 손썼어요. 차명 계좌하고 부동산 이런 거 싹 다 정리했다니까요."

진윤상은 당신들은 절대로 돈을 받을 수 없다고 누누이 강조했다. 남자는 이야기를 들을수록 점점 흔들렸다. 승리는 항상 힘 있고 돈 많은 사람의 몫이었다. 진윤상은 남자가 흔들린다는 걸 눈치채고는 속으로 쾌재를 부르면서 말을 이었다.

"그런데 왜 빨리 해결하려고 하느냐. 베트남에서 클레임이 들어왔어요. 거의 얘기가 다 된 상태인데, 왜 자꾸 늦어지느냐고 말이에요. 빨리 진행하지 않으면 다른 회사하고 진행하겠다 하니 전 사장이 지금 미칠 지경이에요."

진윤상은 수백억짜리 계약이 날아가게 생겼는데 전 사장이 가만히 있겠느냐고 물었다. 남자는 고개를 저었다. 전 사장 성격에 절대로 가만히 있지 않을 것이다.

"뭐, 받아들이지 않으셔도 상관없어요. 벌써 우리 쪽으로 온 사람들이 있고, 제안 받아들일 사람은 많으니까."

진윤상이 자리에서 일어나려고 하자 남자는 황급하게 그의 팔을 잡았다. 진윤상은 못 이기는 척하고 다시 자리에 앉았고.

"지금 그쪽으로 간 사람도 있다고 했는가?"

"아, 이런 좋은 조건인데 누가 안 와요. 지금까지 얘기한 사람들은 다 왔다니까요."

"그러니까 받을 돈의 이십 프로는 일시불로 먼저 주고, 나머지 이십 프로는 차차 준다 이거지?"

"예. 이십 프로만 한꺼번에 받아도 금액 꽤 되잖아요. 일단 급한 건 다 해결되지 않아요?"

남자가 받을 돈은 3천만 원이 조금 넘었다. 거기에 이십 퍼센트면 6백만 원 정도. 거기다가 체당금으로 3개월 치 급여와 3년 치 퇴직금도 받을 수 있다. 하지만 사십 퍼센트만 받을 수 있다는 게 조금 아까웠다.

"그래도 사십 프로는 좀……."

"잘 생각해 보세요. 어차피 얼마 차이도 안 나요. 변호사가 성공 보수로 사십 퍼센트 가져가기로 했다면서요."

진윤상은 변호사가 사십 퍼센트를 가져가면 받을 수 있는 건 육십 퍼센트니 불확실한 육십 퍼센트를 선택할 것이냐, 확실한 사십 퍼센트를 선택할 것이냐 그 차이라고 말했다.

"지금 그 변호사 실력 좋은 거 다 알아요. 그런데 세상이 실력만 가지고 돌아가나? 그러다가 패소하면? 그러면 어쩌려고 이러세요."

변호사는 어차피 수임료 받고 일하는 거니까 손해 보는 거 없다고 말했다. 하지만 직원들은 그게 아니지 않으냐면서 답답하다는 듯 이야기했다.

"아, 애들하고 애 엄마 생각도 좀 해요. 다른 사람들은 하루라도 빨리 돈 가져다주게 생겼다고 좋아하더만."

진윤상은 정말 그럴 일은 없겠지만, 만약 승소하더라도 돈 언제쯤 받게 되는지 아느냐고 물었다.

"시간은 좀 걸릴 수 있다고 하던데."

"1심에서 끝나면 다행인데요, 그래도 돈 제대로 받으려면 몇 달은 걸려요. 전 사장이 빡쳐서 2심하고 3심까지 가고 시간 있는 대로 끌면 어디 보자, 한 5년 뒤에나 받을 수 있으려나?"

남자는 겁이 더럭 났다. 지금도 돈이 없어서 죽을 판인데 어떻게 5년을 기다릴 수 있겠는가. 그리고 소송이 오래 걸린다는 말은 주변에서도 여러 번 들었다. 남자는 허탈한 듯 한숨을 내쉬었다.

드라마 같은데 보면 돈 때문에 동료 배신하고 그런 장면이 나온다. 그걸 보면서 한심하다는 듯 비웃었다. 자신은 절대로 그러지 않을 것이라고. 하지만 자신에게 문제가 닥치니 정말로 쉬운 문제가 아니었다.

자신이야 어떻게든 버틴다지만 애하고 애 엄마가 무슨 죄가 있겠는가. 하지만 원래 받아야 하는 돈 가지고 이런 고민을 해야 한다는 게 정말 더러웠다. 세상이 뭐 이렇단 말인가. 내 돈, 내가 당연히 받아야 하는 돈인데 그게 왜 이렇게 어렵단 말인가.

'씨발 세상 좆같다.'

남자는 어디 가서 고래고래 소리를 지르면서 울고 싶었다. 남자의 표정을 본 진윤상은 오늘은 이 정도로 하기로 했다. 거의 다 넘어왔는데 더 건드렸다가는 오히려 역효과가 날 수도 있었으니까. 그리고 다른 사람도 만나야 했고.

"내일 다시 오죠. 잘 생각하세요."

진윤상은 부지런히 사람들을 만나고 다녔고, 상당수가 제안에 넘어왔다. 사십 퍼센트를 준다. 대신 변호사와의 계약을 파기하고 모든 소송을 취하하는 조건. 그렇게만 되면 전 사장으로서는 가장 좋은 시나리오다.

하지만 당장 돈이 급한 사람들에게 다가온 유혹은 쉽게 뿌리치기 어려운 것이었다. 이길 확률도 거의 없고, 이긴다고 하더라도 언제 돈을 받을 수 있을지 모르는 상황이라고 생각하니 다들 흔들린 것이다.

*　　　*　　　*

"이봐아, 변호사 양바안~"

늦은 저녁 턱수염이 덥수룩한 직원이 혁민의 사무실에 찾아왔다. 혁민은 시끄러운 소리가 나자 방에서 나왔는데, 직원은 술을 제법 마신 듯 얼굴이 불콰한 채로 비틀거렸다.

"변호사 양바안. 내 뭐 좀 물어봅시다아."

"지금은 취한 것 같으니 내일 얘기합시다. 오늘은 그냥 가세요."

혁민이 그를 부축해서 내보내려 했지만, 그는 혁민의 손을 뿌리쳤다.

"이길 수 있는 거지? 그렇지? 니가 전 사장 그 새끼 영혼까지 탈탈 털어준다고 그랬자나아~ 맞지? 그렇게 될 거지이?"

혁민은 일단 그를 자리에 앉혔다. 그리고 시원한 물을 가져다주고는 무슨 일이 있었는지를 물었다. 목이 말랐는지 그는 물을 한 컵 단숨에 들이켜고는 한 컵 더 달라고 했다. 직원은 그렇게 물도 마시고 시간도 좀 지나고 나니 정신이 좀 드는 듯했다.

"무슨 일이 있었군요."

"있었지. 후우우~"

턱수염이 덥수룩한 직원은 그 말만 하고는 땅이 꺼지라 한숨을 내쉬었다. 혁민은 조용히 기다렸지만, 그는 쉽게 말을 꺼내지 못했다.

"누가 찾아와서 이야기했나 보군요."

결국, 혁민이 먼저 입을 열었는데, 직원은 그 말에 흠칫 놀랐다.

"그… 그거… 어떻게……."

"안 봐도 뻔한 거니까요. 제가 몇 번이나 이야기했을 텐데요."

혁민은 상대가 수단과 방법을 가리지 않고 수작을 부릴 거라고 하지 않았냐며 이야기했다. 직원은 고개를 끄덕였다. 그런 말을 듣긴 들었다. 하지만 태경에서 사람이 접근해 왔을 때는 그런 말이 전혀 생각나지 않았다.

혁민이 알고 있다는 걸 듣자 직원은 말문이 열렸다. 변호사에게 말을 해야 하는지 아니면 하지 말아야 하는지 망설였는데, 알고 있다는데 뭘 숨기겠는가. 직원은 지금까지 있었던 일을 술술 이야기했다.

"그 사람이 도저히 이길 수 없다고 하더라고. 얘기를 들으면 너무 불안해서 못 견디겠더라니까. 그리고 넘어온 사람도 꽤 되는 것 같던데……."

"사람 꼬드기는 전문가를 붙였을 테니 당연한 거죠."

혁민은 그렇지 않다는 걸 차분하게 이야기해 주었다. 혁민은 이런 사람이 나타나기를 기다렸다. 자신이 믿고 이야기를 할 수 있는 사람.

"검사가 저쪽하고 가까운 건 사실입니다. 사실 전 사장은 구속해야 맞아요. 증거인멸의 우려가 있으니까요."

혁민은 결국 기소를 할 수밖에 없을 거라고 말했다.

"그건 제가 따로 알아서 할 거니까 걱정하지 않아도 됩니다."

"그래도 저쪽이 워낙 큰 로펌이라서……."

직원은 걱정스럽다는 듯 말했는데, 혁민은 단박에 말을 잘라 버렸다.

"확실한 증거보다 강한 건 없습니다."

그리고 상대가 준비하는 것 이상으로 자신도 준비하고 있으니 두고 보면 안다고 이야기했다. 그리고 자세히는 아니지만, 왜 자신이 이길 수 있는지를 간략하게 설명해 주었다. 하지만 직원은 잘 이해가 안 된다는 듯 머리를 긁적였다.

"나는 원체 법 같은 건 잘 몰라서… 그래도 얘기를 들으니까 변호사 양반이 애쓰고 있다는 건 알겠수."

"두고 보면 압니다. 저는 입으로 떠들지 않습니다. 오직 결과로 말할 뿐이죠."

남자는 진윤상의 화려한 언변보다 혁민의 짧은 말 한마디가 더 가슴에 와 닿는다는 걸 느꼈다. 그리고 싸가지 없게 보였던 혁민이 그렇게 듬직하게 보일 수가 없었다.

"아니, 그런데 미리미리 사람들에게 이런 얘기도 좀 해주고 그러지 않았수? 그랬으면 그래도 덜 흔들렸을 것 같은데."

"사람들은 자신이 보고 싶은 것만 보고, 듣고 싶은 것만 듣죠. 그리고 자신이 직접 경험해 보기 전에는 모르거든요."

혁민은 가볍게 웃고는 말을 이었다.

"어렸을 때 부모님이 공부 열심히 하라고 했죠? 그리고 지금 애들한테도 그런 얘기 하죠? 그런데 그 나이에 그런 말이 귀에 들어오던가요?"

그럴 리가 있겠는가. 다 지나고 나서야 왜 부모님이 그런 말을 했는지 알게 된다. 세상일이 대부분 그렇지 않은가. 직원도 예전 생각이 나는 듯 겸연쩍게 웃었다.

"아, 맞다. 그 사람이 조건을 걸었어. 사십 프로 주는 대신에 변호사하고 한 계약을 파기하라고 하던데."

"그래요? 하긴 좋은 방법이긴 하네요. 싸우지 않고 이길 수 있는 방법이니까."

"그 사람이 막 부추기더라고. 나이도 어린 새끼가 싸가지 없이… 아니 그게 뭐냐… 뭐 좀 말도 험하게 하고 그러는 거 꼴

보기 싫지 않냐고 하면서."

"제가 좀 그런 면이 있기는 하죠."

혁민은 어깨를 들썩일 정도로 크게 웃었다. 그러고는 상대도 제법 본격적으로 나오는구나 하는 생각을 했다. 그만큼 자신들이 생각하는 대로 판이 흘러가지 않는다는 증거. 그래서 이런저런 수작을 부리고는 있지만, 어림도 없는 일.

"괜찮은 건가? 변호사 양반이 잘하는 건 알겠는데, 그래도 워낙 상대가 힘이 세니까 불안해서······."

혁민은 크게 웃고는 남자의 불안감을 없애주었다.

"상대가 아직 계약서를 못 본 모양이네요. 그런 얘기를 떠들고 다니는 걸 보면. 변호사가 어디 그렇게 계약을 허술하게 했으려고요."

상대는 어떻게든 계약을 파기할 방법을 찾으려 할 것이다. 하지만 계약서를 보면 바로 포기할 것이다. 그럴 만한 조항이 들어 있었으니까.

"앞으로 재미있어질 겁니다. 그리고 앞으로는 저 좀 도와주셔야겠어요."

"내가? 나야 뭐 법도 잘 모르고 그러는데······."

"법이야 제가 알아서 하면 되고요. 답답하더라도 조금만 기다리세요. 이게 대충 털어먹을 거면 지금 터뜨려도 되는데, 제대로 탈탈 털어야 해서 시간이 좀 걸리는 거거든요."

턱수염이 덥수룩한 남자. 처음 사무실에 왔을 때도 유일하게 의문을 표시했던 그 남자는 이제는 완전히 혁민의 팬이 되었다.

"기다리는 거야 뭐 어렵겠나. 정말 그 새끼 탈탈 터는 거지?"

혁민은 웃으면서 고개를 끄덕였다.

"어떻게 내가 정보 같은 거 알아 오면 되는 건가?"

턱수염의 말에 혁민이 크게 웃었다.

"저기요, 그런 거 생각하기에는 쉬울 것 같죠? 막상 해보면 얼마나 어려운지 알 겁니다. 그러니까 그냥 사람들 따라다니면서 그쪽에서 무슨 얘기 하는지만 듣고 나중에 저한테 얘기해 주시면 됩니다."

혁민은 절대로 나서서 질문 같은 걸 하지 말라고 했다. 그런 정보원 역할이 아무나 하는 게 아니라면서. 어설프게 나섰다가는 오히려 상대가 눈치채기 쉬우니 가능하면 말도 하지 말라고 했다.

"그래도 뭔가 알아내야 하는 거 아닌가?"

"상대가 눈치채지 못하게 하는 게 더 중요합니다. 그리고 상대가 어떻게 움직이고 있는지만 알면 충분히 대비할 수 있으니까 걱정하지 마세요."

다음 날 턱수염은 직원들과 함께 진윤상을 만나면서 혁민이 왜 아무것도 하지 말라고 했는지 이해가 되었다.

'어따. 이거 가만히 있는데도 두근두근허네.'

별거 아니라고 생각했다. 그런데 자신이 스파이라고 생각을 하니 가만히 있는데도 가슴이 쿵쾅거리고 다른 사람들이 알아채지는 않을까 걱정이 되었다. 정말 아무나 하는 게 아니라는 말이 딱 맞았다.

"계약을 해지하려면 계약을 한 사람들 전원의 동의가 있어야 하니까 여러분들이 좀 도와주셔야겠습니다."

진윤상은 각자 친한 직원에게 가서 잘 이야기를 해달라고 말했다. 그래야 돈을 빨리 받을 수 있다면서. 이곳에 온 직원들은 돈을 받는 걸 선택한 사람들이기 때문에 모두 긍정적으로 받아들였다.

혁민과의 계약을 해지하고 고소를 취하하는 대로 돈을 주겠다고 했는데, 다들 자신이 받을 금액을 떠올리는지 눈빛이 달라졌다.

"내가 총무부 사람들은 다 연락할 테니까 장 씨하고 김 씨가 작업반 어떻게 할 건지 좀 얘기해서 몇 명씩 맡아."

"알았어. 그런데 이거 끝내면 바로 돈 주는 거 맞죠?"

직원의 물음에 진윤상이 고개를 끄덕였다.

"그럼요. 바로 드립니다. 그러니 일만 빨리 마무리 지어주세요."

직원들은 그 이야기에 기운이 나는 듯 목소리가 커졌다.

"그란데 말이여, 사장 그 개노무 새끼한테 감정이 워낙 좋질 않아서 말이지. 그럴 수는 없단 사람도 있는디……."

"그러면 이 얘기를 해주시면 될 겁니다."

진윤상은 씨익 웃으면서 말을 꺼냈다.

"변호사가 이 얘기 했을 겁니다. 법인에 지금 재산이 없으니까 빼돌린 재산 찾아서 돈을 주겠다고."

몇 명이 고개를 끄덕였다. 비공식적으로 그렇다는 걸 들은 바가 있었으니까.

진윤상은 그 모습을 보더니 사악한 미소를 지으면서 말을 이었다.

"차명 계좌하고 부동산 얘기했을 건데 다 소용없게 되었습니다. 계좌에 있던 돈은 전부 다른 데로 옮겨졌고, 부동산은 다른 사람에게 팔렸거든요. 변호사도 이 사실 알고 있는데 못 들으셨죠?"

"뭐여? 그게 진짜여?"

"그럼 우리가 돈 받을 길이 없다는 건가?"

진윤상의 말에 사람들이 급격하게 동요했다. 변호사가 자신들을 속이고 있다고 말하는 사람도 있었다. 사람들이 시끄럽게 떠들수록 진윤상의 얼굴에 드리워진 만족감은 점점 더 커져 갔다.

'이제 나락으로 떨어지겠어, 정혁민 후배. 너 같은 새끼는 그래도 싸. 아니, 이제 시작이라고 봐야지. 내가 할 수 있는 건 다 할 테니까.'

사람들은 흥분해서 당장 사람들을 만나야겠다고 이야기했다. 각자 친한 사람들을 만나서 설득하자고 흥분한 채 대화를 나누고는 직원들은 우르르 밖으로 나갔다.

진윤상은 일을 마치고는 바로 장 변호사에게 전화했다.

장 변호사는 밖에 있는지 주변이 조금 소란스러웠지만, 통화하는 데 문제가 생길 정도는 아니었다.

"잘 진행되고 있습니다. 아무래도 인원이 많다 보니 시간이 좀 걸릴 것 같기는 한데, 제가 이번 주 안에는 책임지고 마무리하겠습니다."

—그래, 수고 좀 하게. 그런데 그쪽 사무실에서는 별다른 움직임은 없나?

장 변호사는 혁민이 가만히 있을 사람이 아니라고 생각하고 있었다.

분명히 무언가를 하긴 할 텐데, 이상할 정도로 조용했다. 그래서 어쩐지 의심스럽다는 생각을 하고 있었다.

—지금 횡령한 게 더 없는지 찾느라고 혈안이 되어 있답니다. 그것만 찾으면 자기가 이길 줄 아는 거죠.

"그래? 하기야 이쪽 움직임을 모르면 그럴 수도 있겠지. 아무튼, 방심할 수 없는 녀석이니까 계속해서 잘 살피게."

—알겠습니다.

장 변호사는 통화를 마치고 발걸음을 빨리했다. 법원에 다녀오는 길이었는데, 전 사장이 이미 도착해서 기다리고 있다는 연락을 받았기 때문이었다.

'그런데 그 자식은 뭘 알고 그렇게 계약을 한 건가?

장 변호사는 과반수만 끌어들이면 된다고 생각했는데, 계약서에 전원이 동의해야 계약을 해지할 수 있다고 적혀 있었다.

그것 말고도 혁민에게 무슨 문제가 있으면 해지할 수 있다는 조항도 있었는데, 그거야 정말 의례적으로 들어가는 문구 아닌가.

'설마 이런 일이 일어날 거라고 예상하고 그랬으려고. 그냥 어디 있는 폼을 고쳐서 사용했는데, 거기에 그렇게 되어 있었나 보지.'

장 변호사는 자신에게 인사를 하는 사람들 사이를 지나 자신의 방문을 열었다. 방 안에는 전 사장이 누군가와 통화를 하고 있었다.

"늦어서 죄송합니다. 법원에서 일이 좀 늦게 끝나는 바람에……."

전 사장은 괜찮다는 듯 웃으면서 손을 들었다.

"그래, 어차피 오래 걸리지 않을 것 같으니까 그렇게 진행하라고. 그리고 처남한테 일본 쪽도 신경 쓰라고 하고. 저번처럼 술만 처먹고 다니지 말고!"

소리를 버럭 지른 전 사장은 통화를 끝내고 장 변호사에게 다가왔다.

"그래, 일은 어떻게 되어가나?"

"시간이 좀 걸릴 것 같은데 일에는 문제가 없을 겁니다. 이게 계약서가 아주 고약하게 되어 있어서……."

"이거 참. 장 변호사. 사업하는 사람들한테 시간은 돈이야, 돈! 빨리 마무리하자고. 그래야 내가 편하게 일을 하지."

전 사장은 최근에 이상하게 속이 불편하다면서 중얼거렸다.

"요즘 이상하게 소화가 잘 안 된단 말이야. 자꾸 뭐가 얹힌 것 같아."

전 사장은 명치 부근을 살살 쓰다듬었다. 그러고는 영 개운 치 않은 표정으로 소파에 털썩 주저앉았다.

*　　　*　　　*

빵빵 하는 자동차 경적 소리에 율희는 옆을 쳐다보았다. 소리를 낸 회색 승용차에는 윤태가 타고 있었다.

"집에 가는 거야?"

"예."

"타. 어차피 같은 방향인데, 내가 집 근처까지 데려다줄게."

율희는 잠시 망설이다가 차에 올랐다.

윤태는 미소를 지으면서 말했다.

"이렇게 둘이 얘기하는 것도 오랜만이지?"

"예, 그러네요."

둘 사이에는 잠시 침묵이 흘렀다. 어렸을 때는 친하게 지냈지만, 지금은 호칭을 뭐라고 해야 할지도 몰라서 입을 열기가 어려웠다.

율희는 예전처럼 오빠라고 해야 하는지, 아니면 변호사님이라고 해야 하는지 주저하면서 우물쭈물했다.

그건 윤태도 마찬가지였다. 율희가 부담스러워하자 자신도 어떻게 해야 하는지 몰라서 앞만 보고 운전을 했다. 뭐라고 말

은 하고 싶은데 분위기가 쉽게 말을 꺼낼 수 있는 그런 분위기
가 아니었다.

차라리 법정에서 벌어진 일이라면 어떻게든 헤쳐 나갈 수
있을 것 같은데, 이런 어색한 분위기를 어떻게 풀어야 할지 감
이 오질 않았다.

"저기."

"예?"

윤태가 가까스로 입을 열었는데, 율희가 화들짝 놀라면서
대답했다.

"아니, 회사에서 뭐 어려운 일 없냐고."

"회사에서요? 아뇨, 다들 잘해주세요."

실제로도 잘해주었다. 강윤태 변호사 백으로 들어왔다는 소
문이 다 났는데 누가 허투루 대할 수 있겠는가. 뒤에서야 수군
대더라도 앞에서 대놓고 뭐라고 할 사람은 아무도 없었다. 그
리고 다시 한동안 침묵이 흘렀다.

서로 힐끔힐끔 쳐다보다가 이번에는 율희가 먼저 입을 열었
다.

"그런데 그 회사 사람들 있잖아요. 월급 못 받았다는 사람
들."

"아, 현백정밀! 거기 사람들은 왜?"

"그냥 그분들 돈 받았으면 좋겠어요. 다들 힘들게 일하는 분
들이잖아요. 얼굴 보면 알아요. 얼마나 힘들게 일한 사람들인
지. 그런데 다른 것도 아니라 월급이잖아요. 그런데 그걸 못

받았다고 하니까 좀 그래요."

윤태는 자신이 전 사장의 변호에 관여하고 있다는 게 좀 찔렸다.

"나도 그게 옳다고 생각해. 정당한 노동의 대가는 받아야 마땅하지."

하지만 자신이 일을 맡은 이상 일에는 충실할 것이라고 말했다. 인간인 이상 옳지 않다고 생각하는 일에는 기분이 나지는 않겠지만, 그래도 최선을 다하지 않는 일은 없을 거라고 이야기했다.

"아빠도 그런 적 있거든요. 일하고 돈 못 받은 거. 그때마다 저 몰래 술 사가지고 와서 밤에 드시거든요. 그런데 그분들은 어떻게 될 것 같아요?"

둘은 자연스럽게 그 사건에 관해서 이야기를 나누게 되었다. 그러다가 혁민이 성공 보수로 40%를 받기로 했다는 말이 나오게 되었다.

"진짜요? 그 아저씨 나쁘다. 어려운 분들인데 당연히 돈 받아서 돌려줘야지. 엄청 착해 보였는데 나쁜 아저씨네."

율희는 눈살을 찌푸리면서 나쁜 사람이라고 토라진 투로 이야기했다.

윤태는 무언가 말을 하려다가 끝내 입을 열지 않았다.

'이 사건은 사실 아무도 맡지 않으려는 사건인데. 나 같으면 그 돈을 주고라도 나머지 60%를 받을 수 있다면 의뢰할 거야.'

하지만 그 이야기는 입에서만 맴돌았고 입 밖으로는 나오지 않았다. 왜 그런지는 모르겠지만, 이야기를 하기 싫었다.

*　　　*　　　*

"어이, 이야기 좀 합시다."

"저기 무슨 일이신지……."

몇 명의 직원들이 혁민의 사무실에 찾아왔다. 문을 벌컥 열어젖히고 들어와서는 큰소리를 질렀다. 성만은 그들에게 다가가서 자초지종을 물었지만, 사람들은 성만을 제치고는 혁민의 방으로 들어갔다.

사람들은 기세 좋게 혁민의 방으로 들어갔지만, 정작 방에 들어가서는 큰소리를 내지 못했다. 혁민이 슬쩍 고개를 들고 그들을 쳐다보았는데, 성만과는 달리 사람을 압도하는 강렬한 눈빛이었기 때문이었다.

사람들은 갑자기 제자리에 멈추어 서서는 서로에게 먼저 말을 하라고 쿡쿡 찔렀다. 잠시 서로를 찔러대던 사람 중 결국 한 명이 총대를 멨다.

"뭐 좀 물어봅시다."

"얘기하세요."

혁민은 무표정한 얼굴로 대답했다. 사람들은 찔끔거렸다. 하지만 어차피 칼은 뽑았다. 직원은 눈을 딱 감고 이야기했다.

"현백정밀이 빼돌린 재산 찾아서 우리한테 돌려준다면서.

그런데 실제로는 재산이 없다며? 빼돌린 재산인지 아닌지도 불분명하고 그것도 이미 다른 사람한테 다 넘어갔다던데?"

"그래서요?"

혁민은 여전히 무표정한 얼굴로 대답했다. 하지만 혁민이 수긍했다고 생각했는지 사람들이 화를 내며 말을 내뱉었다.

"말이 다르잖아. 재산이 없는데 우리 돈 어떻게 해줄 건데?"

"그래, 무조건 이긴다면서. 그래서 돈 받을 수 있다면서."

"그게 왜 제 탓입니까? 여러분이 내부에 있는 정보를 빼내서 상대방에게 알려줘서 그렇게 된 건데요."

혁민이 너무 태연하게 대답하자 사람들은 순간적으로 말을 하지 못했다. 하지만 이내 정신을 차리고 소리를 질렀다.

"그게 무슨 소리야. 우리가 뭐? 당신이 일 제대로 못 해서 그런 거지."

"질 거 같으니까 우리 탓하는 거 아냐?"

혁민은 피식 웃었다.

"지금 내가 뭐라고 해봐야 어차피 입만 아프겠네. 뭐, 진실이야 여러분이 더 잘 알 테지만, 인정하지 않을 테고. 그래서 뭐가 문젭니까?"

"뭐가 문제냐니. 우리 돈 어쩔 거냐고."

"그래. 당신만 믿고 있었는데… 그런데 이게 뭐야. 당신 믿고 저쪽에서 오라고 한 것도 안 가고 있었다고. 당장 돈 주겠다는 거 뿌리치고 거절했다고."

여자 한 명이 오열하면서 주저앉았다. 하지만 혁민은 여전히 표정에 변화 없이 이야기했다.

"그래서 이 늦은 밤까지 일하고 있는 거 아닙니까."

사람들은 어리둥절한 표정이었다. 혁민이 하는 말이 무슨 뜻인지 이해가 되지 않았기 때문이었다. 그때 눈치 빠른 한 사람이 반색하면서 물었다.

"돈을 받을 방법이 있는 건가?"

"당연한 거 아닙니까. 그렇지 않으면 이 시간까지 내가 뭐 하고 있겠습니까."

사람들은 갑자기 표정이 바뀌어서 물었다.

"정말이에요? 정말 받을 수 있는 겁니까?"

혁민은 머리를 긁적이며 입맛을 다시다가 입을 열었다.

"어차피 알게 될 거니까 이야기를 하죠. 여러분의 월급과 퇴직금을 달라고 할 겁니다."

"하지만 현백정밀에는 돈이 없다고……."

"누가 거기에 달라고 한다고 했습니까? 다른 곳에 달라고 할 겁니다. 전수범 사장의 부인이 대표로 있는 항신정밀에 말이죠."

현백정밀 직원 월급과 퇴직금을 항신정밀에 달라고 한다? 사람들은 혁민이 도대체 무슨 이야기를 하고 있는 건지 이해하지 못하고 멍한 표정으로 그를 쳐다보았다. 혁민은 그런 사람들을 보면서 그저 가볍게 웃기만 했다.

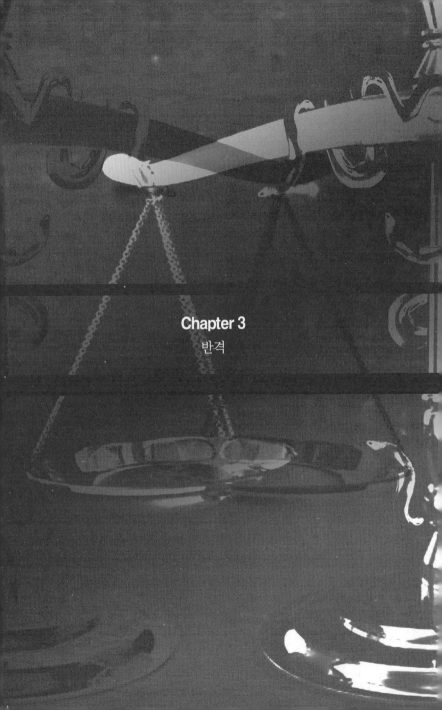

Chapter 3
반격

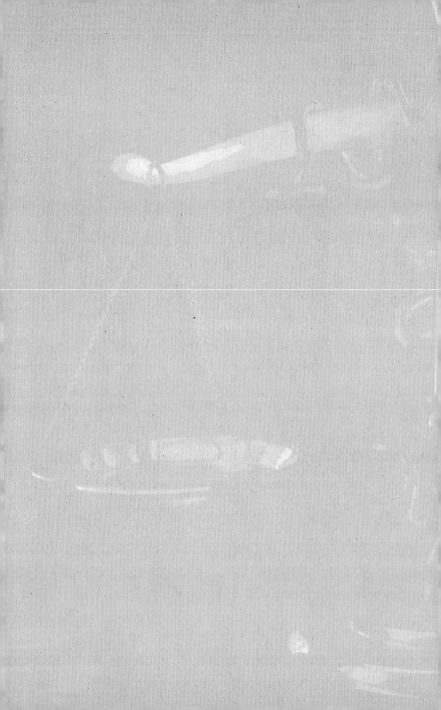

전 사장은 조만간 일이 해결되고 모든 문제가 끝날 줄 알고 있었다. 이런저런 문제가 있기는 했지만, 그래도 개업한 지 얼마 되지 않는 애송이 변호사에게 태경의 유명 변호사가 질 것이라고는 생각지 않았으니까.

하지만 상황이 급변했다. 전혀 예상하지 못한 일이 벌어졌기 때문이었다. 처음에는 잘 이해가 되지 않았다. 현백정밀 직원들의 월급과 퇴직금을 왜 항신정밀에 요구하는지 이해할 수 없었기 때문이었다.

직원들이 그런 요구를 했다는 소리를 듣자마자 그는 태경으로 달려왔다. 본능적으로 무언가 잘못 돌아가고 있다는 걸 느꼈기 때문이었다.

'어쩐지 자꾸 속이 얹히더라니. 근데 도대체 무슨 소리야? 왜 지들하고는 상관도 없는 다른 회사에 돈을 달라고 하는 건데?'

전 사장은 미친놈들이라고 생각하면서도 어떻게 된 건지 알아보기 위해서 장 변호사의 방문을 벌컥 열어젖혔다. 그러고는 숨 돌릴 새도 없이 씩씩대면서 말을 던졌다.

"이봐, 장 변호사! 지금 이거 어떻게 돌아가는 거야? 그놈들이 왜 엉뚱한 회사에다가 돈을 달라고 하는 거냐고? 어??"

"일단 좀 앉으시죠."

문이 쾅 열리자 장 변호사는 깜짝 놀랐는데, 안 그래도 전 사장을 기다리고 있었기 때문에 당황하지 않고 대처했다. 그는 일단 차를 가져오라고 해서 전 사장이 숨을 돌릴 시간을 주었다.

전 사장은 씩씩대면서도 장 변호사의 말에 따랐다. 지금 열을 올려봐야 해결되는 건 아무것도 없다는 걸 알고 있었으니까. 그리고 잠시 후, 마음을 조금 가라앉힌 전 사장이 입을 열었다:

"내가 법을 잘 아는 건 아니지만 말이야, 그래도 사업을 하면서 이거저거 좀 겪은 게 있거든? 이거 지금 말이 안 되는 거 아닌가?"

전 사장은 두 회사가 다른 회사인데 왜 이러는 거냐면서 물었다.

"아니 편의점에서 월급 못 받았다고 길 건너에 있는 편의점

사장한테 월급 달라고 하는 꼴이잖아. 이게 무슨 개소리야?"

"사장님. 일이 그렇게 간단한 게 아닙니다. 상대는 법인격 부인을 주장하고 있는 겁니다."

"법인격 부인?"

장 변호사는 법인격 부인이 어떤 것인지에 대해 설명했다.

"회사는 사람이 아니지만, 법인격이라는 걸 부여한다는 건 아실 겁니다. 그리고 회사 대표의 재산과 법인의 재산은 별개의 것이라서 회사가 망해도 대표의 재산에는 손을 대지 못한다는 것도요."

"어허, 이 사람이. 내가 그래도 사업을 하는 사람인데 그 정도도 모를까."

전 사장은 짐짓 화를 내는 척했지만, 내심으로는 무척이나 불안해하고 있었다. 먼저 저런 말이 나왔다는 건 그렇지 않은 경우도 있다는 거였으니까.

"그리고 현백정밀에 대해 임금채권이 있는 자는 현백정밀에 대해서만 청구할 수 있습니다. 형식적으로 항신정밀에는 청구권을 주장할 수 없는 게 원칙이지요."

이야기를 들을수록 전 사장의 불안감은 눈덩이처럼 커졌다. 이야기하는 장 변호사의 표정만 봐도 다음에 좋지 않은 이야기가 나올 것이라는 걸 느낄 수 있었다.

"그런데 법인격 이용이 위법하거나 부당할 경우에는 아주 예외적으로 법인격 부인이라는 법리를 적용하는 경우가 있습니다."

"조금 더 쉽게 말해보라고. 내가 알아듣기 좋게."

전 사장은 답답한지 짜증을 내면서 물었다. 법률 용어는 뭐가 이렇게 알아듣기 어렵게 만들었느냐고 투덜거리면서.

"쉽게 말해서 상대 변호사는 항신정밀이 위법한 목적을 달성하기 위해서 현백정밀을 이용했으니 직원들의 임금채권을 항신정밀이 지급해야 한다고 주장하는 겁니다."

훨씬 더 복잡한 이야기였지만, 장 변호사는 자신이 설명할 수 있는 가장 쉬운 말로 설명했다. 전 사장은 아직도 군데군데 좀 어색하게 들리는 부분이 있었는데, 그래도 대충 어떤 의미인지는 알 수 있었다.

"그러니까 그 자식이 뭔가 눈치를 채고 내 회사에다가 돈을 달라고 한다, 이거구만."

"법인격 부인을 주장할 정도면 일단 증거를 가지고는 있다고 봐야겠죠."

내 회사. 전 사장이 자기 회사라고 생각하는 건 항신정밀이었다. 어차피 항신정밀의 악성 부채를 털어버리려는 목적으로 현백정밀을 이용했으니 그 회사에 애정 같은 게 있을 리 없었다.

전 사장은 이런 상황이 마음에 들지 않는다는 듯 주먹을 쥐고 소파의 팔걸이를 탁탁 때렸다. 그러다가 슬쩍 질문을 던졌다.

"혹시 그 변호사가 뺑카를 치는 걸 수도 있지 않나? 지금 그쪽은 궁지에 몰린 상태라면서?"

"그렇긴 합니다만……."

장 변호사는 일단은 어떤 증거를 가지고 있는 걸로 봐야 한다고 답했다. 잠시 생각을 하던 전 사장은 장 변호사를 슬쩍 쳐다보면서 질문을 던졌다.

"그런데 말이야……."

잠시 뜸을 들이던 전 사장은 미간을 찌푸리면서 말을 이었다.

"그 무슨 법이라는 거 말이야. 아주 예외적으로 적용한다고 했지? 아주 예외적으로."

"그렇습니다. 법인격 부인의 법리는 쉽게 적용할 수 있는 법리가 아닙니다. 주식회사의 법인격과 주주유한책임의 원칙과 상충하는 것이니 법원에서도 극히 예외적으로 인정할 수밖에 없죠."

"흐음… 그렇다는 건 상대가 그걸 주장한다고 해도 꼭 먹히리라는 보장은 없다는 거겠네?"

"그건 그렇습니다. 그 점에 관해서 얘기를 드리려고 했는데, 법원에서도 잘 인정하지 않는 경우가 많습니다."

전 사장은 고개를 끄덕이면서 장 변호사를 쳐다보았고, 장 변호사는 계속해서 말을 이었다.

"일단 제가 확인을 하고 대책을 세우겠습니다."

"대책이라고 하면?"

장 변호사는 지금 정보원한테서 들은 게 전부이니 상대가 어떤 방식으로 나오는지에 따라서 대응 방법을 강구하겠다고 말했다.

"당사자적격이 없음을 이유로 원고 청구 각하를 주장할 수도 있겠고, 만약에 법정까지 간다고 해도 충분히 상대 가능합니다."

장 변호사는 시도는 여러 차례 있었지만, 인정된 건 극히 일부분이라고 말하면서 전 사장을 안심시켰다. 전 사장은 여전히 어려운 말이 대부분이라 대충 알아들을 수밖에 없었지만, 그래도 상대를 할 수 있다는 말에 조금은 마음이 풀렸다.

"이야기를 듣고 나니 마음이 좀 놓이는구만. 공연히 내가 소란스럽게 한 거 아닌지 모르겠어."

전 사장은 들어올 때와는 달리 허허 웃으면서 너스레를 떨었다. 장 변호사는 소란스럽게 한 것 맞다고 생각하면서도 표정과 말은 능숙하게 포장했다.

"아닙니다. 당연한 일이죠. 제가 바로 알아보고 연락드리겠습니다."

*　　　*　　　*

혁민은 며칠 내로 모든 소송이 끝날 것이라고 말했고, 자신이 그렇게 자신할 수 있는 증거를 일부 공개했다. 극히 일부였지만, 사람들은 설명을 들으니 왜 그렇게 혁민이 자신하고 있는지 알게 되었다.

"그건 그거고, 그동안 아주 재미있는 일이 여러 번 있었더군요. 내부 정보 빼돌리고, 저하고 한 계약도 깨려고 했고……."

혁민은 직원들을 쓰윽 쳐다보았다. 직원들은 지은 죄가 있는 터라 고개도 제대로 들지 못하고 불안한 표정으로 힐끔힐끔 혁민을 곁눈질할 뿐이었다. 혹시라도 자신에게 불이익이 올까 싶어서 가슴을 졸이고 있는 사람도 있었고.

혁민이 아무런 말도 하지 않자 직원들의 불안감은 점점 더 켜졌다. 오히려 큰소리를 치면서 막 뭐라고 하는 게 더 속 편할 것 같다는 생각들을 했다.

"그냥 넘어갑시다. 어차피 이 사건 끝나면 볼 일도 없을 테니까."

혁민의 차가운 말이 떨어지자마자 사람들이 서로 미안하다는 말을 앞다투어 내뱉었다. 정말 미안해서 어쩔 줄을 몰라 했다.

"아이구, 변호사님. 미안헙니다. 아이구."

"그놈의 돈 때문에. 내가 미쳤지 미쳤어."

직원들은 이제는 절대로 그런 일이 없을 것이라면서 애원했다. 혹시라도 변호사가 자신에게는 돈을 주지 않겠다고 하면 어쩌나 걱정하면서. 사실 그런 일은 있을 수도 없고, 만약 방법이 있더라도 혁민이 직접 하지는 않을 것이다.

"그건 그냥 넘어갑시다. 그것보다 아직 안심하기에는 이릅니다. 지금까지 상대가 무슨 짓을 했는지 아시죠? 앞으로도 계속 그럴 겁니다. 어떻게든 이기려고 말이죠."

직원들은 손을 휘저으면서 걱정하지 않아도 된다고 말했다.

"이제는 걱정하지 않아도 됩니다. 절대로 그럴 일 없다니까요."

"그럼요. 절대 안 그럽니다. 이제 또 그러면 사람도 아니
지."

"암요. 어떤 새끼든지 앞으로 이상한 짓 하다가 걸리면 내가
가만두지 않겠어. 알았어?"

혁민은 피식 웃었다. 이제는 예전처럼 허튼짓을 하거나 흔
들릴 것 같지는 않아서였다.

'비가 오고 나야 땅이 굳어지는 거지.'

하지만 아직은 방심하면 안 된다. 상대도 어떤 식으로든 무
마하려고 시도할 테니까. 힘과 권력을 가진 자들이 어디 순순
히 승복하던가. 무슨 짓이든 할 것이다.

'하지만 아무런 소용 없겠지만 말이지.'

상대는 어쩔 수 없을 것이다. 이제는 어떤 정보가 상대에게
넘어가더라도 괜찮다. 그래도 혹시 모르니 안전장치를 해두는
것도 괜찮다는 생각을 했다.

"그럼 이 정도로 하고 끝내겠습니다. 이제는 돌아가셔서 기
다리시면 됩니다. 뭐 예전처럼 하셔도 상관없구요."

"아이고, 아닙니다. 절대로 그럴 일 없다니까요."

"변호사님. 그렇게 잘해주셨는데 저희가 어찌 그럽니까. 정
말 감사하게 생각합니다."

사람들은 혁민에게 정말 고맙다며 연신 고개를 조아렸다.
직원들이 나가고 나자 성만이 들어오더니 물었다.

"그런데 그 증거는 어떻게 찾은 거야?"

"그게 그렇게 궁금해?"

"당연하지. 내가 잘은 모르지만, 그런 증거는 찾기가 쉽지 않았을 것 같은데……."

혁민은 대충 둘러댔다.

"그냥 내부 고발자가 있었어."

정확하게 말하면 다른 방법을 동원해서 증거를 확보한 것이지만. 이런 증거를 확보하는 건 여러 방법이 있다. 대부분은 금전적인 보상을 하고 빼오게 되는데, 장중범이 그 역할을 한 것이다.

대신 좀 씁쓸한 생각은 들었다. 돈이면 넘어오지 않는 사람이 없다는 게 즐거운 일은 아니지 않은가.

"나는 좀 나갔다가 올게."

혁민은 옷을 걸치면서 이야기했다.

"어디 가는데?"

"아는 방송국 PD님하고 약속이 있어."

예전에 인연이 있던 윤종연 PD와 오랜만에 만날 약속을 한 거였다. 혹시라도 몰라서 보험을 하나 들어놓을 생각이었다. 이런 뉴스거리는 언론에서 좋아할 만한 거였으니까. 물론 일이 잘 진행되면 발표할 일은 없겠지만.

그리고 그런 게 아니더라도 여러모로 인연이 얽히는 사람이었으니 가끔은 만나두어도 좋은 거 아닌가.

*　　　*　　　*

'사십 프로나 가져가다니. 너무했어.'

율희는 여전히 혁민이 너무 과하다고 생각하고 있었다. 변호사도 직업이니 받을 건 받아야 한다. 그걸 가지고 뭐라고 할 생각은 없었다. 하지만 직원들이 받을 돈의 사십 퍼센트를 성공 보수로 받는다는 건 좀 심하다는 생각이었다.

월급하고 퇴직금은 직원들이 당연히 받아야 하는 돈 아닌가. 그런 돈을 받지 못하고 있는 직원들이 어떤 상황이라는 건 율희도 잘 안다. 자신의 아버지도 그런 일을 몇 번이나 겪었으니까.

세상에 넉넉한 사람이 어디 그리 많을까. 물론 그런 사람들도 있긴 하다. 바로 전 사장 같은 사람들. 하지만 지금 돈을 받기 위해서 소송을 건 직원들은 그렇지 못하다. 당장 매달 나가야 할 돈은 있고, 월급을 받지 못하면 당장 살림이 어려워진다.

'그나저나 그분들은 받을 거 빨리 받았으면 좋겠는데……'

돈을 받느냐 아니냐 역시 중요하지만 빨리 받느냐도 무척 중요한 일이다. 당장 어렵다는 게 눈에 보였다. 화장실에서 아주머니들이 하는 얘기를 들었는데, 정말 힘겹게 버티고 있다는 걸 알 수 있었다.

그래서 사실은 윤태가 전 사장의 편에서 일하는 것도 마음이 불편했다. 그런 오빠가 아니라고 생각하고 있었는데, 왜 이런 일을 맡았을까 이상하다고 생각했다. 그리고 마음에 들지 않는 건 정혁민 변호사도 마찬가지였다.

'보람 언니가 정말 괜찮은 사람이라고 했는데… 좀 괴팍하다는 얘기는 있었지만…….'

자신이 보기에도 무척 친절하고 좋은 사람인 것 같았다. 하지만 성공 보수 이야기를 들으니 돈 욕심이 너무 많은 것 아닌가 하는 생각이 들었다. 그런 생각을 하면서 화장실에서 나와 자리로 돌아오는데, 코너에서 한 사람과 마주쳤다.

"어머, 어디 다치신 거 아니에요?"

"아닙니다. 괜찮습니다."

"저기 구급약이 있는데……."

"아니요. 괜찮아요."

진윤상은 엉망진창이 된 얼굴을 가리고 황급히 장 변호사의 방으로 향했다. 이런 몰골로 돌아다니는 것 자체가 정말 싫었지만, 반드시 바로 와서 보고하라는 장 변호사의 말이 있어서 어쩔 수 없이 이곳까지 온 것이다.

'도대체 무슨 일이 있었는데 그 자식들이 갑자기 그렇게 된 거야?'

진윤상은 장 변호사가 알아오라고 시킨 정보를 알아보러 사람들과 만났다. 그런데 사람들의 반응이 예전과는 너무나도 다른 게 아닌가. 대놓고 거절을 하거나 심하면 욕설을 하고 덤벼들었다.

그래도 정보를 반드시 알아가야 해서 조금 무리하게 캐물었더니 갑자기 그 남자가 다른 사람을 부르더니 진윤상에게 덤벼들었다.

그래서 지금처럼 얼굴이 엉망이 된 것이다. 여기저기 멍들고 부은 자국이 있어서 모자를 푹 눌러써도 다 가려지지 않았다.

'뭔가 변한 게 있으면 얘기를 해줘야 할 거 아냐. 무조건 새로운 정보만 알아오라고 하면 어쩌자는 건데?

진윤상은 손으로 얼굴을 가리고 장 변호사 방의 문을 열었다. 그리고 방 안에는 전 사장이 얼굴을 찌푸린 채 명치 부근을 손으로 계속 쓸어내리고 있었다.

$$*\qquad*\qquad*$$

"이거 골치 아프게 됐군."

장 변호사는 어떻게든 문제를 해결할 방법을 찾았지만, 그게 쉽지 않았다. 어떻게 손을 쓸 방법이 없었다. 사실 법인격 부인이라는 게 결코 쉽게 인정될 수 있는 게 아니다. 그래서 서류 미비 같은 걸 문제 삼아서 어떻게든 해볼까 하는 생각도 했었다.

하지만 그럴 수가 없었다. 그리고 강윤태도 방에서 같이 서류를 검토하고 있었는데, 그 역시 난감한 표정을 하고 있었다.

"그래서 이행청구를 한 거구나… 이행 청구면 당사자적격을 청구 자체로 판단하니 청구 기각은 문제가 되더라도 각하는 문제 되지 않으니까……."

"그렇지. 아주 골치 아프게 됐어."

윤태는 사건이 진행되는 과정을 보면서 솔직히 놀라고 있었다. 이번 건만 봐도 그렇게 만약에 민사소송을 걸었으면 장 변호사가 손을 쓸 여지가 좀 있었다. 그런데 아예 그런 걸 하지 못하게 해버렸다.

'이쪽 수를 읽고 있는 것 같아. 마치 바둑에서 고수가 하수를 쥐고 흔드는 것 같은 느낌.'

모든 것이 계획되어 있었다는 생각이 들었다. 지금 장 변호사를 보니 마치 거미줄에 걸린 나방 같았다. 몸부림치면 몸부림칠수록 점점 거미줄에 더 달라붙게 되는.

"이거 아무래도 법정까지 가야겠어. 그래! 아직은 승산이 없는 건 아니야. 법인격 부인이라는 게 그렇게 쉽게 인정되는 건 아니니까."

장 변호사는 자기 자신에게 다짐하는 것 같은 말을 중얼거렸다. 이대로 무너질 수는 없다는 일종의 자존심 같은 게 느껴졌다. 하지만 윤태는 혁민이 그런 것도 이미 다 대비하지 않았을까 싶었다.

"그런데 도대체 어떤 근거를 가지고 법인격 부인이라고 주장을 한 거야?"

장 변호사는 혁민이 제출한 자료를 검토했다. 어지간한 증거는 충분히 반박할 수 있다고 생각하면서. 하지만 자료를 보다가 중요한 건 그게 아니라는 걸 깨달았다. 그리고 강윤태도 혁민이 무얼 노리고 있는지도 알 수 있었다.

"장 변호사님. 이거……."

"이런 썅. 이 자식 소송이 목적이 아니었어. 이거 당장 끝내야 해. 이대로 갔다가는 끝장이야, 끝장."

장 변호사는 얼굴이 사색이 되어 급히 전 사장에게 전화를 걸었다. 당장 오든지, 아니면 있는 곳으로 자신이 달려가겠다고. 다급한 목소리에 놀라서인지 전 사장은 삼십 분이 채 되지도 않아서 장 변호사의 사무실에 도착했다.

"아니, 무슨 일인데 그러나?"

"이거 빨리 합의하고 끝내야 합니다."

평소라면 숨이라도 고르라고 할 장 변호사였지만, 사안이 사안인 만큼 바로 이야기를 꺼냈다. 이대로 가면 큰일이 난다면서.

"상대가 노린 건 법인격 부인 같은 게 아니었습니다. 그쪽에서 횡령과 배임 증거를 가지고 있어요. 그것도 명백한 증거를 말입니다."

"아니, 그게 무슨 소리야? 그 건은 검사가 알아서 잘 해주기로 했잖아. 그런데 뭐가 문제라는 거야?"

"그것도 사안이 경미 할 때 이야기죠. 이렇게 증거가 확실하고……."

장 변호사는 주변을 살피더니 목소리를 낮추고 속삭이듯 말했다.

"금액이… 어휴~ 이게 말입니다, 아시겠지만 횡령과 배임은 금액에 따라서 가중처벌이 되는데 대충 봐도 오십억 원이 훨씬 넘어갑니다. 금액이 오십억 원이 넘어가면 무조건 오 년 이상이에요. 오 년 이상."

"오 년?"

전 사장의 얼굴에서 순간적으로 핏기가 사라졌다. 실형을 살게 되어 교도소에 간다는 건 무척 두려운 일이다. 오 개월이라도 부담스러운데 오 년이라는 시간을 교도소에서 보내리라는 건 상상해 본 적도 없었다. 그것도 최소이다. 오 년이 될지 십 년이 될지 알 수 없다.

"이봐, 장 변호사. 오 년이면 나보고 교도소에서 환갑을 맞이하라는 건가? 그래, 이거는 집행유예 같은 건 안 되나? 어떻게 그렇게라도……."

"이 증거가 검사에게 넘어가면 불가능합니다. 그러니까 제가 이렇게 급히 부른 겁니다."

장 변호사는 빨리 합의하고 이것과 관련되어 민형사상 소송을 모두 취하하는 걸로 해야 한다고 이야기했다.

"이 증거가 모두 인정된다면 실형도 실형이지만 벌금도 어마어마하게 나올 겁니다. 그러니 하루라도 빨리 합의를 하셔야 합니다."

사태가 얼마나 심각한지 알게 된 전 사장은 화를 낼 기운도 없어 보였다. 그는 떨리는 손을 꽉 쥐더니 따뜻한 차를 달라고 말했다. 그렇게 잠시 진정을 한 전 사장은 다시 장 변호사에게 물었다.

"혹시 다른 방법은 없겠나? 합의를 하지 않고 어떻게든 손을 쓸 방법 말이야."

"어지간한 거면 모르겠는데, 이건 불가능합니다."

장 변호사는 딱 잘라 말했다. 이건 그런 미련을 가질 게 아니라고 하면서.

"그러면 말이야, 합의금은 얼마나 줘야 할까?"

"줘야 할 금액을 모두 주고 빨리 마무리하시죠. 어설프게 줄이려고 했다가 서로 감정이라도 틀어지는 날에는 큰일 납니다."

"그래도 그놈들 돈 급한 놈들이잖아. 그게 얼만데 그걸 다 줘. 한 반으로 해보자고."

장 변호사와 윤태는 전 사장이 아직도 정신을 차리지 못했다고 생각했다. 이렇게 한가한 생각을 할 때가 아닌데 말이다. 그리고 윤태는 문득 그런 생각이 들었다. 혁민이라면 과연 얼마를 요구할까 하는 생각이.

"사장님, 지금 상대 변호사가 이런 사정을 모를 것 같습니까? 그러니까 그냥 합의하시죠."

전 사장은 돈에 대한 미련을 여전히 버리지 못했다.

"저, 그러면 이렇게 해보지. 그 정혁민인가 하는 변호사를 좀 부르자고. 그래서 거래를 하는 거야. 어때? 적당히 돈을 주고 합의를 좀 도와달라고 하면 어때?"

장 변호사와 윤태는 둘 다 속으로는 고개를 저었다. 그런 식으로 넘어올 만한 사람이 아니라는 생각이 들어서였다. 괴짜이고 어떤 행동을 할지 모르는 그런 구석은 있었다. 남들이 잘 하지 않는 그런 행동도 아무렇지 않게 하는 인물이었으니까.

돈을 좀 밝히는 것 같기도 했다. 성공 보수를 사십 퍼센트나 요구한 걸 보면. 하지만 이런 식의 거래를 할 사람이라고는 생각되지 않았다. 하지만 고객이 굳이 그렇게 해보자고 하니 어쩌겠는가.

"일단 불러는 보겠습니다. 하지만 기대는 하지 않으시는 게 좋을 겁니다."

"세상에 돈 싫다는 사람 있어? 그런 사람은 없어. 없다고."

"글쎄요. 그 친구가 워낙 괴짜여서 말이죠."

장 변호사는 그렇지 않을 수도 있다는 투로 말했고, 윤태도 비슷한 생각을 했다.

*　　　*　　　*

"아니 서로 바쁜데 뭘 자꾸 보자고 그러세요. 그냥 법원에서 얘기하면 될 걸 가지고."

혁민은 장 변호사의 사무실에 들어오면서 천연덕스럽게 이야기했다. 소파에 앉아 있던 전 사장이 웃으면서 손을 내밀었는데, 혁민은 그 손을 외면하고 맞은편 의자에 털썩 주저앉았다. 아주 편한 자세로.

"이보게, 정 변호사."

전 사장이 은근한 표정으로 말을 걸었는데, 혁민은 여전히 무시하면서 손을 번쩍 들었다.

"여기 커피나 차 있죠?"

"어떤 걸로 마시겠나?"

장 변호사의 말에 혁민이 웃으면서 말했다.

"향이 좀 강한 게 좋겠네요. 환기 좀 하셔야겠어요. 아우~ 이게 무슨 냄새야."

혁민의 말에 전 사장과 장 변호사의 얼굴이 동시에 일그러졌다. 윤태는 속으로는 킥킥대고 있었지만, 티를 낼 수는 없는 일. 무표정한 얼굴로 이런 광경을 지켜보고 있었다.

'내가 저 새끼, 저래서 마음에 들지 않는다니까. 감히 선배 방에 와서 저런 말을 해?'

장 변호사는 이를 갈았다. 하지만 사실 켕기는 구석이 있기도 했고, 당장은 어떻게든 원만하게 합의를 해야 하는 상황. 그는 전화기에다 대고 말했다.

"여기 차 한 잔 가져와요. 향이 가장 강한 걸로."

그리고 방 안에서는 몰랐지만, 사무직 직원들 사이에서는 어떤 게 가장 향이 강한 차인지 잠시 소란이 있었다. 결국, 직원 한 명이 박하 녹차를 가지고 들어왔다.

"상황이 어떤지는 정 변호사님도 잘 아실 거 아닙니까. 이거 좀 도와주셔야겠어요. 내가 다른 건 몰라도 확실하게 챙겨 드리리다."

전 사장은 슬슬 웃으면서 이야기했다. 하지만 혁민은 다리를 꼰 채 빙글빙글 웃으면서 말을 듣고만 있었다. 전 사장은 혁민이 다리 끝을 까딱거리는 게 무척이나 거슬렸지만, 꾹꾹 눌러 참으면서 이야기했다.

"내가 제대로 사례할 테니 한 번만 도와주게. 어차피 직원들도 돈 빨리 받을 수 있으면 좋은 거 아닌가. 그리고 보니까 전부 받을 수 있을 거라고는 생각지도 않던데. 그러니까 절반 정도로 하자고. 대신 내가 어떻게든 돈을 마련해서 바로 줄 테니까."

전 사장은 그 정도면 직원들도 만족할 거라고 했다.

"아하~ 그러시구나. 그런데 그렇게 줄 수 있는 거였으면 진작 주시지 그러셨어요. 그랬으면 이런 일도 없었을 텐데……."

전 사장은 당장 혁민의 뺨을 후려갈기고 싶었지만, 참았다. 보아하니 이런 게 안 먹히는 사람 같았지만, 어차피 앞으로 합의를 해야 한다. 그러니 순간적으로 화를 참지 못하고 손이라도 올려붙였다가는 자신은 끝장나는 것이다.

전 사장은 끝까지 포기하지 않고 혁민에게 매달렸다. 보기 추할 정도로 굽실거렸지만, 그런 건 개의치 않았다. 전 사장은 이 상황만 어떻게든 넘길 수 있다면 더한 짓도 할 수 있다고 생각했다.

"원하는 게 있으면 말해보게. 내가 할 수 있는 건 다 들어줌세. 내가 이래 봬도 인맥도 제법 넓어. 그리고 다른 기업에도 내가 소개를 해주지. 실력이 최고인 변호사라고."

"그런 거야 누가 말한다고 되는 건가요. 실력이 있으면 이래저래 다 알게 되는 거죠. 그리고 저는 일 많은 거 별로 안 좋아해서요."

혁민은 시큰둥하게 반응했다. 하지만 전 사장은 연신 머리를 조아리면서 잘 부탁한다고 이야기했다. 혁민은 그런 전 사장을 바라보다가 웃으면서 천천히 말을 했다.

"변호사는 말입니다. 가능한 한 신속하게 의뢰인의 위임 목적을 최대한 달성할 수 있도록 노력해야 하거든요. 아시겠지만, 제가 변호사여서요."

자신의 고객을 위해서 최선을 다하겠다는 소리. 이런 식으로 아무리 해봐야 자신에게는 통하지 않을 거라는 말이었다.

"알았네. 그래도 잘 좀 부탁하네."

"글쎄요? 제 의뢰인이 만족하는 만큼 사장님은 곤란하실 테니 그렇게 되기는 어려울 것 같네요. 아무튼, 빨리 마무리하시는 게 좋을 겁니다. 왜 그런지는 다른 분들이 알아서 잘 설명해 주실 테니까. 아! 이미 설명 들으셨을 수도 있겠네."

혁민은 너스레를 떨면서 자리에서 일어났다. 그리고 조만간 의뢰인과 같이 오겠다고 말하고는 밖으로 나갔다. 그리고 밖으로 나간 혁민이 얼마 걸어가지 않았는데, 방 안에서 와장창하는 소리가 들렸다.

*   *   *

처음에 왔을 때와는 완전히 분위기가 달랐다. 직원들은 희희낙락하고 있었고, 전 사장은 정말 침통해하는 그런 표정이었다. 세상을 다 잃은 것 같은 그런 생기 없는 표정. 언제나처럼 직원들을 업신여기고 깔보는 그런 건 아예 보이지도 않았다.

"잘 아시겠지만, 이 자리는 합의를 하기 위해서 모인 자립니다."

이번에도 강윤태가 먼저 이야기를 꺼냈다. 이번에는 전과는 달리 직원들이 편안한 얼굴로 무슨 이야기를 하는지 듣고 있었다. 옆 사람과 편안하게 잡담도 나누면서. 윤태의 이야기는 짧게 끝이 났고 바로 전 사장이 일어났다.

"어?"

직원들이 조금 놀라서 소리를 냈다. 전 사장이 대뜸 자신들에게 머리를 조아렸기 때문이었다. 그것도 그냥 인사를 하는 정도도 아니고 거의 머리가 테이블에 닿을 정도로 깊이 숙였다. 자신들에게 욕설을 퍼붓고 손찌검을 하던 그런 모습은 오간 데 없었다.

"정말 미안하네. 진심으로 사죄하겠네."

전 사장은 잠시 고개를 숙이고 있다가 들었는데, 피가 몰려서인지 얼굴이 술을 마신 듯 시뻘겠다. 그리고 잠을 제대로 자지 못했는지 눈은 붉게 충혈되어 있었고, 얼굴도 푸석푸석했다.

"내가 한 짓은 변명의 여지가 없어. 나도 이번에 정말 뼈저리게 느끼고 있네."

전 사장은 살짝 울먹이면서 말을 이어나갔다. 직원들에게 한 점을 깊이 반성하고 있고, 크게 뉘우치고 있다고 했다.

"지금이라도 바로 잡아야겠다고 생각하고 지금 살고 있던 집도 내놓았네."

사람들은 고개를 끄덕이면서 사장의 이야기를 들었다. 사장은 지금 가지고 있는 현금으로는 직원들에게 줄 금액이 모자란다고 했다.

"지금 끌어모을 수 있는 대로 끌어모아 봤는데, 일단은 절반 정도는 당장 줄 수 있을 것 같아. 그리고 나머지는……."

가지고 있는 부동산이나 그런 걸 팔아서 주려고 하는데, 아무래도 돈이 조금 모자랄 것 같다고 했다. 전 사장은 사람들이 오해를 할까 걱정을 해서인지 그 말을 하고는 황급하게 손을 저으면서 덧붙였다.

"많이 부족하다는 건 아니야. 원래 지금 내놓은 걸 제값을 다 받으면 다 줄 수가 있는데, 아무래도 급하게 처리하려다 보니까 가격을 제대로 받을 수가 없어서 그러네. 그러니 그 부분은 좀 이해를 해줬으면 좋겠어."

그러면서 만약 시간이 좀 걸려도 된다면 제값을 받고 팔아서 주고, 그게 아니라 급하게 받아야 한다면 아무래도 제값을 못 받을 테니 전액을 주기는 어려울 것 같다고 이야기했다.

"내가 잘못한 거 잘 아네. 그리고 정말 내가 할 수 있는 모든 걸 다 하고 있어. 그러니 부디 선처를 바라네."

그 말을 하고는 전 사장은 고개를 다시 숙였다.

"저희끼리 얘기를 좀 해도 되겠습니까?"

직원 대표가 이야기하자 전 사장과 변호사 두 명은 회의실에서 나갔다. 그리고 사람들은 서로 이야기를 나누었다.

"드디어 받는구나. 드디어. 나는 절반 받으면 당장 급한 건 없으니까 다 받는 게 좋을 것 같은데…….”

“나는 조금 적어도 빨리 받았으면 좋겠어. 그동안 빌린 것도 좀 있고 해서…….”

“나도 큰 차이 아니면 빨리 받는 게 좋지. 그런데 사장 말하는 거 보니까 좀 짠하기는 하네. 그동안 한 짓이야 그렇지만, 막상 저렇게 나오니 마음이 좀 그래.”

“나도 후련할 줄 알았는데, 영 개운하질 않네.”

“무슨 소리야. 그동안 지 놈이 한 게 있는데. 이 정도로 넘어가는 걸 다행으로 알아야지.”

사람들은 이야기를 나누다가 혁민에게 물었다.

“저희는 이 정도면 괜찮은 것 같은데… 그럼 기다렸다가 전부 받을지, 아니면 빨리 받는 대신 조금 덜 받을지 정도만 정하면 되는 건가요?”

혁민은 피식 웃고는 양손을 앞으로 활짝 펼치면서 말했다.

“이야~ 여러분들 정말 아름다운 세상에서 살다 오셨나 보네. 저렇게 이야기한다고 넙죽 받으시고. 그러길 원하시면 그렇게 해도 되는데, 저 같으면 그러지 않을 겁니다.”

혁민은 씨익 웃었다.

“이제 시작이에요. 이제 시작.”

*   *   *

전 사장은 얼추 이 정도에서 정리될 수도 있다고 생각했다.

얘기하면서 직원들의 표정을 계속 살폈는데, 반응이 나쁘지 않았다.

"그 변호사만 아니면 오늘 끝낼 수도 있을 건데 말이야……."

직원들이야 어르고 달래고, 통사정하면 어떻게든 구워삶을 수가 있었다. 문제는 그 싸가지 없는 변호사. 전 사장은 가능하면 변호사는 배제하고 진심으로 속죄하려 한다는 컨셉으로 직원들을 공략해야겠다고 다짐했다.

"그런데 무슨 얘기를 하는데 이렇게 오래 걸리는 거야? 이 정도 준다고 했으면 대충 알았다고 할 것이지. 썅!"

전 사장은 짜증이 나는지 투덜거렸다. 아무리 돈을 아끼기 위해서라지만 이런 모습을 보인다는 게 어디 즐거운 일이겠는가. 하지만 돈을 아끼기 위해서라면 이보다 더한 짓도 할 수 있다고 생각하는 전 사장이었다.

그리고 같은 시각, 혁민은 직원들과 이야기를 나누고 있었다. 특별한 이야기는 아니고 웃으면서 그냥 잡담을 하고 있었다.

"그런데 이제 사장 불러야 하는 거 아닌가요?"

직원 중 한 사람이 시간이 많이 지난 것 아니냐며 이야기했다. 하지만 혁민은 고개를 저었다. 급한 것은 저들이라며.

"애를 좀 태워야죠. 절대로 급하게 생각하시면 안 됩니다. 그리고 제가 이야기한 거 확실하게 알아들으셨죠?"

혁민은 오늘로 협상이 끝나지 않을 거라고 했다. 어차피 오래 걸리지는 않겠지만, 일부러라도 시간을 끌 거라고 했다.

"그래도 정말 괜찮은 건가? 이거 아무래도 좀 불안해서……."

"그러니까. 그냥 빨리 돈 받고 끝냈으면 좋겠는데……."

직원들은 협상을 하고 주도권을 가져오고 하는 싸움에 부담을 느끼는 듯했다. 혁민도 이해는 되었다. 항상 그런 걸 해봐야 손해 보는 건 자신들이었으니 본능적으로 불안해하는 거였다.

"어차피 며칠 안에 끝납니다. 급한 건 우리가 아니라 전 사장이니까요. 그러니까 오늘은 그냥 얘기하는 거 듣고 내키지 않는다는 정도만 표현하면 되는 겁니다."

혁민의 말에 직원들이 고개를 끄덕였다. 그동안 우여곡절이 있었지만, 이제는 혁민의 말이라면 철석같이 믿었다. 혁민은 슬쩍 시계를 보더니 문밖으로 나가서 상대방에게 들어오라고 이야기했다.

"어떻게 이야기는 잘하셨습니까?"

전 사장은 들어와서는 고개를 숙이고 조심스러운 태도로 가만히 앉아만 있었고, 윤태가 대신해서 이야기했다. 그리고 직원들을 대표해서 혁민이 대답했다.

"이야기는 나누어 보았는데 이게 아무래도 받아들이기가 어렵군요."

혁민은 무척이나 아쉽다는 투로 이야기했는데, 강윤태는 사무적인 말투로 되물었다.

"어떤 점이 문제인지 얘기해 주시면 최대한 반영하도록 하죠."

"이게 의뢰인분들이 워낙 오래 고생을 해서 정신적이나 물질적으로 피해가 막심해서… 급해서 사채를 끌어다 쓴 분도 여럿 있고……."

혁민은 거기까지 얘기하고는 직원들을 안쓰러운 표정으로 쳐다보면서 혀를 찼다.

"그러면 얼마를 원하시는지 말씀을 해주시죠. 그래야 저희도 검토해서 답변을 드릴 수 있지 않겠습니까."

"이런 걸 돈으로 환산한다는 게 무척 어려운 일이기는 한데……."

혁민은 먼저 금액을 이야기하지 않았다. 그리고 직원들이 큰 피해를 받았다는 원론적인 이야기만 다양한 어휘력을 활용해서 어필했다. 한쪽은 금액을 이야기하면 검토하겠다는 말만 하고, 한쪽은 피해가 크다는 말만 하니 대화는 계속해서 제자리에서 맴돌 수밖에.

결국, 잠시 쉬는 시간을 갖기로 하고는 서로 머리를 식혔다. 직원들은 혁민의 말에 상대가 어쩔 줄을 몰라 하는 걸 보면서 무척 재미있다고 이야기했다. 언제 이런 입장이 되어본 적이 있던가.

"이런 게 갑이라고 하는 거구만."

"그러니까 말이여. 신기허기는 혀. 나 같으면 답답혀서 도대체 얼마냐고 소리라도 지를 것 같은데 아주 쩔쩔매는구만,

쩔쩔매."

특히나 전 사장이 아무런 말도 하지 못하고 고개를 숙이고
있는 모습을 보면서 신기하다는 이야기를 했다. 하지만 난생
처음 갑의 자리라는 걸 느껴본 사람들은 무척 어색해했다.

그리고 잠시 후에 속개된 협상에서도 지지부진한 대화가 계
속되었다. 혁민은 끊임없이 직원들이 얼마나 고생했는지를 이
야기했다. 할 이야기야 많았다. 실제로 직원들이 고생한 이야
기를 하자면 밤을 지새워도 모자랄 것이다.

겹치는 이야기 없이 직원 한 명, 한 명이 겪은 이야기를 하
니 상대방의 표정이 정말 볼만했다. 처음에는 강윤태가 대화
를 진전시키자는 이야기도 했었는데, 나중에는 구구절절한 사
연을 그냥 듣기만 했다. 그리고 직원들이 고생한 이야기는 그
강도가 점점 더 강해졌다.

"이런 상황을 겪은 거란 말입니다. 본인뿐만 아니라 그 가족
들까지 그렇게 힘겨운 시간을 보냈는데 오죽했겠습니까. 쌀이
떨어져서 굶은 사람도 있고, 사채업자에게 시달리는 사람도
있어요. 여기서 의뢰인들 말고 쌀이 없어서 굶어본 적 있는 사
람 있습니까?"

혁민은 열변을 토했고, 이야기를 듣는 직원들도 본인들 고
생한 생각이 났는지 눈시울이 살짝 붉어졌다. 강윤태도 당황
한 기색이 역력했다. 그래도 어떻게든 협상을 하는 게 맡은 소
임이다. 그는 조심스럽게 질문을 했다.

"잘 알겠습니다. 저희 의뢰인도 깊이 반성하고 있습니다.

그러니 원하시는 걸 이야기하시지요. 최대한 맞추어 드리도록 해보겠습니다."

"저희가 이야기를 하는 것보다 이분들이 고생한 데 대해서 어느 정도 성의를 보일 건지 직접 이야기하는 편이 좋을 것 같습니다."

혁민의 말에 전 사장과 장 변호사, 그리고 강윤태가 모여서 대화를 나누었는데, 아무래도 쉽게 결론이 나지 않는 듯했다.

"이야기가 길어질 것 같은데 내일 다시 하시죠. 내일 식사들 하시고 한 시에 다시 봅시다."

혁민은 일방적으로 통보하고는 사람들을 일으켜 세워서 밖으로 나가 버렸다. 전 사장을 비롯한 두 명의 변호사는 어떻게 말릴 생각도 하지 못하고 사람들이 우르르 나가는 걸 지켜보고만 있었다.

모두가 나간 후에 장 변호사가 한숨을 내쉬면서 중얼거렸다.

"이거 아주 고약한 친구한테 제대로 걸린 것 같아."

그의 이야기에 전 사장도 한숨을 내쉬었다.

*　　　*　　　*

다음 날 협상 자리에서 전 사장이 다시 말문을 열었다. 아무래도 자신이 직접 나서서 어떻게든 일을 해결하겠다고 결심한 듯했다.

"내가 위로금으로 이십 퍼센트 더 주겠네. 지금 내가 가지고 있는 전 재산을 처분하면 그 정도는 될 거야. 대신 일부는 바로 주고 일부는 시간을 좀 주게. 제값을 받고 처분해야 그 돈을 지불할 수 있어."

전 사장은 머리를 조아리면서 자신이 할 수 있는 최선이라고 이야기했다. 거듭되는 사과에다가 금액까지 조금 올라가자 직원들이 동요하기 시작했다. 하지만 혁민은 그 정도로는 어림도 없다는 듯 코웃음을 쳤다.

"이거 이렇게 차이가 커서야 어디 대화가 되겠습니까."

"아이고, 이러지 마시게. 내 전 재산을 다 털어서 주는 거야. 믿기지 않으면 확인을 시켜줄 수도 있네."

전 사장은 자신의 모든 걸 다 처분해서 주는 거라면서 선처를 바란다고 머리를 숙였다. 직원들도 전 재산이라는 단어를 수군거리면서 이 정도면 괜찮지 않으냐는 말을 했다.

"사람 한 명 살린다고 생각하고 좀 봐주게. 자네들이 받을 돈은 다 받은 거 아닌가. 거기다가 이 정도 주는 거면 나로서는 할 수 있는 걸 다 한 거야. 자네들도 그렇게 생각하지 않나?"

전 사장은 불쌍해 보이는 표정으로 애절하게 말했다. 직원들도 조금은 마음이 움직이는 듯했다. 하지만 혁민이 손뼉을 치면서 말하자 분위기가 확 깨져 버렸다.

"이야, 사업하지 마시고 연기를 하지 그러셨어요. 주연상은 좀 어렵겠지만, 대종상 남우조연상은 노려볼 만하겠는데요?"

전 사장은 속으로 열불이 나는 것 같았다. 뭐만 좀 되려고 하면 저 변호사가 나서서 초를 쳤기 때문이었다. 지금도 거의 넘어왔다고 생각했는데, 또 저 변호사가 망치지 않았는가.

'이런 쌍노무 새끼.'

하지만 혁민의 말은 끝나지 않았다.

"재산이란 게 말입니다, 늘어나기도 하고 줄어들기도 하고 뭐 그렇죠."

사람들은 무슨 이야기를 하는 건가 싶어서 혁민을 쳐다보았는데, 오로지 전 사장만 표정이 좋지 않았다. 혁민은 앞에 있는 종이를 뒤적이면서 말했다.

"어이구, 사모님 좋으시겠네. 재산이 갑자기 확 느셨어요. 며칠 전에 갑자기 사업이 잘되셨나 봐요?"

직원들이 일제히 전 사장을 쳐다보았다. 혁민이 하는 이야기가 무언지 모르는 사람이 어디 있겠는가. 전 사장이 재산을 빼돌렸다고 말하는 거였다.

"잠깐 쉬었다가 합시다."

장 변호사가 나서서 휴식 시간을 요구했다. 이대로 계속 두었다가는 협상이고 뭐고 없을 것 같아서였다. 벌써 직원 중에는 흥분해서 자리에서 벌떡 일어난 사람이 보였다. 장 변호사는 황급히 전 사장을 데리고 밖으로 나갔다.

"아니 변호사님, 지금 그 말이 정말입니까? 전 사장이 정말 그런 겁니까? 정말 재산을 빼돌린 거냐고요."

사람들은 흥분해서 떠들어댔다. 정말 저런 쓰레기가 어디 있느냐면서.

"변호사님, 저 자식 감방에 집어넣을 수 있는 거죠?"

"그래요, 저런 개새끼가 세상에 어디 있습니까? 저런 새끼는 벌을 받아야 합니다. 꼭이요."

사람들은 흥분해서 전 사장이 반드시 처벌받게 해달라고 이야기했다. 혁민은 그들이 계속 떠들게 놔두었다. 그리고 흥분이 조금 가라앉을 때쯤 이야기를 꺼냈다.

"여러분이 돈을 받는 것과 전 사장이 처벌받는 것. 둘 중에 하나를 선택하라고 하면 뭘 선택하겠습니까?"

사람들은 쉽게 대답하지 못했다. 전 사장이 처벌받는 걸 원했지만, 돈을 받는 것도 무척 중요한 일이었으니까.

"둘 다 할 수는 없는 겁니까?"

누군가가 조심스럽게 물었고, 혁민은 천천히 고개를 저었다. 자신도 그러길 바라지만, 둘 다 얻을 수는 없었다. 세상일이란 게 다 그렇지 않은가. 무언가를 얻기 위해서는 무언가는 포기해야 한다.

"모든 걸 다 가질 수는 없는 겁니다. 다시 한 번 묻겠습니다."

혁민은 사람들을 쳐다보고는 천천히 말을 이었다. 울분에 차서 주먹을 쥐고 있는, 그리고 전 사장의 처벌과 자신들이 받을 돈 사이에서 고민하는 사람들을 하나하나 쳐다보면서.

"여러분의 행복을 원하십니까? 아니면 전 사장의 불행을 원하십니까?"

사람들은 계속해서 고민했다. 하지만 사실 답은 정해져 있는 거나 마찬가지였다. 다만 전 사장을 이대로 두어야 한다는 게 너무나도 짜증이 나서 대답을 못 하고 있는 것뿐이었다.

"그럼 전 사장은 아무런 처벌도 받지 않는 겁니까?"

"흠… 아마도 법적으로는 그럴 가능성이 높습니다. 하지만 한 가지는 말씀드리죠. 전 사장이 감옥에는 가지 않겠지만, 그에 못지않은 고통을 받을 겁니다."

혁민의 대답을 듣고 나서야 사람들은 하나둘 고개를 끄덕였다. 말을 하지는 않았지만, 무엇을 의미한 것인지는 모든 사람이 알 수 있었다.

시간이 한참 지난 후 다시 협상이 진행되었는데, 장 변호사는 혁민과 직원 대표 한 명만 따로 이야기할 수 있겠느냐고 물어왔다. 잠시 회의실이 소란스러웠지만, 직원들은 제안을 받아들이기로 의견을 모았다.

그래서 장 변호사의 방에서 다시 협상이 진행되었다.

"금액을 얘기하면 최대한 맞추어 보겠네."

"전 사장님은 아직 상황 파악이 안 되나 보네. 최대한 이런 말 사용하면 안 되는 타이밍인데."

혁민은 피식 웃더니 단도직입적으로 말했다.

"사십억 원은 더 주셔야겠어요."

"뭐어???"

전 사장이 너무 놀라 자리에서 벌떡 일어섰다. 하지만 혁민은 왜 그렇게 놀라느냐는 표정을 하고는 말했다.

"그게 말이 돼? 사십억 원이 어디 애새끼 이름인 줄 알아?"

전 사장은 잔뜩 흥분해서 펄펄 뛰었다.

"왜요? 그 정도면 오히려 봐준 거 아닌가? 현백정밀에서 빼간 거에서 직원들 줄 거 제하면 딱 그 정도던데."

혁민은 눈동자 하나 흔들리지 않고 태연하게 맞받아쳤고, 전 사장은 잠시 씩씩거리다가 제자리에 앉을 수밖에 없었다.

가져간 거 그대로 토해내라는 말인데, 전 사장으로서는 받아들이기 어려운 제안이었다. 그랬다가는 자신의 회사인 항신정밀이 위태로워지기 때문이었다. 그래서 사정도 해보고 애원도 해보았지만, 혁민은 까딱도 하지 않았다.

"내가 평생 일군 회사야. 그 회사가 쓰러질지도 몰라. 그러니까 조금만 깎아주게. 제발 부탁이야."

전 사장은 혁민과 직원 대표 앞에 털썩 무릎을 꿇었다. 그리고 절반 정도는 어떻게든 해보겠다고 애원했다.

"여기 이분도 사장님하고 나이 같아요. 아니지. 이분은 고등학교 졸업하고 바로 이 회사로 오셨다고 했으니까 전 사장님보다 일한 기간으로 보면 더 길겠네요."

혁민은 또박또박 힘주어 이야기했다.

"현백정밀도 이분이 평생 일군 직장이에요."

"미안해. 내가 잘못했어. 하지만 제발 좀 봐줘. 제발."

전 사장은 그건 너무 많다면서 제발 사정을 봐달라고 혁민의 바지를 잡고 매달렸다. 하지만 혁민은 자리에서 일어나면서 조용히 이야기했다. 부인의 재산까지 처분하면 그 정도는 마련할 수 있다는 걸 아는 혁민에게 전 사장의 애원이 먹힐 리 없었다.

"그럼 법정으로 가죠."

혁민은 전 사장을 뿌리치고 문 쪽으로 걸어갔는데 문을 열고 나가려다 뒤돌아 이야기했다.

"아, 혹시 가시더라도 수원교도소는 어떻게든 피하세요. 거기 바닥이 차서 겨울나기가 좀 힘들다고 하더군요."

그 말을 듣자 전 사장은 힘없이 소파에 쓰러지면서 말했다.

"알았네. 그렇게 하지. 그렇게 하자고."

*　　　*　　　*

'만약 나였다면 이런 결과를 이끌어낼 수 있었을까?'

강윤태는 혁민이 전 사장을 완전히 묵사발 내는 광경을 지켜보면서 그런 생각을 했다. 상황을 상상해 보았는데, 아무리 생각해도 그건 무리였을 것 같았다.

'이기지도 못했을 거야.'

자신이 아는 건 어디까지나 이론적인 거였다. 혁민과 같이 대처하는 방법은 알지 못했다. 아니, 알기는 했다. 법인격 부인이나 횡령 또는 배임으로 고소를 하고 압박하는 거나 모두 배우거나 듣기는 했다.

하지만 아는 것과 하는 것은 엄청난 차이가 있다. 안다고 전부 할 수 있는 건 아니니까. 그리고 어찌어찌 방법을 알아냈다고 하더라도 이런 식으로 능숙하게 장 변호사나 전 사장을 요리하지는 못했을 것이다.

지금 와서 돌이켜 보니 혁민의 대처는 정말 물 흐르듯 이어졌다. 그 당시에는 몰랐지만, 다음 단계에 무엇을 할지를 마치 미리 대비해 놓고 있다가 적절한 순간에 내놓은 것 같았다.

'영화를 보는 것 같았어.'

수세에 밀리는 듯하다가 역전하고, 상대가 다른 방법을 찾으면 그걸 엎어버릴 패를 보여주었다. 횡령과 배임으로 고소한 게 막히자 숨겨진 법인의 재산을 찾아냈고, 그것도 막아버리자 법인격 부인이라는 새로운 무기를 들고나왔다.

그리고 그걸 막을 궁리를 하는 사이에 처음에 꺼낸 횡령과 배임이라는 패, 이미 다 해결되어 죽었다고 생각한 패를 다시 되살렸다. 훨씬 더 강한 무기로 만들어서. 이건 애초부터 계획된 거라고 볼 수밖에 없었다.

장 변호사가 제아무리 경험이 많고 실력이 좋아도 이런 식으로 얽어매면 옴짝달싹 못하는 게 당연했다.

'인맥이나 태경의 로비 능력 같은 것도 미리 염두에 두고 움직인 거야.'

윤태는 새삼 혁민이 무서운 사람이라는 걸 느꼈다. 괴팍하고 이상한 행동을 하고 있지만, 사실은 엄청나게 치밀하고 계산적으로 움직이는 사람이라는 생각이 들었다.

그런 생각을 하니 혁민이 일부러 엉뚱한 행동을 하는 게 아닌가 싶기도 했다. 상대를 방심하게 하려고. 그게 아니면 일반적으로는 상상하기 어려운 스타일의 천재이거나.

솔직한 이야기로 윤태는 자신이 혁민보다 조금 뒤지기는 하지만, 큰 차이가 있으리라고는 생각지 않았다. 하지만 그것이 얼마나 잘못된 생각이었는지 이번 기회에 확실하게 깨달았다. 혁민은 자신보다 훨씬 높은 곳에 있었다.

기분이 나쁘면서도 좋았다. 자신이 뒤처진다는 게 기분 좋은 감정은 아니니까. 하지만 목표가 있다는 것. 그건 윤태에게는 아주 흥미롭고 매력적인 일이었다. 그는 호기심 가득한 표정으로 전 사장과 혁민의 상황을 계속 지켜보았다.

"그렇게 하지. 그것만 하면 되는 건가?"

"무슨 소리. 정식으로 합의서를 써야 하지 않겠습니까? 제가 사람 말을 잘 믿지 않아서 말이죠. 말처럼 허망한 게 없더라고요."

전 사장은 백기를 들었지만, 혁민은 기뻐하거나 들뜬 기색이 전혀 없었다. 마치 당연한 일이 일어났다는 듯 태연하게 일을 진행했다.

"합의서를 작성하는 동안 잠깐 쉽시다."

장 변호사의 말에 혁민과 직원 대표가 자리에서 힘차게 일어섰다. 전 사장은 그 자리에 쭈그리고 앉아서 힘없이 고개만 끄덕였고. 전 사장은 온몸의 기운이 모두 빠져나간 사람같이 보였다.

혁민은 직원 대표와 함께 장 변호사의 방을 나와 회의실로 향했다. 가는 사이에 직원 대표가 혁민에게 질문을 하나 했다.

아까 혁민이 전 사장과 나이는 같지만, 고등학교 졸업하고 바로 현백정밀에 와서 더 오래 일했다고 한 바로 그 사람이었다.

"저기. 그런데 저는 고졸이 아니라 전문대 나왔는데… 그리고 다른 회사 다니다가 현백정밀로 옮겼는데……."

"아, 그러세요? 제가 다른 사람하고 착각했나 보네요."

혁민은 씨익 웃으면서 대답했다. 어차피 전 사장의 멘탈을 무너뜨리기 위해서 한 말이었다. 그리고 현백정밀에 다니는 직원들에게도 회사가 소중한 곳이라는 사실에는 변함이 없는 거니까.

회의실에 가서 이야기하자 사람들의 환호성이 터졌다. 자신들이 생각한 것보다 훨씬 많은 금액을 받게 되었으니 기분이 어떻겠는가. 그 자리에서 펄쩍펄쩍 뛰고 부둥켜안고 난리도 아니었다.

"가만있어 봐. 그러면 도대체 얼마씩 받는 거야?"

"원래 받을 거는 그렇다 치고, 더 받기로 한 거는 똑같이 나눠야겠지?"

각자 받을 금액은 차이가 있었다. 월급이나 퇴직금이 근무한 햇수나 직책 같은 것에 따라서 조금씩 달랐으니까. 사람들은 계산을 하다가 슬쩍 혁민을 쳐다보았다. 혁민은 사람들이 왜 자신을 쳐다보는지 알아채고는 말을 꺼냈다.

"제가 가져가는 것 때문에 그러시나 보군요. 저는 계약서대로 합니다."

혁민은 품에서 계약서를 꺼냈다. 그리고 테이블 위에 탁 하고 펼쳐 놓았다. 복사된 종이에는 성공 보수 관련된 부분이 있었는데, 직원들이 받아야 하는 금액을 전액 받아냈을 때 성공 보수를 지급하는 것으로 적혀 있었다. 그리고 그 밑에는 이렇게 적혀 있었다.

—성공 보수는 갑이 받아야 하는 임금 및 퇴직금 전액의 40%로 한다.

사람들은 처음에는 이해가 되지 않는 듯 종이를 계속 쳐다보았다. 하지만 이것이 어떤 내용인지 눈치챈 사람들은 눈이 휘둥그레져서는 혁민을 쳐다보았다.

"변호사님……."

"계약서는 서로 간의 약속입니다. 저는 약속은 반드시 지킵니다. 보시면 아시겠지만, 성공 보수에 위자료는 포함되지 않는군요."

어떤 내용인지 몰랐던 사람들도 그 말을 듣고는 어떤 이야기인지 알아챘다. 갑자기 다들 눈가가 촉촉하게 젖었다. 혁민이 전 사장을 몰아붙여서 엄청난 위자료를 받아냈지만, 모두 직원들이 갖게 되는 돈이었다.

사실 전 사장에게 돈을 더 받을 수 있다고 할 때, 사람들은 당연히 혁민도 가져간다고 생각했다. 그래서 혁민이 저렇게 전 사장을 계속 쥐 잡듯 몰아붙이고 거액을 뱉어내게 한다고 생각한 사람도 있었다.

하지만 그건 전부 자신들의 돈이었다. 혁민은 한 푼도 가져

가지 못한다는 걸 알면서도 그렇게 행동한 거였다. 직원 중 한 명이 다가와서 혁민의 손을 잡았다. 40대 후반으로 보이는 아주머니였는데, 목소리가 떨리고 있었다.

"고맙습니다. 정말 고마워요. 내가 정말 이 일은 죽어도 잊지 않을게요. 내가……."

아주머니는 무슨 말을 더 하려고 했지만, 목이 메어서 말이 나오지 않았다. 다른 사람들도 하나둘 혁민의 부근으로 모여들었다. 그리고 혁민의 손과 팔을 잡았다. 아무도 말을 하지 않았지만, 혁민은 어떤 명연설을 들었을 때보다 더 진한 감동을 느낄 수 있었다.

*　　　*　　　*

점퍼를 입은 여직원 몇 명이 화장실에 모여서 수다를 떨고 있었는데, 나이가 대부분 40대인 현백정밀의 직원들이었다. 화장도 번지고 해서 겸사겸사 화장실에 온 거였는데, 대화 내용은 돈을 받게 되어 정말 다행이라는 거였다.

"이제 정말 안심이야. 나는 빌린 거부터 갚아야겠어. 이자 나가는 게 얼마나 아깝던지."

"맞아, 맞아. 나도 돈 받으면 그거부터 치우고 가족들하고 외식이나 한번 해야겠어. 아유, 그런데 이렇게 여유 있었던 게 언제인지 기억도 안 나네."

태경의 직원이 한두 명 오갔지만, 아주머니들은 신경도 쓰지 않았다. 어차피 협상도 다 끝난 일인 데다가 워낙 들떠 있는 상태라서 오히려 지나가는 사람을 붙잡고 자랑이라도 하고 싶은 심정이었으니까.

"잘 해결되셨나 보네요. 정말 다행이에요."

"어머, 저번에 우리 안내해 준 그 아가씨네. 아유, 고마워요."

율희가 이야기를 듣다가 말을 건넸는데, 직원 중 한 명이 율희를 알아보고는 반갑게 인사를 했다. 평소라면 로펌 사람들과 쉽게 대화하기 어려웠을 테지만, 지금은 아니었다. 아주머니들은 기분이 날아갈 것 같아서 어떤 사람이라도 즐겁게 대화할 수 있을 것 같았다.

"아버지도 그런 경우가 있으셨거든요."

"에구구. 세상이 다 그렇지 뭐. 그런데 이 아가씨는 맘도 너무 착하네."

율희는 손을 씻으면서 대화를 했는데, 그러다가 변호사의 이야기가 나왔다. 당연히 직원들이 받아야 할 돈인데 변호사가 너무 많이 챙기는 것 같아서 마음이 좋지 않았다고. 그러자 아주머니들이 깔깔대며 웃었다.

"아이구. 아가씨 올해 나이가 몇이야?"

"예? 저 스물인데요?"

"그럼 올해 고등학교 졸업하고 바로 온 건가?"

"네. 올해 졸업하고 바로 온 건데요."

그러자 아주머니들이 그럴 수 있다는 표정으로 다들 고개를 끄덕였다.

"이그. 완전 애기네, 애기."

"올해 고등학교 졸업했는데 세상 물정을 뭘 알겠어. 그리고 너무 착해서 그런 거야."

아주머니들은 이 사건이 얼마나 어려운 사건인지 이야기해 주었다. 다른 변호사도 찾아갔었는데, 전부 포기하라고 했었다면서. 그리고 혁민이 원래 받아야 하는 것보다 훨씬 더 많이 받게 해주었다고 자랑을 했다.

아주머니들은 세상일이란 게 그렇게 간단한 게 아니고, 보이는 게 전부가 아니라고 이야기했다. 그러면서 자신들도 정혁민 변호사를 오해한 적이 있는데, 사정도 잘 모르는 어린 율희야 오죽하겠냐면서 떠들어댔다.

"아이구, 세상에 그런 사람 없다니까. 아가씨도 사회 물 좀 먹으면 알 거야."

"아유, 그렇지. 아마 변호사님 아니었으면 우리는 전부 길바닥에 나앉았을 거라니까?"

율희는 눈을 동그랗게 뜨고는 아주머니들이 하는 이야기를 듣고는 감탄사를 내뱉었다. 자신이 생각했던 것과는 상황이 전혀 달랐기 때문이었다.

"우와. 그런 건지 전혀 생각도 못 했어요. 정말 좋은 분이네요."

"그럼! 최고로 능력 있고 좋은 분이지."

화장실에서 같이 나오면서 아주머니들이 율희에게 말을 더 해주었다.

"내가 다른 사람한테 들었는데, 증거 있잖아. 그거 구하는데 돈이 많이 들었대. 내부 고발자가 있다고는 했는데, 그게 다 돈 주고 구한 거라고 하더라고."

"어머, 그래? 하기야 그런 증거를 필요할 때 딱 찾은 게 이상하다고 생각은 했지. 아무렴 세상에 공짜가 어디 있어."

"그래서 비싸게 받는 거래. 그런 거 구하는 게 어디 쉽겠어?"

"아이구, 그런 거 아니더라도 우리 변호사님은 많이 받아도 괜찮아. 이렇게만 해주시면 더 받으셔도 난 찬성이라니까."

율희는 사람들이 변호사에게 돈을 더 주고 싶다고 하는 희한한 광경을 보면서 그래도 그런 식으로 증거를 빼내는 건 안 좋은 일 아니냐고 중얼거렸다.

"이구, 아가씨는 사기당하지 않게 조심해. 얘기 들어보니까 너무 착하고 순진하네."

"그러니까. 그래도 이런 큰 변호사 회사에 댕기니까 좀 괜찮겠네. 아가씨는 돈 같은 거 빌려주지 말고, 돈 생겨도 다른 사람하고 뭐 하지 마. 친절하고 사람 잘 믿어서 큰일 당할 것 같어."

아주머니들은 너무 착해도 세상 살기 어려운 거라면서 걱정을 해주었다. 그냥 보기에도 착해 빠진 게 다 보인다면서. 율희는 이게 어른들의 세상이구나 하면서 사람들과 함께 사무실로 걸어갔다.

그리고 잠시 뒤 맞은편에 있는 남자 화장실에서 혁민이 나왔다. 그리고 멀어져 가는 율희와 아주머니들을 바라보면서 중얼거렸다.

"착하긴 착하지요. 하지만 그냥 착하기만 하진 않아요. 아주머니들이 잘 몰라서 그렇지."

혁민은 빙긋 웃으면서 예전 생각을 떠올렸다. 그리고 회의실로 걸음을 옮겼다. 회의실에 도착했을 때 아직 합의서는 도착하지 않은 상태였다. 사람들은 그 돈을 어디에 쓸까 의논 중이었다.

"변호사님. 혹시 좋은 생각 있으십니까?"

직원 중 한 명이 물었다. 그들에게 혁민은 나이 어린 햇병아리 변호사가 아니라, 누구보다 믿음직한 조력자였다.

"글쎄요. 이러면 어떨까요?"

혁민은 직원들이 회사를 인수하면 어떠냐고 이야기했다.

"회사는 전 사장이 사기 전까지는 괜찮았던 것 같은데요."

"그럼. 아직도 괜찮아. 그 새끼가 자꾸 일을 이상하게 만들어서 망조가 든 거지."

"지금 대략 막아야 할 게 삼십오억 원 정도 되거든요."

혁민은 어차피 채권단도 회사가 부도나는 것보다는 다시 회생하는 게 좋을 테니 잘만 협상하면 서로 윈윈하는 길이 있을 거라고 했다.

"우리가 회사를 산다고?"

"우리 회사?"

직원들은 실감이 나지 않는 모양이었다. 혁민은 경영은 월급 사장을 고용하면 되고, 충분히 가능하다고 이야기했다. 물론 위험 요소도 있다. 사업이란 게 그렇게 간단한 게 아니니까.

하지만 혁민 생각에 퇴직금에 위자료로 치킨이나 피자 가게를 내는 것보다는 계속 일하는 편이 더 좋다고 생각되었다. 그게 아니더라도 어차피 백 명이 넘는 직원이 나누어 가져 봐야 돈은 금방 없어진다. 그것보다는 직원들이 회사의 주인이 되는 편이 더 좋을 듯했다.

"상의하셔서 그렇게 하실 분은 하시고, 개인적으로 쓰고 싶은 분은 개인적으로 받아서 쓰고 하면 될 것 같군요."

직원들은 일단 직원 모두와 이야기를 나누어봐야겠다고 말했다. 사람들은 갑자기 목이 마른지 뭐라도 좀 가져다 달라고 이야기했다. 갑자기 흥분되는 이야기를 접해서 그런 모양이었다.

"그러면 돈은 언제 받을 수 있을까요?"

"흠… 1차는 이번 주 내로 바로 받으실 거고요. 나머지도 이 달 내로는 받으실 수 있게 제가 해드리죠."

"그러면 8월 안으로 받을 수 있다는 얘기네요."

직원들은 생각해 본다고는 했지만, 자신들이 회사의 주인이 된다는 사실에 벌써 가슴이 두근거리는 표정이었다.

"제 얘기는 여기까집니다. 선택은 여러분이 하시면 됩니다."

"변호사님 감사합니다. 이거 저희가 뭐라도 챙겨 드려야 할 것 같은데……."

혁민은 고개를 저었다. 문소리가 들렸지만, 계속 이야기를 이어나갔다.

"아닙니다. 저는 계약서대로 일합니다. 그리고 변호사는 의뢰인의 위임 목적을 최대한 달성할 수 있도록 노력하는 게 당연한 겁니다. 의뢰인에게 최대의 이익을. 그리고 그것을 통해 저도 최대의 이익을 얻는다. 이게 제가 일하는 방식입니다."

혁민은 손을 펴서 사람들을 가리키면서 단호한 어조로 이야기했다. 율희는 조용히 쟁반에 있는 차와 음료수를 내려놓고는 밖으로 나갔다.

탕비실에 간 율희는 누가 없는지 두리번거리더니 손을 펴서 앞으로 내밀면서 말했다. 누군가의 목소리를 흉내 내면서.

"이게 제가 일하는 방식입니다. 꺄아~"

율희는 오글거리는지 손을 앞으로 모으고는 몸서리쳤다. 그러고는 배시시 웃으면서 제자리로 돌아갔다. 율희는 자리에 앉으면서 슬쩍 회의실을 쳐다보았는데, 장 변호사와 전 사장이 어깨가 축 늘어진 채 회의실 문을 열고 들어가고 있었다.

그리고 열린 문틈으로는 자리에 앉아서 기뻐하는 직원들의 모습과 홀로 우뚝 서 있는 혁민의 모습이 보였다.

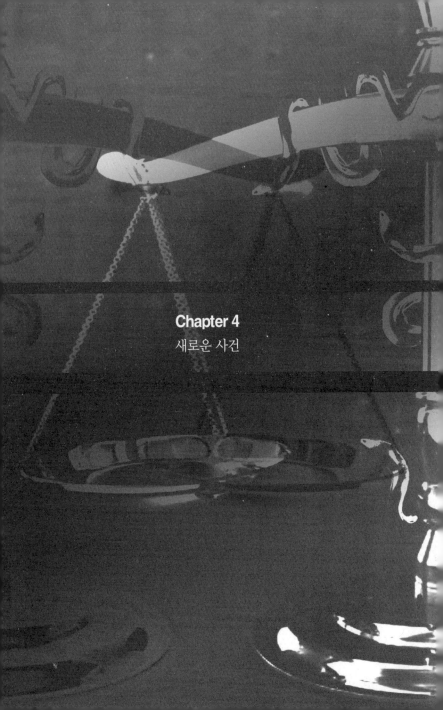

Chapter 4
새로운 사건

"상대 쪽에서는 당황해서 아무것도 못 하고 있다."

목소리는 크지 않았지만, 장 변호사는 얼굴이 시뻘겋게 달아올라 있었다. 새까만 후배에게 망신을 당했으니, 그것도 아주 정신없이 얻어터졌으니 심정이 오죽하겠는가. 말은 하지 않았지만, 장 변호사의 자존심은 찢어진 걸레처럼 너덜너덜해졌다.

"일거수일투족을 모조리 파악하고 있으니까 정혁민은 뭘 해도 부처님 손바닥 안이다. 내가 아마 그렇게 들었던 것 같은데⋯⋯."

"죄송합니다."

진윤상은 고개를 숙이고 짧게 대답했다. 어차피 장 변호사가 분풀이할 대상이 필요해서 자신에게 이런다는 걸 알고 있었다.

"죄송이라… 허허. 이거 참. 내가 그런 이야기나 들으려고 자네에게 그 비싼 돈을 주고 쓰는 줄 아나?"

"돈은 전부 돌려 드리겠습니다."

"당연히 그래야지. 정보를 알아 오라고 했더니 오히려 상대 역공작에 놀아나 놓고서 돈까지 받겠다고 하면 그건 양아치지."

진윤상은 사실 억울했다. 자신의 잘못이 약간의 영향은 미쳤다. 하지만 그게 결정적인 건 아니라고 생각했다. 자신이 제대로 된 정보를 캐내서 알려주었어도 아마 상황은 똑같았을 것이다.

하지만 그런 이야기를 했다가는 오히려 장 변호사의 화만 돋우는 일이 될 터. 그냥 그러려니 하면서 참는 게 최선이었다.

"하여간 어설프게 아는 것들이 더 문제야. 그러니 사시도 번번이 떨어지는 거지. 사시가 개나 소나 다 되는 건 줄 아나."

진윤상은 입술을 꽉 깨물었다. 아직도 미련을 버리지 못하고 계속해서 시험을 치고 있었다. 돈이 필요해서 이 일을 하고는 있었지만, 자신도 사시에 합격해서 보란 듯이 법조인이 되고 싶었다.

다른 건 얼마든지 참을 수 있었지만, 자신의 꿈까지 비하하는 건 참기 어려웠다. 그래서 자신도 모르게 장 변호사를 째려보았다.

"뭘 봐, 이 새끼야. 니가 뭘 잘했다고."

짜악~ 하는 소리와 함께 진윤상의 고개가 휙 돌아갔다. 진윤상은 티껍다는 표정을 하고는 턱을 매만졌는데, 그 모습을 본 장 변호사가 또다시 손을 들었다.

삐익.

내선 전화 소리가 나지 않았다면 몇 대는 더 맞았을 테지만, 타이밍 좋게 울린 신호음이 진윤상을 살렸다. 장 변호사는 자신의 자리로 가서는 신경질적으로 버튼을 눌렀다.

"무슨 일이야?"

ㅡ하 변호사님이 찾으십니다.

"그래? 알았어."

아마도 하치훈은 법원에 갔다 들어오면서 직원에게 이야기를 한 모양이었다.

"꼴도 보기 싫으니까 당장 내 눈앞에서 꺼져."

장 변호사는 흥분이 가라앉지 않은 말투를 내뱉었고, 진윤상은 고개를 슬쩍 숙이고는 밖으로 나갔다. 장 변호사는 책상에 있는 서류를 정리하고는 밖으로 움직였다. 하치훈이 왜 자신을 부를까 걱정하면서.

혹시나 이번 일을 가지고 질책을 하지는 않을까 하는 생각도 들었다. 하지만 걱정했던 것과는 달리 사무실에 들어가니 하치훈은 무척 밝은 표정이었다. 아마도 맡은 사건이 잘 해결된 모양이었다.

"찾으셨습니까, 부장님."

"어, 그래. 일단 좀 앉지."

하치훈도 지금 막 들어온 듯 옷걸이에 윗도리를 걸고 있었다. 하치훈은 장 변호사가 자리에 앉자마자 이번 사건에 관해서 물었다.

"대충 얘기는 들었는데, 자세하게 좀 얘기해 보게."

"예. 그게……."

장 변호사는 떠올리기도 싫은 기억이었지만, 상사의 명령이니 어쩌겠는가. 그래서 처음부터 차근차근 이야기했고, 하치훈은 눈을 반쯤 감고 듣고 있다가 가끔 고개를 끄덕이곤 했다.

"이야~ 그 친구 역시나 보통이 아니군. 그런 식으로 나오면 상대하기 무척 까다롭지. 그건 그렇고 그런 증거들은 어떻게 찾았다고 하던가?"

"내부 고발자가 있었다고는 하는데, 아마도 적당한 금액을 주고 찾은 것 같습니다."

"그렇군. 그런 편법도 적당히 이용할 줄 알고 아주 좋군. 아주 좋아. 이거 당장 태경에 데려와도 제 몫 충분히 하겠는데?"

하치훈은 빨리 혁민을 자신의 밑으로 데려오고 싶은 기색을 내비쳤다. 그런 실력 있는 변호사가 자신의 밑에 있다는 건 하치훈의 세력이 그만큼 강해진다는 것이고, 하치훈의 영향력이나 발언권도 강해진다는 거였으니까.

하치훈은 지금 태경의 대표와 치열한 권력 다툼을 하고 있었다. 그래서 혁민 같은 인재가 필요했다.

"강윤태 변호사는 다 좋은데 너무 착해. 그냥 학자 타입이라서 야수성이 없단 말이야. 거칠고 싸움꾼 같은 기질도 필요한 건데 말이지."

하치훈은 혁민이 그런 면에서는 아주 바람직하다며 계속해서 입맛을 다셨다. 장 변호사는 눈치를 보다가 슬쩍 운을 뗐다.

"죄송합니다. 제가 선배 입장에서 한 수 가르쳐 줬어야 하는 건데……."

"아~ 괜찮네. 뭐 그랬으면 더 좋았겠지만, 그런 정보가 새나갔는데 어쩔 수 없는 일이지. 그거야 전 사장이 관리를 잘못한 거 아니겠나."

그런 상태에서는 누가 맡았어도 똑같았을 것이다.

"그것보다 전 사장 횡령 건은 어떻게 되는 건가?"

"그건 집행유예 정도로 될 것 같습니다."

하치훈은 그 정도면 전 사장도 뭐라고 하지 못할 거라고 이야기했다. 그러고는 고개를 살살 저으면서 말을 덧붙였다.

"전 사장은 오래가기 어려우니까 대충 정리하라고."

"무슨 일이라도 있는 겁니까?"

"상황이 좋지 않다는 소문이 나서 침 흘리는 자들이 한둘이 아니라더군. 자금이 있을 때야 버틸 수 있지만, 지금처럼 상태가 좋지 않을 때는 어렵지. 마음먹고 뜯어먹자고 달려들면 그걸로 게임 끝이지."

하치훈은 항신정밀을 인수합병하려고 눈독을 들이는 곳이

몇 곳 있다고 이야기했다. 그리고 이미 작업에 들어간 곳도 있다고 했다.

"자네가 하는 건 모양새가 좋지 않으니까 내가 다른 사람에게 줬으니 그렇게 알라고."

장 변호사는 하치훈이 정보를 흘렸다는 걸 알 수 있었다. 그리고 이미 인수합병을 하기 위해서 준비에 들어갔다는 것도. 그렇다면 전 사장은 오래 버티지 못할 것이다.

'정혁민한테 걸려서 완전히 거덜 났군.'

말투도 매너도 영 좋지 않은 전 사장이 마음에 들지 않았지만, 인간적으로는 불쌍하다는 생각이 들었다.

*   *   *

"예. 아니 뭐 제가 그쪽은 잘 아는 게 아니라서요. 예. 예. 아하~"

혁민은 현백정밀 직원 대표와 통화를 하고 있었다. 전 사장으로부터 돈을 모두 받았는데, 공교롭게도 돈을 받자마자 서브프라임 모기지론 사태가 터져서 상황이 무척이나 드라마틱하게 되었다.

세계 경제가 어떻게 될지 모르는 판국이라 다들 불안해했다. 현재 우량한 회사들도 도산할 수 있다는 우려 섞인 말들이 나오고 있었다. 주가 대폭락과 함께 세계 경제가 휘청거렸다. 그래서 원래는 현백정밀을 하루라도 빨리 인수하려던 직원들은 시간을 끌고 있었다.

"예. 제가 생각해도 여유를 가지고 협상하는 게 좋을 것 같습니다. 여러분이 급할 것 없잖아요. 급한 거야 상대방이죠."

돈을 가지고 있는 현백정밀의 직원들은 여유만만이었다. 여차하면 다른 곳에 사용해도 되는 상황이니 급할 게 없었다. 그래서 인수 가격이 점점 낮아졌다.

"정 변호사, 또 그런 의뢰인데?"

통화를 마치자마자 성만이 문을 열고 들어와서는 의뢰가 들어왔다고 이야기했다. 소문이 났는지 최근에는 부쩍 월급을 받지 못한 업체의 직원들이 찾아오는 경우가 많았다.

"그래? 어떤 케이스인데?"

"이것도 아닌 것 같아. 회사가 정말 어려워서 그런 것 같더라고."

사장이 빼돌린 케이스라면 혁민이 어떻게든 해볼 수 있다. 하지만 회사가 어려워져서 월급을 주지 못하는 건 혁민이라도 어쩔 수 없다.

"그러면 어쩔 수 없지. 체당금이나 그런 거 잘 알려주고 거절해."

"알았어. 그런데 요즘 경제가 안 좋아서 그런지 망하는 데가 좀 많아지는 것 같네."

"그러게 말이야. 이럴 때일수록 잘 넘겨야 하는데……."

혁민은 그렇게 말하고는 책상 위를 정리했다. 식사하러 나가기 위해서였다.

"저기, 변호사님."

"어, 보람 씨. 식사하러 가자고. 오늘은 뭐 먹을까?"

그런데 보람은 대답하지 못하고 쭈뼛쭈뼛하다가 다른 말을 꺼냈다.

"저기, 저희 내일도 일하잖아요."

"아, 보람 씨는 내일 나오지 않아도 돼. 나하고 사무장님만 일하면 되니까."

최근 부적 일이 많아졌는데, 그게 다 월급을 받아달라는 의뢰였다. 혁민은 내용을 살피고 자신이 도움을 줄 수 있는 사건은 가능하면 받았다.

"아니요, 그게 아니라 저기. 아는 동생이 사무실 구경하러 와도 되냐고 해서요."

"아는 동생?"

"예. 저번에 말씀드린 애 있잖아요. 지금 태경에 다니는."

보람의 이야기가 끝나자마자 밖으로 나가려던 혁민의 고개가 휙 돌았다. 그리고 큰 소리로 이야기했다.

"그럼!! 당연히 와도 되지. 언제든지 놀러 와도 된다고. 그렇죠, 사무장님?"

"음? 뭐, 그래. 와도 되지."

성만은 어리둥절한 표정으로 고개를 끄덕였다. 별것도 아닌 일에 혁민이 목소리를 크게 낸다고 생각하면서.

"가만있어 보자. 그러면 식사하고 와서 사무실 청소 좀 해야겠네. 그래도 손님이 오는데 지저분한 걸 보여줄 수야 없지."

혁민은 팔짱을 끼고는 사무실 안을 둘러보았다. 하지만 성만과 보람은 이해가 되지 않는다는 듯 이야기했다.

"저기, 변호사님. 오늘 아침에도 청소했는데요."

"그래, 깨끗한데 뭘 청소를 또 해. 그냥 내일 아침에 간단하게 치우기만 해도 되겠구만."

하지만 혁민은 고개를 저었다.

"아니에요, 아니에요. 빨리 점심 먹고 와서 청소해야겠어요."

혁민은 청소도 하고 율희가 좋아하는 색 방석이나 테이블보를 사다가 놓을까 하는 생각을 했다. 하지만 성만과 보람은 일도 바쁜데 혁민이 왜 저러나 싶어서 고개를 갸웃거렸다.

성만과 보람은 괜찮다고 말렸지만, 혁민이 부득불 우겨서 점심을 먹고 난 후 사무실 청소를 했다.

그리고 다음 날인 토요일.

혁민은 일을 하다가 밖에서 무슨 소리만 들리면 자리에서 일어섰다. 그리고 방문 근처로 가서 혹시 율희가 온 것인지 귀를 대고 확인했다.

"아니 성만이 형은 뭘 하는데 이렇게 자꾸 움직이는 거야?"

혁민은 제자리로 가서 앉으면서 투덜거렸다.

"이거 율희가 빨리 와야지. 안 그랬다가는 일을 못 하겠네, 일을 못 하겠어."

혁민은 다시 자리에 앉아서 일했는데, 점심시간이 거의 다 되어갈 무렵 문이 열리는 소리가 들렸다. 그리고 여자 둘의 목소리가 들렸다. 혁민은 자리에서 벌떡 일어나서 문을 열고 나갔다.

"안녕하세요."

혁민이 나오자 베이지색 코트를 입은 율희가 미소를 지으면서 인사했다. 예전에 아버지 사건을 부탁하기 위해서 자신에게 처음 왔을 때 입고 있었던 바로 그 코트. 혁민은 아련한 옛 기억이 떠올라 입가에 미소가 저절로 그려졌다.

그때도 지금처럼 머리가 어깨까지 내려왔었고, 끝 부분만 살짝 말았었다. 혁민은 살짝 떨리는 마음을 진정시키면서 말했다.

"반가워요. 우리 몇 번 봤죠?"

"예. 제가 일하시는데 방해한 건 아닌지 모르겠어요."

혁민은 고개를 저었다.

"아니요, 괜찮아요. 잠깐 여기서 얘기하고 있어요. 하던 거만 마무리하고 같이 식사라도 해요. 요 앞에 할머니가 직접 만두 만들어서 파는 가게 있거든요. 거기 가죠."

"어머, 저 만두 굉장히 좋아하는데. 좋아요."

율희는 눈을 반짝이면서 대답했다.

"할머니가 피까지 직접 밀어서 만드는 곳이라서 괜찮을 거예요."

분명히 좋아할 것이다. 그녀가 직접 만든 만두와 맛이 거의 비슷한 곳이었으니까. 그리고 혁민은 식사를 하고 나서는 율희가 좋아하는 딸기 아이스크림을 먹으러 가자고 할 생각이었다.

혁민은 자신의 방으로 들어왔다. 그리고 책상 위를 정리했다. 책상 위에는 작은 관음죽 화분이 하나 놓여 있었다. 갈 때 선물로 줄 화분이었다. 기관지가 약한 편인 그녀를 위한 선물이었다.

후다닥 정리한 혁민은 밖으로 나갔다. 율희와 보람은 소파에 앉아서 이야기를 나누고 있었는데, 혁민이 나오자 자리에서 일어섰다.

"정말 좋으신 분 같아요. 보람 언니가 그러는데 방통대 학비까지 다 내주신다면서요?"

"당연한 거죠. 직원이 자기 발전을 하면 좋은 거 아닙니까."

다른 이유가 있어서 그런 거기도 했지만, 혁민은 자기 계발을 위해서 하는 건 얼마든지 지원해 줄 생각이었다. 보람이 율희를 툭툭 건드리면서 말했다.

"그러니까 너도 여기 왔으면 좋았잖아."

"나중에라도 와요. 보람 씨가 보증하는 사람이니 언제든 환영이에요."

혁민은 보람한테 이야기 많이 들었다면서 언제든 받아주겠다고 말했다. 그리고 성만과 함께 사무실을 나섰는데, 뒤에서 율희의 목소리가 들렸다. 보람에게 일 잘해서 인정받고 있는 모양이라며 좋겠다고 수군거렸다.

"직원들한테 정말 잘해주는 곳인 것 같아."

"얘, 내가 계속 이야기했잖아. 내가 친구나 선배들한테 다 들어봤는데, 여기 같은 데 없다니까?"

혁민은 속으로 율희가 오면 보람에게 해준 것보다 더 잘해주어야겠다고 생각했다. 어차피 율희가 아니었으면 자신은 예전에 대장암에 걸렸을 때 죽었을 목숨이다. 믿기지 않는 이런 기회를 얻었으니 이번에는 자신이 빚진 걸 갚아야 할 차례라고 생각했다.

*　　*　　*

겨울을 바라보고 있는 2008년 11월의 쌀쌀한 날씨는 거리를 다니는 사람들의 옷깃을 여미게 했다. 하지만 식사를 하고 있는 네 사람의 분위기는 김이 모락모락 올라오고 있는 음식처럼 따끈따끈했다.

"언니가 사무실 자랑 정말 많이 하거든요."

"얘는, 무스은~"

보람이 쑥스러운 듯 율희의 옆구리를 툭툭 쳤다. 하지만 모두가 비슷한 생각을 하고 있었다. 혁민을 제외하고는 회사 생활을 대부분 거의 해보지 않은 사람들이었지만, 지금 사무실에서 해주는 게 얼마나 좋은 건지는 다들 알았다.

일이야 아주 바쁠 때도 있었고, 다소 한가할 때도 있었다. 오늘처럼 휴일에 일하러 나와야 할 때도 있었다. 하지만 일이 없는 날에는 일찍 퇴근해도 되었다.

"엄마가 혹시 취직한 게 아니라 아르바이트 다니는 거 아니냐고 했다니까요."

여자 둘이 깔깔대며 웃었다. 스무 살과 스물한 살. 낙엽이 떼굴떼굴 굴러가는 것만 봐도 웃음이 터질 나이 아니던가. 그리고 근무 여건만 좋은 게 아니었다. 민감한 이야기라 말은 하지 않았지만, 사실은 보너스가 더 대박이었다.

이번에도 제법 큰돈을 보너스로 지급했다. 장중범이 작업을 하는 데 들어간 비용과 정보를 빼내면서 준 금액을 제하고도 삼억 원 정도가 남았으니까. 그래서 보람에게도 보너스로 오백만 원을 주었다. 거의 석 달 치 월급.

장중범이 특별히 부탁한 부분이었다. 자신이 원하는 건 다 알아다 줄 테니까 수익의 일부를 가족에게 전해주라고. 그렇다고 사건이 끝날 때마다 매번 주는 것도 그래서 큰 사건이 끝날 때마다 챙겨주고 있었다. 그런 부탁이 아니더라도 챙겨줄 생각이기는 했었지만.

"저도 이번 추석 때 친척분들이 부러워하셨어요. 큰 로펌에 들어갔다고요."

율희는 식사를 하면서 재잘재잘 이야기했다. 살면서 변호사가 필요한 일이 생기지 않는 게 가장 좋겠지만, 자신이 원한다고 어디 그렇게 되던가. 그런데 그냥 로펌도 아니라 대형 로펌에서 일한다니 다들 부러워한 거였다.

"그런데 보람 씨가 얘기했다던데… 사람 뽑으니까 오라고……."

혁민은 율희가 태경으로 간 게 못내 아쉬워서 물어보았다. 윤태가 소개를 했다는 건 들었는데, 그래도 이쪽으로 왔으면 더 좋았을 거라는 생각을 떨칠 수가 없었다.

"저도 조건도 좋고 언니하고 같이 일하면 마음도 편할 것 같아서 그러려고 했는데요, 아버지가 그래도 처음에는 큰 회사 가는 게 좋다고 하셔서요."

누구나 비슷한 생각을 할 것이다. 다들 첫 직장으로 대기업에 취업하고 싶어 하는 거야 당연한 일 아니겠는가. 하지만 혁민 입장에서는 그렇게 받아들이기 어려웠다.

'장인어른이 그랬단 말이지.'

혁민은 잘될 뻔했는데 그걸 방해한 사람이 장인어른이라는 말을 듣고는 역시나 예나 지금이나 자신을 도와주지는 않는다고 생각했다.

예전에 결혼할 당시에도 상당히 강하게 반대를 했었다. 나이 차가 많다는 것도 그랬고, 혁민이 고생할 관상이라는 게 이유였다. 장인어른인 민주엽은 무슨 관상쟁이도 아니면서 사람을 보면 꼭 관상이나 팔자 이야기를 했다.

'장인어른. 나중에 저한테 양주 선물 받을 생각은 하지 마십쇼. 아니야, 아니야. 아예 결혼하고 나면 술을 끊으시라고 해야겠어. 건강 생각해서.'

술을 상당히 좋아하는 장인어른이니 반드시 그래야겠다고 굳게 다짐했다. 하지만 그건 나중의 일. 혁민은 공연히 분위기가 어색해지지 않게 처음 직장은 큰 회사도 괜찮다고 하면서 넘어갔다.

워낙 자연스럽게 이야기를 한 터라 다들 별다른 의심하지 않고 넘어갔고, 일행은 후식으로 아이스크림까지 먹고는 다시 사무실로 돌아왔다.

아쉽지만 처리해야 할 업무가 있어서 혁민은 자신의 방으로 들어갔고, 나머지 세 사람은 밖에서 이야기를 나누었다. 혁민은 일하다가 슬쩍 무슨 이야기를 하나 몰래 들었는데, 율희가 소송 관련해서 질문을 많이 했다.

특히 이번에 있었던 현백정밀 직원들과 관련된 걸 많이 물어보았다.

"정말요? 그래서요? 그래서요?"

"그래가지고 변호사님이 딱 그랬지. 여기 직원 대표도 사장님하고 나이가 같다. 현백정밀도 이분이 평생 일군 직장이다."

성만은 자신에게 들은 이야기를 신이 나서 떠들고 있었다. 보람과 율희는 빨리 이야기를 해달라고 조르고 있었고.

"수원교도소는 피하세요. 거기 바닥이 차서 겨울나기가 힘들거든요. 뭐 이렇게 하니까 전 사장이 바로 백기를 든 거야."

성만은 무척이나 흥미진진하게 이야기를 풀었다. 혁민은 피식 웃으면서 다시 자리로 돌아왔다. 그리고 빨리 일을 마치고 자신도 대화에 참여해야겠다고 생각했다.

확실한 목표와 동기부여. 그건 엄청난 집중력을 만들어냈다. 시간 감각이 평소와는 달랐다. 분명히 얼마 일하지 않은 것 같았는데, 일을 모두 끝냈다. 그리고 시간은 벌써 두 시간 반이 지나 있었다.

"뭐지? 한 이삼십 분 한 것 같은데."

정신없이 게임을 한 것 같은 느낌이었다. 일하는 내내 잡생각은 조금도 하지 않은 듯했다. 평소 같았으면 네댓 시간은 걸렸을 일을 벌써 끝낸 게 신기하기만 했다. 그리고 마치 기다렸다는 듯 노크 소리가 들렸다.

"저기, 손님이 가신다고 하는데?"

"알았어."

혁민은 자리에서 일어나서는 책상 위에 있는 관음죽 화분을 작은 봉투에 넣었다. 밖으로 나가니 율희는 갈 차비를 모두 마치고 성만에게 인사를 하고 있었다.

"아, 변호사님! 오늘 정말 고마웠습니다."

율희는 태경에 있을 때는 사실 로펌이 어떤 일을 하는 건지도 잘 몰랐는데, 오늘 얘기를 들어보니 무슨 일을 하는 건지 잘 알 수 있었다고 말했다.

"여기서야 서로 뭘 하고 어떻게 돌아가야 하는지 잘 알아야 하니까요. 작은 회사가 그런 게 단점이기도 하지만 장점이기도 하죠."

"정말로 여기는 일하는 보람이 있는 것 같아요."

혁민은 뿌듯한 마음으로 미소 지으면서 자그마한 봉투를 내밀었다.

"이거 작은 화분이에요. 그래도 손님인데 그냥 보낼 수는 없어서……."

"아니에요. 오늘 신경 써주신 것만 해도 제가 죄송한데요. 제가 뭐라도 사가지고 왔어야 하는 건데……."

"괜찮아요. 그리고 비싼 거 아니니까 부담 갖지 않고 받아도 돼요."

혁민은 자연스럽게 율희에 손에 선물을 쥐어주었다. 율희는 주저주저하다가 결국 선물을 받았다. 혁민의 책상에 있던 앙증맞은 작은 화분은 그렇게 율희의 손으로 넘어갔다.

"아, 그리고 무슨 일 있으면 언제든 연락해요. 내가 도와줄 수 있는 건 도와줄 테니까."

혁민의 말에 율희는 감사하다고 답하면서 고개를 꾸벅 숙였다.

"먼저 거기에 가 있어. 나는 잠깐 정리하고 갈 테니까."

"알았어. 빨리 와."

보람의 얘기에 율희는 웃으면서 먼저 나갔고, 혁민은 율희가 나간 문 쪽을 잠시 바라보다가 자신의 방으로 들어갔다. 보람은 책상에서 서류를 찾다가 성만에게 물었다.

"그런데 사무장님. 변호사님이 좀 다른 것 같지 않아요? 저런 선물도 주시고."

"뭐가? 나나 보람 씨한테도 잘해주잖아. 보너스도 그렇고 보람 씨 학비 같은 것도 그렇고. 선물로 따지면야 우리가 훨씬 더 많이 받았지."

성만은 별로 이상할 것 없다는 듯 이야기했다. 비싸지도 않은 자그마한 화분 하나가 뭐 그리 대수냐면서. 하지만 보람은 무언가 다른 것 같았다. 자신들에게 준 것과 율희에게 준 건 뭔가 달랐다. 그게 뭔지는 잘 모르겠지만.

"뭔가 이상한데… 우웅… 아… 여기 있다."

보람은 성만이 이야기한 걸 찾았다면서 서류철을 건네주었다.

"아, 고마워요. 그게 거기 있었구나."

"그럼 전 가볼게요."

성만은 재미있는 시간 보내라며 인사했고, 보람은 고개를 숙이고는 쪼르륵 밖으로 나갔다.

그리고 이틀 뒤, 월요일에 태경에 출근한 직원이 율희에게 인사를 하다가 전에는 없던 물건을 하나 보게 되었다.

"미니 화분이네? 뭐야?"

"관음죽이래요. 찾아보니까 공기 정화 뭐 그런 거 해주는 거래요."

"그래? 귀엽네~"

"그죠?"

율희는 배시시 웃었다.

*　　　*　　　*

"재판장님. 유죄를 다투는 본 사건에 있어서 그러한 행위가……."

성만은 오랜만에 법원에 혁민과 같이 와서 재판 과정을 지켜보고 있었다. 사실 법원에는 가능하면 오지 않으려고 했다.

어쩐지 법원에 가면 자신이 너무 초라하게 느껴질까 두려웠기 때문이었다.

성만은 아직은 사법시험에 합격하지 못한 상태라서 그리 생각한 것이다. 그런데 사실 궁금하기는 했다. 특히나 혁민이 활약하면 할수록 도대체 어떻게 변론을 하고 재판을 이겨 나가는 것일까 궁금했다.

"이와 같이 객관적인 증거가 없는 사건에 있어서는 피해자의 진술이 객관성이 있느냐, 아니면 피고인의 진술이 신빙성이 있느냐에 따라서 유무죄가 갈린다고 볼 수 있습니다."

혁민의 말소리는 크지 않았지만, 아주 또렷했다. 변론을 듣고 있으면 정말로 그렇다는 확신이 들었고, 혁민의 말 속에서 뜨거운 열정 같은 게 느껴졌다.

"이 사건의 피해자는 모순된 진술을 하고 있습니다. 증거를 보시면 아시겠지만……."

그리고 신기한 건 오늘 변론은 미리 적어놓은 게 아니었다. 물론 준비를 하지 않았다는 건 아니었다. 회의도 하고 자료도 준비하고 할 건 다 했다. 그런데 따로 내용을 정리하지 않길래 의아하게 생각했었는데, 준비한 사람보다도 더 잘하는 것 같았다.

'나 같으면 미리 써놓고 준비해서 이야기해도 저렇게는 못할 것 같은데…….'

청산유수라는 말이 무엇인지 알 수 있었다. 말이 정말 막힘없이 술술 나왔는데, 그렇다고 군더더기가 덕지덕지 붙어 있는 그런 이야기가 아니었다. 하고 싶은 말만 정확하게, 힘을 주어야 할 부분과 강조해야 할 부분은 어김없이 강력하게 어필했다.

강한 눈빛과 손짓까지 곁들여서 열정을 토해내니 판사들도 무척 인상적으로 생각한다는 느낌이 들었다.

"혁민아, 뭐 좀 물어보자."

재판이 끝나고 나오면서 성만이 물었다. 혁민은 웃으면서 뭐가 궁금하냐고 말했고.

"미리 적어서 간 것도 아닌데, 어떻게 그렇게 말이 막힘없이 나오냐?"

"아, 그거. 내가 무죄라고 확신하니까."

혁민은 확신이 있느냐 없느냐에 따라서 달라진다고 했다.

"그러면 안 되는 거기는 한데, 변호사도 사람이잖아. 내가 무죄라고 확신하면 정말 피가 끓어오르거든. 생각해 봐. 무죄인데 억울하게 당하고 있다고 생각하면 따로 적어놓지 않아도 저절로 떠오를 때가 있거든. 오늘도 약간 그랬고."

"그래? 그러면 확신이 없을 때는?"

혁민은 입맛을 다셨다. 사실 지금은 그렇지 않았지만, 예전에는 그런 경우도 있었다. 사건을 맡기는 했는데, 자신이 보기에도 이 사람이 죄가 있구나 하는 생각이 든 사건이. 물론 의뢰인은 거짓말을 계속하고.

"그럴 때는 말하는 것부터 달라지지 뭐. 이러이러하다고 피고인은 주장하고 있습니다. 이런 식으로. 아무래도 마음이 가지 않으면 힘이 들어가지 않으니까."

무조건 무죄를 받아달라고 찾아오는 경우가 있다. 하지만 변호사는 무죄를 받게 해주는 사람이 아니다. 변호사라고 있는 죄를 없게 만들 수는 없지 않은가. 그런 경우는 처음부터 이야기해 준다. 지금 이것이 사실이라면 이 정도의 형을 받게 된다.

무죄라고 한다면 무죄 판결을 받게 하고, 죄를 지었다면 그 죄만큼만 처벌을 받게 하는 게 변호사다. 예전에는 그런 걸 제대로 알아채지 못했다. 하지만 이제는 그런 걸 어느 정도는 파악할 수 있었다.

"그렇겠지. 아무래도 사람이니까……."

성만은 이해가 된다는 듯 고개를 끄덕였다. 그러고는 엄지를 척 치켜세우며 이야기했다.

"오늘은 백 퍼센트 확신했나 보네. 변론하는데 아주 불을 뿜던데?"

"이번 거는 확실해. 검찰이 무리하는 거라고. 11월이어서 그런가? 실적 때문에 좀 무리를 하는 것 같아."

혁민은 그런 것보다는 자신이 주로 누구를 보면서 변론했는지 아느냐고 말했다.

"누구라니? 법관을 보면서 했지."

"그러니까 법관 중에서도 특히 누구에게 집중했는지 느꼈냐고."

"아니? 그런 게 뭐가 있어?"

혁민은 웃으면서 중요한 건 아니지만 알아는 두라고 말했다.

"오늘 주심 판사가 누군지 알아?"

"주심 판사?"

성만은 잘 모르겠다는 듯 고개를 갸웃거렸다.

"우배석이 오늘 주심이야. 그래서 내가 주로 집중한 것도 우배석이고."

혁민은 주심 판사인 우배석 판사가 판결문을 쓰고 가운데 앉은 부장판사와 상의를 하니 그런 거라고 했다.

"그건 그렇지. 삼심이라고는 해도 사실상은 둘이서 결정하는 거나 마찬가지지."

"그러니까. 뭐 큰 건 아닌데 알아둬서 나쁠 건 없지."

성만은 혁민이 어떨 때는 일을 건들건들한 모습을 보이기도 하지만 사실은 엄청나게 꼼꼼하고 계산적이라는 생각이 들었다. 그리고 얼마 전의 일도 생각이 나서 조금 의아하다는 생각이 들었다.

율희라는 아이가 왔을 때는 평소 혁민의 모습과는 조금 달랐다. 그때는 몰랐다. 하지만 보람이 자꾸만 이야기해서 생각해 보았는데, 확실히 뭔가 좀 다른 것 같기는 했다. 평소와는 달리 굉장히 부드러운 모습을 보여주었다고나 할까?

하지만 오늘 모습은 어떤가. 강렬하고 카리스마 넘치는 모습이었다. 성만에게 혁민은 변론대회 이후로 전사의 이미지였다. 법으로 싸우는 강인한 전사. 그런데 그날의 이미지는 도대체 뭐란 말인가.

'진짜 뭔가 있는 건가? 에이, 아니지. 올해 고등학교 졸업한 애기인데… 맞아, 보람 씨 왔을 때도 잘해줬잖아.'

성만은 그럴 리가 없다면서 웃으면서 고개를 내저었다. 성만이 다시 보니 혁민은 조금 앞에서 걸어가다가 주머니를 뒤적이고 있었다. 그리고 핸드폰을 꺼내더니 통화를 했다.

"어, 보람 씨. 무슨 일이야? 음. 음. 뭐? 율희가 사건을 의뢰해 왔다고? 친척 오빠?"

혁민은 갑자기 핸드폰을 주머니에 넣더니 후다닥 달리기 시작했다. 그러자 성만도 그를 따라 달리기 시작했고. 법원 복도에는 두 사람이 달리는 구두 소리가 요란하게 울려 퍼졌다.

＊　　　＊　　　＊

"이게 무슨 날벼락이니. 아이구우, 우리 승태가… 우리 승태가……."

"이모님 걱정하지 마세요. 굉장히 실력 좋은 변호사님이시니까 잘 해결해 주실 거예요."

율희는 망연자실해 있는 이모를 달래느라 진땀을 빼고 있었다. 율희가 연락을 받은 건 점심을 먹은 직후였다. 오전에 들어와서 자고 있던 친척 오빠인 승태가 갑자기 들이닥친 경찰에 끌려갔다는 거였다.

모두 당황해서 어쩔 줄을 몰랐는데, 율희가 로펌 태경에 다닌다는 걸 생각해 내고는 바로 전화를 한 거였다. 율희는 토요일이라 집에서 쉬고 있다가 전화를 받았는데, 가장 먼저 윤태에게 전화했다.

최근에 약간 서먹서먹해지기는 했지만, 그래도 가장 편하게 연락할 수 있는 변호사가 윤태였기 때문이었다. 하지만 윤태와는 통화가 되지 않았다. 무슨 일이 있거나, 아니면 법원에 있기 때문일 것이다.

"나는 니가 다니는 회사분한테 연락할 줄 알았는데… 그런데 이런 얘기 해도 되는지 모르겠는데, 정말 괜찮은 변호사지?"

율희의 이모는 주변을 의식하면서 조용히 속삭였다. 혁민의 사무실에서 이런 얘기를 한다는 게 실례이기는 했지만, 아들 걱정에 물어보지 않을 수가 없었다.

일반적인 인식이 그렇다. 대형 로펌에 있는 변호사가 실력이 더 있다고 생각한다. 그래서 개인 변호사 사무실을 하는 변호사라고 했을 때, 이모는 약간 걱정스러워했다. 게다가 나이도 어리다고 하지 않은가.

자신도 자세하게는 아니지만 여기저기 전화를 해서 알아보았다. 그쪽으로 좀 아는 사람들은 하나같이 무조건 실력 좋은 변호사를 써야 한다고 그랬다. 친척이 태경에 다닌다고 했더니, 다들 거기 변호사라면 문제없을 거라고 그랬고.

그래서 어느 정도 마음을 놓고 있었다. 율희가 태경의 변호사를 소개하리라 생각했으니까. 하지만 로펌에 있는 변호사가 아니라 다른 변호사라고 하니 마음이 영 불안했다.

"혹시 지금이라도 회사분한테 연락해 보면 안 되겠니? 우리 승태 미래가 걸린 일인데……."

율희도 그럴 만한 사정이 있었다. 태경에 다닌다고 변호사들하고 잘 아는 건 아니다. 물론 어떻게든 연결을 하려고 하면 할 수는 있을 것이다. 하지만 그때 혁민이 떠올랐다. 태경에서도 손꼽히는 장 변호사를 이긴 변호사가 아닌가.

친척 오빠인 승태를 위해서 자신이 아는 가장 최고의 변호사를 소개해야겠다고 생각해서 연락한 거였다.

율희는 계속해서 걱정하지 말라는 이야기만 했다. 혁민에 대한 이야기를 하고 싶었지만, 차마 그럴 수가 없었다. 그래도 태경에 다니고 있는데, 대놓고 장 변호사를 혁민이 이겼다는 말을 하기가 좀 그래서였다. 그리고 그런 눈치를 보람이 알았는지 차를 가지고 와서 내려놓으면서 슬쩍 이야기했다.

"걱정하지 마세요. 우리 변호사님은 지금까지 한 번도 패소한 적이 없으니까요."

그 말에 이모의 표정이 조금 달라졌다. 하지만 여전히 불안한 기색이 완전히 사라지지는 않았다. 아들이 느닷없이 성폭행으로 잡혀갔는데 무슨 정신이 있겠는가.

"변호사님 오셨어요?"

혁민이 문을 벌컥 열고 들어오자 보람이 인사를 했다. 사무실에 있던 율희와 이모의 시선도 혁민을 향했다.

"손님이……."

"아. 오셨군요. 이쪽으로 오시죠."

보람이 이야기를 하려는데, 혁민이 먼저 알아보고는 율희와 중년 부인에게 다가갔다. 그리고 열린 문으로 성만이 헐레벌떡 들어왔다. 혁민은 옷과 가방을 보람에게 주고는 율희와 중년 부인의 바로 앞에 앉았다.

"일단 제가 오면서 간단하게 그쪽에 알아봤는데, 지금 조사 중이라고 하더군요."

"아이구, 변호사님. 제 아들은 그럴 리가 없다니까요. 어떻게 그런 짓을 하고 태연하게 집에 들어왔겠어요."

중년 부인은 혁민의 팔을 부여잡고는 절대로 그럴 리가 없다면서 흐느꼈다. 하지만 혁민은 별다른 표정 변화가 없었다. 그거야 얘기도 들어보고 조사해 봐야 아는 일이다.

"일단 제가 가서 만나보겠습니다. 가능하면 지금은 부모님이 동행하는 걸 권하지 않습니다. 피의자가 감정적으로 흔들리게 되면 저에게 제대로 이야기를 하지 않는 경우도 있으니까요."

그런데 중년 부인은 대답은 하지 않고 무언가 미심쩍다는 표정으로 혁민을 쳐다보았다. 혁민은 그 눈초리가 무엇인지 알 수 있었다. 예전에 많이 받아보았던 그런 사람들의 시선.

'이거 율희의 일이라고 너무 성급하게 진행했나?'

혁민은 피식 웃으면서 소파에 등을 기대면서 대답했다.

"변호사에 따라서 다르긴 합니다만 저는 그렇게 진행합니다. 물론 제가 사건을 수임했을 때 그렇다는 말이죠."

혁민은 자연스럽게 수임과 관련된 이야기를 꺼냈다.

"원래 가격은 더 비싸긴 합니다만 아는 사람 소개이니 절반 가격만 받기로 하죠. 수임료는 천만 원입니다."

"예?"

율희와 이모의 입에서 동시에 비명이 튀어나왔다. 생각한 금액보다 너무 비쌌기 때문이었다. 그것도 절반 가격이란다. 그러면 원래 가격은 이천만 원이라는 이야기 아닌가. 둘은 기겁을 한 채 아무 말도 못 했지만, 혁민은 왜 그러냐는 듯 의아한 표정을 지어 보였다.

그 정도는 당연한 금액이라는 그런 표정. 그는 자연스럽게 계약서를 가져오라고 이야기했는데, 순간적으로 율희가 혁민의 팔을 잡았다.

"저기… 저기… 너무……."

다음 말이 무언지는 말하지 않아도 알 수 있었다. 하지만 혁민은 율희의 이모가 그 정도는 낼 수 있을 거라고 생각하고 있었다. 입고 있는 옷만 보아도 알 수 있었다. 그리고 이모의 표정도 그랬다.

살짝 고민하는 표정. 하지만 아들을 위해서는 그 정도는 감수할 수 있다는 그런 생각이 보였다. 그리고 정말 웃기는 건 혁민이 수임료를 부르자 이모가 혁민을 보는 눈빛이 달라졌다는 사실이다.

사람들은 왜 그런지 모르겠다. 아마도 아는 사람이라고 무료로 변호하겠다고 했으면 어땠을까? 마냥 좋아하지만은 않았을 것이다. 그리고 그만큼 실력이 없어서 그런 거 아니냐고 생각했을 것이다.

"확실하게 무죄를 받을 수 있는 건가요?"

벌써 아까와는 말투부터 달라졌다. 중년 부인은 아주 조심스럽게 혁민에게 질문했다. 수임료를 듣고는 혁민의 급이 높다고 생각한 것이다.

"물론입니다. 아드님이 무죄라면 확실하게 받을 수 있습니다."

혁민은 천천히 고개를 끄덕이며 대답했다. 그리고 사실 혁민이 이렇게 금액을 크게 부른 것에는 이유가 있었다. 아직 이야기를 꺼낼 시기는 아니었지만, 전문 조직에 걸린 것 같다는 생각이 들어서였다.

'병원에서 정액 채취까지 했고 대처하는 게 아무래도 수상해.'

아직은 모르는 일이다. 사건에 대한 정보가 거의 없었으니까. 하지만 감이라는 게 있다. 만약 혁민의 생각이 맞다면 이 사건은 그렇게 간단하게 끝나지 않을 것이다. 남자는 작정하고 돈을 뜯어내려는 꽃뱀에게 걸린 거니까.

조사할 내용도 많고 시간도 엄청나게 걸릴지 모른다. 일반적인 사건보다 까다롭기가 몇 배는 되는 사건.

"좋아요."

중년 부인은 잠시 고민하다 계약을 했다. 그리고 혁민을 믿고 오늘은 아들을 보러 가지 않기로 했다.

"잘 생각하셨습니다. 지금부터는 저에게 맡기시면 됩니다. 이 사건, 제가 맡겠습니다."

*　　　*　　　*

수사기관에서 연락이 온 거라면 자진 출두하기 전에 자신을 만나고 나서 가라고 했을 것이다. 하지만 긴급체포가 된 상황.

긴급체포라면 상황이 좋지 않다. 부모님에게는 이야기하지 않았지만, 일반적인 강간이나 강제추행이라고 긴급체포를 하지는 않는다. 강간상해나 흉기 등을 사용한 특수강간일 확률이 높았다.

그리고 혁민의 생각이 맞았다. 피해자는 구타를 당했다고 주장하면서 진단서까지 제출했다. 혁민은 일단 피의자인 승태의 이야기를 듣기로 했다.

"정말이에요. 저는 하지 않았어요. 정말로 모텔에 들어갈 때까지만 해도 멀쩡했다니까요."

승태는 억울하다며 계속해서 불만을 토로했다. 왜 자신이 이런 꼴을 당해야 하고, 잡혀 와야 하는지 이해가 되지 않는다면서. 아직도 상황이 얼마나 심각한지 모르는 모양이었다. 그런 사람들이 간혹 있다.

'죄지은 게 없으니 나는 떳떳하다. 그러니 당연하게 무죄로 풀려날 것이다. 이런 생각을 하는 거겠지.'

하지만 그건 정말 순진한 생각이다. 무죄는 죄가 없다는 게 아니다. 죄가 없다는 걸 법적으로 증명했다는 것이다. 둘 사이에는 엄청난 차이가 있다. 죄가 없더라도 그걸 증명하지 못하면 유죄가 되는 경우가 있다.

특히나 이런 성범죄의 경우는 더욱 조심해야 한다. 무죄를 증명한다는 게 무척이나 까다로울 수 있기 때문이다. 그래서 혁민은 그가 떠들도록 내버려 두었다. 한참을 그렇게 내버려 두니 그제야 무언가 이상하다는 걸 깨달았는지 승태는 입을 닫았다.

"지금 승태 씨가 얼마나 심각한 상황에 처해 있는지 잘 모르는 것 같으니 간단하게 이야기를 해드리죠. 승태 씨는 강간상해죄로 처벌받을 수도 있는 심각한 상황입니다."

율희의 친척 오빠인 승태는 어리둥절한 표정이었다. 그런 것과 자신은 전혀 연관이 없는데 왜 그런 이야기를 하느냐는 그런 표정. 그리고 그게 얼마나 심각한 범죄이고 얼마나 강한 처벌을 받는지 전혀 모르는 표정이었다. 하지만 안타깝게도 그런 표정이 무죄를 입증하지는 못한다.

"처벌은 무기 또는 5년 이상의 징역. 얼마나 심각한 상황인지 이제 좀 아시겠죠?"

혁민의 이야기에 승태의 얼굴이 새파랗게 질렸다. 아까 형사들이 이런저런 걸 물어보면서 여자를 때렸느냐고 했는데 설마하니 이런 것 때문인 줄은 몰랐으니까.

"이제 이야기를 해봅시다. 어떤 일이 있었는지 알아야 사건을 재구성할 수 있으니까요."

혁민의 말이 끝나자마자 승태는 이야기하려고 했는데, 혁민이 갑자기 손을 들었다. 그리고 차분하게 주의 사항을 말해주었다.

"반드시 명심해야 합니다. 스스로 유불리를 따지지 말고 전부 말해야 합니다. 본인이 이건 유리하고 이건 불리하다고 생각하는 게 있을 텐데, 잘못 생각하고 있는 경우가 많습니다."

보통 변호사에게 모든 걸 말하지는 않는다. 특히나 성적인 부분에 대해서는 말하기를 꺼린다. 하지만 이런 경우에는 관계를 하면서 있었던 일까지 모조리 알아야 한다. 그런데 정말 웃긴 건 이렇게 이야기를 해도 전부 말하지 않는다는 점이다.

'그런 거야 내가 알아서 해야 할 부분이고.'

혁민이 계속해서 차분하게 이야기하자 그제야 남자는 조금 흥분이 가라앉은 듯했다. 혁민은 계속해서 말을 이었다.

"법은 전문가인 나에게 맡기면 됩니다. 사실 그대로만 이야기하세요. 그러면 무죄로 나갈 수 있습니다. 당신이 무죄라면 말이죠."

"저는 하지 않았습니다. 정말이에요."

혁민은 잠시 승태를 바라보다가 대답했다.

"나는 당신을 믿습니다. 그러니 당신도 나를 믿고 이야기를 해줬으면 좋겠군요."

어차피 판단은 조사한 후에 내려야 한다. 지금 저 남자의 이야기만 가지고는 쉽사리 판단할 수는 없었다. 하지만 혁민은 승태가 당했다는 생각이 들었다. 증거는 없지만, 지금까지의 상황으로 볼 때 제대로 엮였다는 생각을 지울 수가 없었다.

하지만 지금은 그런 말을 할 시점이 아니다. 일단은 그날 이야기를 모두 알아야 했다. 승태는 고개를 끄덕이고는 그날 있었던 일에 관해서 생각이 나는 대로 이야기하기 시작했다.

"잠깐만요. 술 마시면서나 모텔로 가면서 했던 농담 같은 거 생각나는 대로 다 얘기해 보세요. 특히 음담패설 같은 거."

일단은 유리한 증거는 모두 모아야 한다. 둘 사이에 어떤 일이 있었는지. 그런데 상대방은 무척 노련했다. 특별히 흠잡을 만한 증거가 없었다. 심지어는 말조차도 무척이나 조심하게 했다.

"그러니까 술자리에서는 멀쩡하게 행동했는데, 술집에서 나오면서 갑자기 취한 것 같았다 이거죠? 술잔은 주로 승태 씨가 권했고요?"

"예. 그런데 밖에 나오니까 계속 몸을 잘 가누지 못하고 저에게 기대더라고요. 그런데 그 여자가 먼저 모텔 얘기를 하더라고요."

"어디서요?"

"술집에서 나와서 걸어가다가… 그래서 저도 술이 좀 된 것도 있고… 뭐… 마음에도 있고 해서…….."

좋지 않았다. CCTV를 아직 보지 않았지만, 대충 그림이 그려졌다. 술집에서는 조신하게 있던 여자. 남자는 계속 술을 권했다. 그리고 밖에 나오자 취해서 비틀거리는 여자. 그 여자를 거의 끌다시피 데리고 모텔로 간 남자.

"그러면 안에 들어가서는요?"

"뭐, 계산하는 데서도 계속 저에게 엎어지더라고요. 그런데요, 이상한 게 방에 들어가자마자 그냥 돌변하는데. 어우……."

혁민은 한숨을 푹 내쉬었다.

'좋아할 게 아니야, 이 친구야. 당신 쫄딱 망하게 생겼다고.'

그런데 거기서 끝난 게 아니었다.

"자고 일어나니까 옆에 없더라고요. 그래서 먼저 갔나 싶었죠."

"혹시 그 후에 둘 사이에 문자나 메신저 같은 건 없었어요?"

"메신저는 제가 보냈는데……."

혁민은 머리를 쥐어뜯고 싶었다. 도움이 안 되는 행동만 골라서 하고 있었으니까. 혁민은 화를 꾹꾹 눌러 참으면서 물었다.

"뭐라고 보냈는데요?"

"뭐, 그냥. 어제 좀 오빠가 미안했다고……."

혁민은 한숨을 푹 내쉬었다. 너무 착한 인간이라서 그런 거다. 착한 사람은 항상 손해를 본다. 그게 세상이다. 차라리 뻔뻔했다면 상황이 이렇게 나쁘지는 않을 것이다.

'화끈한 밤 좋았다거나 하는 내용을 보냈다면 차라리 나았을 텐데…….'

모든 상황이 좋지 않았다. 하지만 사건은 이제 시작이었다.

그리고 이야기를 들을수록 확신이 섰다. 이건 꽃뱀에게 걸린 거라고. 이대로 가면 수천만 원의 합의금을 뜯기고 좋지 않은 소문이 다 날 것이다. 남자 한 명이 파멸의 구렁텅이로 빠지게 된다.

'그렇게 둘 수는 없지.'

혁민은 잠시 생각하다 웃으면서 자리에서 일어섰다. 그리고 승태에게 이야기했다.

"걱정하지 않아도 됩니다. 들어보니 쉽지는 않겠지만, 방법이 있으니까요."

* * *

"그런 상황이니까 CCTV하고 기타 정보 위주로 모아주시면 됩니다."

—그래? 이거 혹시 누가 설계한 건가?

꽃뱀 이야기를 하지 않았는데도 장중범은 무언가 이상하다는 이야기를 했다. 그도 어둠 속에서 일하는 사람. 이런 종류의 일에 대한 감각은 누구보다 뛰어나다. 그래서인지 몇 가지 정보만 듣고도 단박에 무언가 이상하다는 냄새를 맡은 거였다.

"아직이야 속단할 수는 없긴 하지만……."

—프로 느낌이 나니까 신중하게 처리하는 게 좋을 거야. 물론 그렇지 않은 경우라면 정말 별일 아니겠지만.

아주 간혹이지만 정신적으로 문제가 있거나, 약이나 술에 취해서 착각한 걸 사실이라고 믿는 경우가 있다. 술보다는 마약의 경우가 많은데, 그런 일이 문제가 되는 경우는 거의 없다. 신고까지 하는 경우 극히 드물기 때문이다.

일단 국내에는 마약을 하는 경우가 그리 많지 않고, 만약 마약을 한다면 어떻게 신고를 하겠는가. 그래서 외국에서도 흔하지 않은 사례이다. 국내에서는 더 말할 것도 없고. 그러니 무조건 강간이 있었거나 꽃뱀이거나 둘 중 하나다.

"대비를 하면서 어떻게 나오는지를 봐야겠지……."

꽃뱀도 종류가 엄청나게 많다. 혼자서 움직이는 단독형, 또래와 같이 움직이는 품앗이형, 가족이나 아는 사람들이 엮인 가족형, 많은 사람이 조직적으로 움직이는 기업형이 있다.

어디 그뿐인가. 생활고 때문에 나서게 된 생활형, 식당이나 술집에 고용되어 바가지만 씌우는 알바형, 결혼을 앞둔 사람이나 공무원과 같은 특정 직업을 가진 사람들만을 노리는 꽃뱀도 있다.

'나중에는 온라인 꽃뱀도 많이 나왔었지.'

상대하기 쉬운 상대는 단독형이나 품앗이형같이 어설픈 상대다. 그런 경우는 대처하기 어렵지 않다. 제대로 된 변호사를 만나기만 하면 절대로 낭패를 볼 일은 없다. 하지만 상대도 전문가라면 문제는 심각해진다.

그리고 그래서 지금 골치 아파하고 있는 거였다. 상대가 전문가라는 생각이 들기 때문이었다. 하지만 어디까지나 아직은 예상일 뿐.

—그러면 목격자 진술은 직접 받을 건가?

"그건 내가 다니면서 확보해야 할 것 같아서. 그리고 따로 알아볼 것도 좀 있고."

만약이지만 의뢰인이 거짓말을 하는 경우도 있다. 그것도 아직은 완전히 배제할 수는 없는 일이다. 그런 의심을 해야 하는 이유 중 하나가 객관적인 시선을 유지하기 위해서이다.

객관적인 시선은 무척 중요하다. 증거를 보기 전에 주관이 들어가 버리면 사건을 제대로 파악할 수가 없다. 같은 증거를 보아도 자신이 생각하는 방향으로 해석하게 되기 때문이다. 그래서 객관적인 시선을 유지할 필요가 있다.

그래야 소송에서 이길 수 있다. 그래서 혁민은 직접 자신의 눈으로 어떤 일이 벌어졌는지 파악하려는 거였다.

—보람이는 어떤가?

통화를 끝내려는데, 장중범이 딸의 안부를 물어왔다. 사람들을 통해서 어떻게 지내는지 다 알고 있으면서도 꼭 혁민의 입을 통해서 안부를 듣고 싶어 했다. 그건 안부를 듣겠다는 의미도 있지만, 그만큼 계속 신경을 써달라는 무언의 압력이기도 했다.

"잘 지내죠. 방통대도 잘 다니고 있고, 보너스도 적당하다 싶을 수준에서 꾸준히 주고 있으니 걱정하지 않아도 됩니다."

—주변에 이상한 놈팽이가 붙거나 하지는 않았겠지?

"그거야 나보다 더 잘 알지 않습니까. 내가 알기로도 아직 남자 친구는 없는 것 같더군요."

─당연히 그래야지. 만약 생기더라도 정말 우리 보람이만 위할 수 있는 그런 사람이어야 해.

굵직한 중저음의 목소리. 그리고 거친 단어가 하나도 없었음에도 듣고 있자니 몸이 부르르 떨리면서 팔에 있는 잔털들이 일제히 기립했다. 만약 그렇지 않은 일이 벌어지면 가만히 두지 않겠다는 그런 기세가 핸드폰을 넘어서까지 전해졌다.

딸 가진 아버지의 공통된 마음이기는 할 것이다. 하지만 장중범은 가족에 대한 죄책감 때문인지 그 강도가 엄청나게 강했다. 누가 이상한 짓이라도 했다가는 정말 큰일이 날 것 같았다.

혁민은 자신이 잘 챙길 테니 걱정하지 말라고 거듭 이야기를 하고 난 후에야 통화를 마칠 수 있었다.

"준비됐는데 지금 나갈까?"

혁민이 옷을 주섬주섬 입고 있는데, 성만이 문을 열고 들어와서 이야기했다. 목격자를 만나고 조사를 하는데 아무래도 혼자서 움직이는 것보다는 성만과 같이 움직이는 게 여러모로 좋았다. 그래서 같이 가자고 했는데, 성만은 무척이나 좋아했다.

하기야 남자들이라면 수사를 하고 그런 로망이 있지 않겠는가. 하지만 직접 해보면 방송이나 영화에서 보던 것과는 많이 다르다는 걸 알 수 있을 것이다. 무척이나 지루하고 답답한 시간의 연속이니까.

"그래요, 지금 나가죠."

혁민은 챙겨야 할 걸 다 챙겼는지 체크하고는 방을 나섰다.

"보람 씨는 시간 되면 퇴근해요. 밖에서 일이 늦어질 것 같으니까. 무슨 일 있으면 연락하고. 알았죠?"

"저기, 저도 따라가면 안 되나요?"

보람이 자신도 보탬이 될 수 있을 거라면서 같이 가고 싶다고 말했다. 하지만 보통 사건이라면 그럴 수도 있다고 생각했겠지만, 이건 성폭행 사건이다. 같이 다니면서 이야기하기 무척 껄끄러운 그런 내용도 많다.

그리고 그런 게 아니더라도 모텔이나 이런 데 조사하러 돌아다니는데 보람을 같이 데리고 다녔다는 걸 장중범이 알았다가는 난리가 날 것이다.

"보람 씨, 나를 위해서라도 그건 참아줘야겠어요."

'잘못하면 내가 휠체어 타고 변호사 생활을 해야 할 수도 있으니까.'

혁민은 그렇게 말하고는 밖으로 나갔다. 물론 뒷이야기는 속으로만 생각했고. 성만은 약간 의아한 표정을 하면서 따라 나섰고, 보람은 어리둥절한 얼굴로 눈만 껌뻑였다.

*　　　　*　　　　*

"이것만 보면 정말 남자가 끌고 간 것처럼 보이는데?"

술집에서 나와서 모텔에 들어가기 전까지의 CCTV를 확인했다. 잘 보여주지 않으려고 하는 곳도 있었지만, 변호사라고 하면서 적당한 금액을 쥐어주면 모두 가능했다.

그런데 대부분의 CCTV에서 여자는 무척이나 취해 있는 것처럼 보였다. 남자에게 기댄 채 거의 몸을 가누지 못하고 있었고, 남자가 부축해서 데리고 움직였다. 그런데 성만도 무언가 이상했는지 의문을 제기했다.

"그런데 좀 이상하지 않아? 물론 갑자기 사람이 취하는 경우도 있기는 한데, 술집 CCTV에서는 멀쩡했잖아. 그런데 술집에서 나오자마자 만취한 사람처럼 행동했고."

작위적인 느낌이 든다는 거였다. 하지만 약간 의심이 들기는 했지만, 갑자기 취기가 올라와서 그랬다고 하면 그만이다. 그리고 계속 조사를 해보았지만, 남자에게 유리한 증거는 거의 나오지 않았다.

둘은 저녁 대신 편의점에서 간단한 음식을 사서 먹으면서 대화를 나누었다.

"어때? 남자가 한 말이 진짜 같아?"

"아직은 확실하지는 않지. 물론 의뢰인이 무죄라고 생각하는 퍼센트가 조금은 더 높긴 한데, 완전히 믿기는 어렵네."

의뢰인의 말을 듣고 나서 보았는데도 지금까지의 증거들은 의뢰인에게 불리할 것 같았다. 그러니 다른 사람들이 보면 오죽하겠는가.

"더 늦어지기 전에 술집부터 들르자고. 알바생이 지금쯤이면 나왔을 테니까."

둘은 샌드위치를 대충 입에다가 구겨 넣고는 술집으로 향했다. 그날 홀에서 일했던 알바생을 만나기 위해서였다. 술집에 도착하니 여자 알바생이 막 옷을 갈아입고 나오고 있었다.

"아, 저기 잠깐 물어볼 게 있는데."

혁민은 사정 이야기를 하고는 남자와 여자의 사진을 보여주었다.

"이 두 사람 기억나요?"

"예. 금요일 날 저쪽 자리에 앉았던 손님이네요."

알바생은 틱틱거리면서 대답했다. 성만은 혁민의 귀에다가 무슨 기분 좋지 않은 일이라도 있는 모양이라고 이야기했는데, 혁민은 그것보다 두 사람이 앉았던 자리까지 기억하고 있다는 점에 더 주목했다.

"기억력이 좋은가 보네요? 손님이 앉았던 자리까지 다 기억하고?"

"제가 그렇게 머리가 좋으면 여기서 일하고 있겠어요?"

여전히 알바생은 틱틱거렸다. 혁민은 순간적으로 눈을 번득였다. 무언가가 있다는 생각이 들어서였다. 그는 알바생의 기분이 상하지 않게 살살 달래면서 물어보았다.

"왜요? 무슨 일이라도 있었어요?"

"아유, 그 여자 완전 개짜증……."

여자 알바생은 자신이 본 걸 이야기하기 시작했다.

"그 여자 술 먹는 척하면서 바닥에 버리더라고요."

"술을?"

"그렇다니까요. 지나가다가 우연히 봤는데, 아우. 그거 바닥 치우기 얼마나 짜증 나는 줄 알아요? 뭐 떨어지고 그러면 물기하고 같이 섞여가지고 잘못하면 사람 미끄러지고. 그것만 있는 줄 알아요? 대걸레로 닦아도 잘 안 닦이고……."

여자 알바생은 그 외에도 많은 이야기를 해주었다. 그 여자가 화장실에 갔을 때, 헛구역질하는 소리가 났다는 이야기도 그중 하나였다.

"안 취하려고 일부러 토하는 거라니까요. 아예 남자를 꼬시려고 작정을 했다니까. 그리고 밖에 나가서는 어땠는 줄 알아요?"

"저기, 그러니까 바닥에 술을 버리고 일부러 토했다는 말이죠?"

"그렇다니까요. 나중에 가보니까 바닥이 아주 홍건했어요. 비 온 날도 그 정도는 아니라니까요. 술을 그렇게 버리려면 뭐 하러 술집에를 와. 나 같으면 아까워서라도 마시겠다."

여자 알바생은 그 여자 때문에 너무 짜증이 났다고 말했다. 그래서 여자가 앉은 자리나 그날 있었던 일을 잘 기억한다고 말했다. 그리고 밖에 나가서는 갑자기 취한 척하더니 남자에게 꼬리를 쳤고. 성만과 혁민은 술집에서 다른 사람들과도 이야기를 나누고는 밖으로 나왔다.

"확실히 이상하지?"

성만은 꽃뱀이 분명하다면서 분개한 표정이었다. 하지만 그 정도로는 부족했다. 바닥에 슬쩍 술을 버린 거야 증거도 없고,

술을 잘 마시지 못해서 그랬다고 하면 그만이니까. 하지만 심정적으로는 남자의 말이 맞는다는 쪽으로 점점 기울어져 가고 있었다.

"그렇긴 한데 CCTV에 나온 장면 때문에 쉽지는 않아. 그리고 맞은 상처까지 있어서 더 그렇고."

혁민은 일단 모텔까지 가서 목격자의 이야기를 모두 듣고 CCTV도 모두 확인했다. 하지만 여전히 무죄를 주장하기란 쉽지 않아 보였다.

"야, 이거 그러지 않았는데 당하는 거면 정말 억울하겠다."

"이런 경우는 주변에 소문이 나는 것만으로도 문제가 심각해지거든."

사실 판결이 어떻게 나는지는 사람들이 신경도 쓰지 않는다. 성범죄자라고 일단 낙인이 찍히면 동네에 살기도 어렵고 회사에 계속 다니기도 힘들어지는 경우가 많다. 진실과는 상관없이 말이다.

"그래서 이렇게 해놓고 합의금으로 거액을 요구하는 거야. 어차피 길게 가봐야 남자 쪽에서는 좋을 게 하나도 없으니까."

성만은 정말 잘못 걸리면 알면서도 당할 수밖에 없을 것 같다며 한숨을 내쉬었다. 하지만 혁민은 성만이 왜 한숨을 내쉬는지 이해할 수가 없었다.

'여자를 만나지도 않고 앞으로 저런 것과는 전혀 상관없을 텐데 걱정은 왜 하는 거지?'

성만은 이전에도 그랬다. 자신이 적극적으로 나서서 여자를 만나고 그런 적이 없었다. 누군가 이어주고 옆에서 계속 도와 줘야 하는 스타일. 서로 친밀해지고 나면 조금 나아지기는 했 지만.

"그런데도 만약 무죄를 증명하려면 어떻게 해?"

성만은 어떻게든 남자를 돕고 싶은 모양이었다. 혁민은 일 반적으로 사용하는 방법을 알려주었다.

"증언이나 진술의 신뢰를 확보하는 게 가장 우선이지."

증언이나 진술은 하는 게 중요한 게 아니다. 증거나 수사 관 련해서 가장 중요한 건 신뢰성이다. 아무리 결정적인 증거라 고 해도 믿을 수가 없다면 소용이 있겠는가. 그래서 성범죄 관 련 사건의 경우 많이 사용되는 방법이 있다.

"어떤 방법인데?"

"시나리오를 써서 그걸 달달 외우게 하는 거지."

변호사는 사건을 재구성해서 시나리오를 쓴다. 사실에 입각 해서 의뢰인에게 가장 유리한 시나리오를 만드는 것이다.

"유리한 내용은 부풀리고, 불리한 내용은 기억나지 않거나 존재하지 않는 것으로 만들지."

특히나 유리한 부분에 자연스러운 디테일을 가미하는 데 신 경을 쓴다. 예를 들면 술을 마시면서 어떤 이야기를 나누었고, 관계를 맺으면서 어떤 행동과 어떤 포즈와 어떤 말을 했는지 를 넣는다.

둘의 사이가 친밀했고, 진술 자체가 구체적이고 명확하다는 걸 강조하는 것이다. 그리고 그 시나리오를 확실하게 외우게 해서 계속 그 진술을 반복하도록 하는 게 핵심이다.

"그런데 그런 게 먹힐까? 증거나 그런 것도 있고, 상대도 진술한 게 있는데……."

"당연하지!"

성만이야 아직 변호사 실무를 해보지 않았으니 잘 모르는 부분이 있다. 바로 소송의 테크닉이라는 부분이다.

"사람의 기억은 시간이 지날수록 왜곡되거든."

기억이란 게 정확할 것 같지만, 시간이 지날수록 급격하게 희미해지고 왜곡된다. 그래서 변호사가 알려준 시나리오를 외워서 일관되게 진술하는 게 유리한 것이다. 기억에 의존해서 진술하다 보면 조금씩 바뀌는 경우가 허다하니까.

만약 피해자의 진술이 조금씩 바뀌고 있고, 피의자는 항상 같은 진술을 한다면 피의자가 무죄가 될 확률이 그만큼 높아진다.

"만약 그게 거짓이라도?"

성만의 말에 혁민은 고개를 끄덕였다. 그래서 실제로 가해자가 일관된 거짓 진술을 해서 무죄로 풀려나는 경우도 있다.

"그러면 지금도 그렇게 하면 되지 않나?"

"글쎄. 그렇게만 해도 승산이 있으면 좋겠지……."

하지만 대충 감이 왔다. 상대도 그런 정도는 알고 있는 사람들이라는 게. 그래서 어려운 싸움이 될 것 같다는 거였다.

"하지만 뭐 그 정도는 되어야 해볼 맛이 나겠지. 일단은 구속영장을 겪는 것부터."

긴급체포를 했으니 경찰은 반드시 구속영장을 신청할 것이고 검사가 구속영장을 청구할 것이다. 혁민은 그것부터 막을 거라고 중얼거렸다.

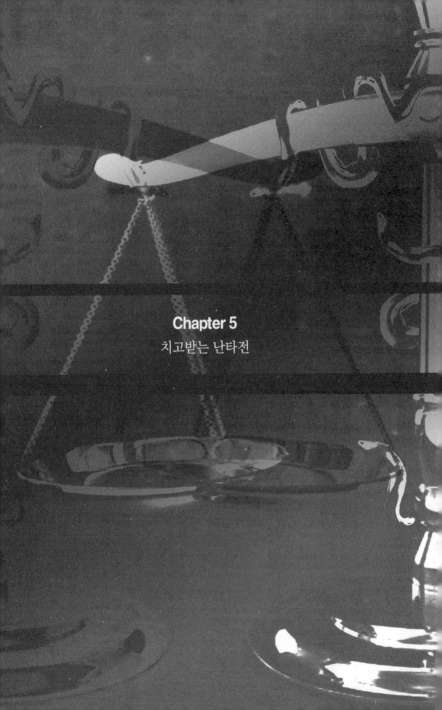

Chapter 5
치고받는 난타전

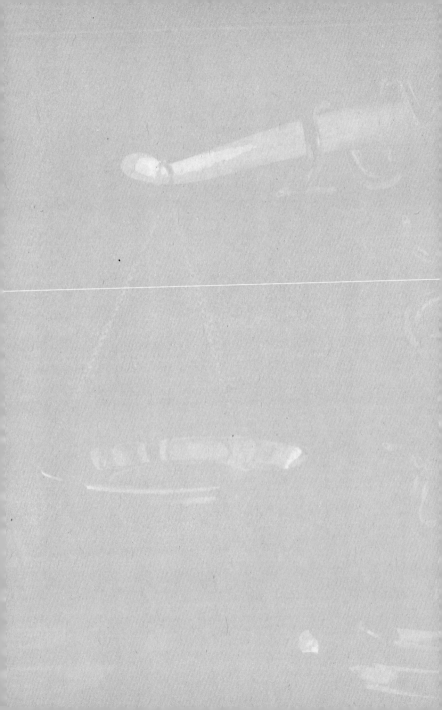

"체포할 때에 원래는 영장이 있어야 하거든요. 왜냐하면, 헌법에서 신체의 자유라는 걸 보장했어요. 함부로 압수수색이나 체포 같은 걸 하지 못하게요."

혁민은 율희의 이모에게 차근차근 설명하고 있었다. 사실 일반인들은 법에 대해서 잘 몰라서 오해하는 부분이 많이 있다. 그래서 간단하게나마 설명을 해주어야 지금 상황이 어떤지 제대로 알 수가 있다.

그런 설명을 제대로 하지 않으면 오해를 할 수도 있으니 혁민은 시간이 좀 들더라도 설명을 하는 거였다. 그렇지 않으면 나중에 꼭 다른 말이 나오곤 했다. 이렇게 말했어도 나중에 다른 말을 하는 경우도 허다했지만.

물론 승소하게 되면 대부분 말이 없다. 하지만 패소를 하게 되면 어떤 식으로든 말이 나온다. 그래서 예전에는 무료로 선의를 가지고 일하고도 욕을 먹은 적이 여러 번 있었다. 이번에는 아직 그런 적이 한 번도 없었지만.

 "그런데 영장이 없이도 체포할 수 있는 경우도 있거든요. 생각해 보세요. 신체의 자유를 헌법에서 보장했는데, 그걸 영장도 없이 잡아들인다. 보통 경우라면 그럴 수 없겠죠?"

 혁민은 현행범으로 잡힌 경우나 중대한 범죄인 경우에는 영장 없이도 체포할 수 있다고 이야기했다. 장기 3년 이상의 형에 해당하는 죄를 범하고 도피 또는 증거인멸의 염려가 있을 때라는 법조문을 그냥 적당히 쉽게 설명한 거였다.

 "우리 아들은 그럴 애가 아니에요. 그럴 리가 없다는 거 변호사님도 잘 아시잖아요. 그러니까 빨리 풀어주세요. 애가 어떻게 될까 봐 걱정돼서 미치겠어요."

 율희의 이모는 당장에라도 눈물을 쏟아낼 것 같은 표정으로 이야기했다. 법이 어떻게 되어 있는지야 사실 뭐가 중요하겠는가. 아들의 안위가 걱정인 것이지. 하지만 문제는 다른 사람들은 그렇게 생각하지 않는다는 거였다.

 "경찰은 그렇게 생각하지 않는 거죠. 경찰은 아드님이 중대한 범죄의 범인이라고 거의 확신하고 있다는 거예요. 그렇지 않으면 긴급체포까지는 하지 않았을 거거든요."

 어지간한 사건이었다면 긴급체포까지는 하지 않는다. 긴급체포를 했다는 건 그만큼 경찰이 이 사건을 심각하게 보고 있다는 거였고, 증거도 그만큼 확실하다는 거였다.

이야기가 심각해지자 율희 이모의 표정이 점점 안 좋아졌다. 아들을 걱정하는 마음이 얼굴에 그대로 나타났다. 하지만 무조건 좋은 이야기만 해서 상황을 잘못 판단하게 할 수는 없는 일이다.

"선생님은 하실 수 있는 거죠? 우리 애 무죄로 나올 수 있는 거죠?"

"물론입니다. 반드시 그렇게 할 겁니다. 하지만 그러려면 시간이 좀 걸릴 것 같습니다. 아드님의 무죄를 밝히려면 조사할 것들이 좀 많아서요."

간단하게 무죄를 증명할 수 있으면 좋겠지만, 지금까지 나온 증거 중에서 그런 건 없었다. 오히려 경찰에 유리한 증거가 훨씬 많았다.

혁민은 일단 그 정도만 설명하고 자세한 이야기는 대충 뭉개서 이야기했다. 모텔이 어쩌고 하는 이야기는 해봐야 서로 민망할 것 아니겠는가. 그래서 그 부분은 넘어가고 지금까지 어떻게 했고, 앞으로 어떻게 할 것인지를 말했다.

"체포해 놓고 무작정 잡아놓을 수는 없거든요. 영장도 없이 잡아간 것만 해도 큰일이라서 법에 아예 규정해 놓았어요. 48시간 안에 영장을 발부받아라. 만약에 그렇지 못하면 풀어줘야 한다. 이렇게요."

경찰에서는 당연히 구속영장을 신청할 것이다. 그리고 알아보니 구속영장이 발부될 것이라고 거의 확신하는 분위기였다.

"그러면 우리 승태가 구속되는 건가요?"

중년 부인은 걱정이 가득한 표정으로 물었다. 구속이란 단어는 뉴스에서나 들었던 말인데 아들이 그리된다는 게 믿기지 않는다는 그런 표정이었다.

"일단 제가 아드님에게 알려준 게 있으니 그대로만 한다면 가능성이 있습니다."

"그래요? 그러면 승태가 곧 풀려나게 되는 건가요?"

혁민은 바로 대답하지 못했다. 지금 상황으로는 어떻게 된다고 단언할 수 없었기 때문이었다. 잠시 고민하던 혁민은 사실대로 이야기했다.

"지금 상황이라면 어렵습니다. 상황이 상당히 불리해요."

혁민은 경찰이 구속을 자신하고 있는 것도 일리가 있다고 생각했다. 알아보니 경찰은 모텔부터 확인했단다. 그리고 당시 승태가 몸도 제대로 가누지 못하는 여자를 끌고 갔다는 모텔 주인의 진술과 CCTV를 확보했다.

그리고 모텔로 오기까지 거리에 있는 CCTV도 확보해서 승태가 계속해서 여자를 부축해서 온 장면도 확보했단다. 거기에다가 정액 채취한 것과 여자가 맞았다는 진단서. 그리고 아침에 모텔에서 황급히 나가는 여자의 모습까지.

그리고 메신저 내용도 승태에게 불리했다. 먼저 만나자고 한 것도 그랬고, 아침에 깨어서는 미안하다는 내용을 보냈으니까. 혁민은 이런 내용을 알아듣기 쉽게 설명했다.

"그래서 쉽지만은 않습니다. 하지만 아드님과 이야기를 해보니 무죄를 입증할 만한 증거가 될 만한 게 몇 개 있더군요. 그걸 찾고 있으니 혹시 구속되더라도 법정에서는 반드시 무죄를 입증할 겁니다."

율희의 이모는 계속 심란한 표정을 지으면서 이야기했다. 그녀는 잘 좀 부탁한다고 거듭 이야기하고는 슬픈 표정을 한 채 돌아갔다.

"시간이 좀 더 있었으면 좋겠는데……."

시간이 모자랐다. 경찰은 48시간 이내에 구속영장을 신청할 것이고, 그걸 검사가 법원에 신청하면 다음 날 영장 실질심사가 이루어진다. 판사가 영장을 발부할지 기각할지를 결정하는 심사를 하는 것이다.

"그리고 그전에 일단 누군가 찾아오겠지."

어차피 돈이 목적인 사람들이다. 이제 슬슬 움직이기 시작할 것이다.

*　　　*　　　*

성만은 크게 한숨을 내쉬었다. 아무리 보아도 이건 남자가 불리했다. 성만은 같이 조사도 하고 다니고 해서 다른 사건보다 이 사건에 굉장한 관심을 보였다. 그는 시간 순서대로 나열된 표를 다시 한 번 되짚었다.

"의뢰인이 먼저 오전에 메신저를 보냈어. 가벼운 인사. 여자도 인사하고 그러다가 좀 우울하다고 말했고."

그러다가 남자가 먼저 술 한잔하자고 메신저를 보냈다. 여자도 오케이. 그러고는 저녁에 만나서 둘이서 술을 마셨다.

"술도 좀 많이 마시기는 했네. 뭐 여자가 술을 버렸다고는 하는데, 그거야 증거가 있는 것도 아니니까."

CCTV 화질이 그다지 좋지 않았다. 게다가 각도도 그런 장면이 찍힐 각도가 아니었다. CCTV는 천장에 달려 있었으니까. 그리고 설사 술을 버렸다고 하더라도 변명을 하면 그만이다. 그러고는 밖으로 나왔는데, 그때부터 여자는 인사불성.

"인사불성 코스프레라고 해야 하나? 아무튼, 그냥 보기에는 만취한 것처럼 보이네."

승태가 여자를 부축하고 거의 끌고 가다시피 해서 모텔까지 도착. 모텔에서 계산할 때도 여자는 비틀거리고 인사불성. 그리고 아침에 여자 혼자 나오는 장면은 무언가에 쫓기듯 후다닥 도망치듯 나왔다.

"뭘 그렇게 중얼거리는데?"

혁민이 계속해서 고민하는 성만을 보면서 이야기했다.

"그냥. 내가 저 입장이라면 얼마나 답답할까 생각하니까 가만히 있을 수가 없더라고. 뭐라도 없는지 한번 찾아보려고."

혁민은 성만에게 보이지 않게 슬며시 웃었다. 원래 성만은 그런 사람이었다. 다른 사람에게 무슨 일만 있으면 참지 못하고 나서는. 그래서 예전의 혁민과도 죽이 잘 맞았던 것일 테고.

"그런데 정말 이건 우연이라고 할 수가 없네. 우연이라고 할 수가 없어. 어떻게 두어 번 얘기했는데, 그게 모두 CCTV가 없는 곳일 수가 있어?"

승태는 모텔에 들어가기 전까지 두세 차례 여자와 이야기를 했다고 말했다. 그리고 이야기를 할 때는 그렇게 만취하지는 않은 것처럼 보였다고 했다. 그런데 그게 모두 CCTV가 없는 곳이라는 게 문제였다.

여자는 그런 적이 없다고 이야기하고 있었고, 증거도 없으니 난감한 거였다.

"이런 상황이면 구속영장은 떨어지겠지?"

"쉽지 않지. 게다가 지금 무죄를 주장하고 있으니까 더 그래."

사실 구속을 피하는 방법은 간단하다. 죄를 인정하고 피해자와 합의하겠다고 하면 구속까지는 가지 않는다. 하지만 의뢰인은 자신은 무죄이니 절대로 그럴 수 없다고 이야기했다.

사실 승태 입장에서는 당연한 거였다. 자신이 하지도 않은 일을, 그것도 아주 수치스러운 범죄를 했다고 인정할 수가 있겠는가. 하지만 혁민이 가장 걱정하는 건 바로 의뢰인이었다.

"법원에서는 무죄를 주장하는 게 변명이라고 받아들일 수도 있거든. 증거가 이렇게 확실한데 계속 변명을 하는 게 말이 되느냐고 말이야. 그래서 무죄를 주장하다가 그걸 증명하지 못하면 오히려 죄가 무거워지지."

게다가 그것만 문제가 아니다. 동네방네 소문이 다 난다는 게 문제였다. 사회생활과 일상생활이 모두 무너져 버린다. 그래서 억울하지만 합의하고 조용히 끝내는 경우가 많다. 그래서 그걸 노리고 작업을 하는 사람들도 있는 것이고.

"구속영장이라도 어떻게 피해야 할 텐데……."

"그러니까. 이게 첫 번째 전투인데……."

구속되더라도 법정에서 무죄를 밝히면 그만 아니냐는 사람도 있을 것이다. 하지만 구속이라는 건 여러 가지로 의미가 있다.

일단 주변에 숨길 수가 없게 된다. 불구속이라면 다른 사람들이 잘 모를 수도 있지만, 구속된 상태면 회사에 나갈 수가 없으니 일단 직장에서 바로 알게 되지 않겠는가. 게다가 구속되었다는 건 법원에서도 죄가 있다고 보고 있다는 걸 의미한다.

당연한 거 아니겠는가. 구속이란 건 기본권을 침해하는 것이므로 불구속 수사가 원칙이다. 아예 형사소송법에 명시되어 있다. 그리고 그 이전에 헌법에 나와 있는 무죄 추정의 원칙과 신체의 자유와 연관된 내용이고.

"그래서 수사기관에서는 어떻게든 구속을 하려고 하지. 구속했다는 것 자체로 범죄를 입증했다고 볼 수도 있으니까. 그래서 구속영장 떨어지면 골인됐다고 얘기하는 사람들도 있어."

"골인?"

"교도소로 골인이라는 거지."

드라마나 영화에도 검찰이 어떤 사람을 구속하려고 애를 쓰는 장면이 나오는 경우가 있다. 그건 그 사람의 죄를 확신한다는 걸 의미한다. 그리고 그건 뉴스에서도 검찰이 구속영장을 청구할 때도 비슷하다.

실제로도 구속영장을 받게 되면 그렇지 않은 경우에 비해서 무죄로 풀려날 확률이 확 떨어진다. 법원에서도 죄가 있다는 시선으로 보기 때문에 누구도 고개를 끄덕일 수밖에 없는 결정적인 증거를 제시하거나 검찰이 제시한 증거를 모조리 박살 내야 한다.

"그것도 그거지만, 의뢰인이 얘기해 준 대로 잘해야 하는데……"

성만이 걱정스럽다는 듯 말했다. 수사는 무너뜨리기다. 어떻게든 자백을 받아내기 위해서 여러 방법을 동원할 것이다. 최근에는 폭력적인 방법이 많이 없어지기는 했지만, 완전히 없어진 건 아니다.

혁민이 도착했을 때, 이미 1차 피의자신문조서를 작성한 뒤여서 그 내용을 바탕으로 시나리오를 썼다. 물론 의뢰인이 이야기한 사실만 적절하게 재구성했다. 그대로만 이야기하면 아무런 문제가 없을 테지만 자백을 받아내려는 과정에서 혹시라도 무슨 일이 있으면 소송에서는 아주 낭패 아닌가.

성만도 그런 걸 알고 있어서 걱정하는 거였다. 하지만 혁민은 그 부분은 오히려 큰 걱정을 하지 않았다. 어떤 불리한 면이 있다는 걸 알려줬는데도 무조건 무죄를 받아달라고 이야기한 의뢰인이다.

"괜찮을 거야. 그런 면으로는 강단이 있어 보였으니까."

다른 건 모르겠지만, 자신의 명예를 지키고자 하는 욕구는 엄청나게 강해 보였다. 약간의 압박이 있다고 하더라도 쉽게 굴복하지는 않을 것이다.

사람이 착해 보이고 순수해도 어떤 측면에서는 강한 사람들이 있다. 그것이 명예일 수도 있고, 가족일 수도 있다. 그런 면에서 볼 때 역시 율희의 친척이라는 생각이 들었다. 선한 사람이었지만, 강단은 있는 사람. 율희도 그랬으니까.

"오히려 내가 걱정하는 건 상대가 협상해 왔을 때야."

지금까지 상황을 보면 상대는 상당한 전문가라고 보였다. 어떤 사람이 설계했는지 몰라도 수사 과정이나 법의 맹점 같은 걸 너무나도 잘 알고 있었다. 게다가 사람의 심리까지 꿰뚫어 보고 작전을 짠 것으로 보였다.

"협상? 돈을 요구해 올 거라 이거지?"

"당연하지. 그 사람들의 목적은 돈이니까. 의뢰인이 처벌받고 말고는 그 사람들과는 상관없는 일이라고."

지금 장중범이 증거를 찾기 위해서 부지런히 움직이고 있지만, 시간이 필요했다. 손쉽게 찾아서 구할 수 있는 증거 중에서는 의뢰인에게 불리한 증거만 잔뜩 있었다.

그리고 그런 걸 잘 아는 상대이니 어떤 식으로든 돈을 뜯어내기 위해서 접근을 해올 것이다. 그리고 실제로 다음 날 피해자의 이모라고 하는 사람이 직접 연락을 해서 찾아왔다. 율희의 이모는 바로 혁민에게 연락을 했다.

"실제로는 인척 관계가 아닐 수도 있죠. 그거야 중요한 건 아니고, 뭐라고 하던가요?"

　─생각한 것보다 심하게 얘기하지는 않더라고요. 자기 조카도 이런 일이 있었다는 거 알려지면 곤란하니까 서로 원만하게 합의하자 이러더라고요.

"그래서요? 제가 얘기해준 대로 하셨죠?"

　─예. 그러긴 했는데······.

무죄가 확실하니 그럴 필요 없다고 이야기를 했다. 그러자 상대방은 정말 뻔뻔하다면서 어떻게 그런 짓을 해놓고도 그렇게 나올 수가 있느냐고 몰아붙였다. 하지만 거기서 무너지면 안 된다.

"그래서요?"

　─증거도 찾았고 증인도 있다고 했죠. 그런데 그런 거 없는데 그렇게 이야기해도 되나요? 위증죄 이런 걸로 걸리는 거 아니에요?

"그건 제가 말씀드렸죠? 전혀 상관없다고요. 그랬더니 상대가 뭐라던가요?"

이런저런 이야기를 하다가 오천만 원에 합의하자는 이야기를 했다고 말했다. 그리고 확실한 증인은 자신들도 있으니 어림도 없는 소리 하지 말라면서 막 몰아붙였다고 했다.

"직접 만나지는 않겠다고 하셨죠?"

　─예, 변호사님 얘기하면서 이야기했는데··· 그런데 정말 이렇게 하면 되는 건가요?

"예. 협상 관련해서는 무조건 저에게 연락하라고 하시면 됩니다."

사람들은 잘 모르는데, 위증죄는 법정에서 선서하고 나서 거짓을 말했을 때만 해당한다. 심지어는 경찰이나 검찰에서 수사를 받을 때 거짓을 말했더라도 위증죄로 처벌받지 않는다. 하지만 율희의 이모는 그런 걸 잘 모르니 걱정이 되는 모양이었다. 분명히 말을 해주었는데도.

어쨌든 상대를 흔들어야 한다. 그래야 뭐라도 허점이 나올 테니까. 그러려면 상대가 의도한 대로 끌려가지 않아야 하고.

생각한 대로 이쪽에서 이상한 반응을 보이자 상대는 조금 당황한 듯했다.

"생각한 것하고는 뭔가 다르니까 이제 본격적으로 움직이겠지? 그것도 아주 거칠게 나오겠지. 끝장을 내겠다는 식으로."

하지만 그건 혁민이 바라는 바였다.

"상대를 다운시키려고 주먹을 크게 휘두르다 허점이 드러나는 법이지."

*　　*　　*

"사장님, 이번에 애가 물어온 게 경찰인데 진행해도 괜찮을까요?"

"경찰이 뭐?"

조직의 총책인 구 사장은 뭐가 문제냐는 듯 실장에게 물었다. 구 사장 밑에는 여러 명의 실장과 마담들이 있다. 실장과 마담들은 각자 전문 분야가 있는데, 혹시라도 서로 영역이 겹치지 않게 하기 위함이었다.

지금 말을 꺼낸 실장은 등산 동호회 담당이었다. 요즘도 나이트클럽에서 낚는 케이스가 많기는 하지만, 주가 대폭락 이후로 경기가 예전만 못했다. 그래서 미리미리 사업을 다각화해 놓기를 잘했다고 구 사장은 생각하고 있었다.

그래서 최근에는 등산 동호회나 골프장에서 작업을 많이 했는데, 거기서 경찰을 하나 낚은 모양이었다. 경찰. 이 계통에 있는 사람들이 공통적으로 꺼리는 사람이다. 공연히 건드렸다가 개피를 볼 수도 있으니까.

"진급 같은 거 다 포기한 또라이 아니면 진행해. 경찰은 오히려 문제 키우지 않고 빨리 끝내려고 하니까."

남자라면 성범죄 관련 이야기가 도는 것만으로도 상당한 타격을 받는다. 그중에서도 경찰이나 군인을 포함한 공무원이나 대기업 직원은 그 정도가 더 심하다. 교수나 연예인도 마찬가지고. 그래서 조직에서는 그런 부류의 인간들을 VIP라고 부른다.

경찰의 경우 이런 사실이 알려지면 사회적으로 더 지탄받게 되고 옷까지 벗어야 할 수도 있다. 그래서 오히려 요리하기 좋았다. 구 사장은 실장이 이번에 새로 승진한 녀석이라서 잘 모르는 모양인데, 언제 교육을 좀 해야겠다고 생각했다.

"골프장은?"

"호구 하나 물었어요. 라운딩 두어 번 더 하고 바로 작업 들어갈 거예요."

골프장 쪽을 맡은 마담의 말이었다. 최근에는 골프장에서 장사가 아주 쏠쏠했다. 여기는 도박과 같이 엮기도 하는데 실적이 단연 톱이었다. 그리고 한 건 물면 금액도 커서 조직에서도 가장 신경을 쓰고 있었다. 아무래도 거기 오는 사람들은 돈이 있는 사람들이었으니까.

구 사장은 다른 데는 어떠냐고 물었고, 각자 작업 진도를 이야기했다. 작업을 끝내고 다른 호구를 물색하는 마담도 있었고, 호구를 물어서 디테일한 설계에 들어간 실장도 있었다.

"넌 왜 얘기가 없어?"

유독 입을 다물고 있는 실장에게 사장이 퉁명스럽게 물었다. 실장은 곤혹스럽다는 표정으로 주저하다가 입을 열었다.

"이게… 담당 변호사가 좀 이상합니다."

"변호사가? 변호사가 뭐가 이상한데?"

실장은 전혀 종잡을 수 없게 행동을 해서 어떻게 해야 할지 모르겠다고 말했다.

"보통은 합의하자고 하면 변호사는 오히려 좋아하지 않습니까."

"그렇지. 변호사들이야 어차피 빨리 끝내면 좋아하지. 그렇게 끝난다고 해서 수임료를 돌려주지는 않으니까."

"그런데 합의를 안 하겠다는데요? 절대로 그럴 일은 없으니까 아예 연락도 하지 말랍니다."

구 사장은 고개를 갸웃거렸다. 본인이 무죄라고 난리를 치는 경우는 있는데, 변호사가 절대로 합의할 수 없다고 하는 경우는 처음 들은 것 같았다.

"변호사가 호구 형이나 친척이냐?"

"아뇨, 그냥 선임한 변호산데요."

"그런데 왜 그러지? 오히려 잘 설명하고 적당히 끝내려고 하는 게 정상인데……."

변호사도 그렇지만 조직에서도 사건을 빨리 마무리하는 게 좋다. 길게 끌어서 더 큰돈을 받아내는 경우도 있긴 하지만, 그만큼 위험 부담도 커진다. 아무리 일반인이라도 악에 받치면 무슨 짓을 할지 모른다.

"너 설계 제대로 한 거지? 뭐 그쪽에서 결정적인 증거 가지고 있는 거 아냐?"

"저 아시잖아요. 확실하게 했죠. CCTV하고 경찰 자료까지 싹 봤는데 그런 건 없었다니까요."

"배우는? 배우가 뭐 실수한 거 아냐?"

"당연히 연기력 되는 애로 했죠. 마스크고 좋고 일처리도 제대로 해서 걔한테 뭐 나올 건 없어요."

실장은 억울하다는 듯 양손을 흔들며 이야기했다. 하지만 구 사장은 믿지 않았다. 다들 그렇게 이야기한다. 자기는 잘못이 없다고. 하지만 그건 자기 생각일 뿐. 구 사장은 손짓을 해서 자료를 가져오라고 했다.

그리고 꼼꼼하게 살피기 시작했다. 수사나 법적으로도 일가

견이 있는 구 사장이었다. 그런 걸 모르고서야 이런 일을 이렇게 크게 할 수 있겠는가. 그런데 그가 보기에도 특별한 점은 보이지 않았다.

"이상하군. 특별히 걸리는 건 없는데……."

"변호사 새끼 뻥카 치는 거 아닐까요? 합의금 네고 치려고 그럴 수도 있잖아요."

구 사장은 한심하다는 표정으로 실장을 쳐다보았다.

"야, 이 등신아. 변호사가 너같이 돌대가린 줄 알아?"

이렇게 증거가 확실한 사건이면 당연히 남자는 구속된다. 지금이야 오천만 원을 불렀지만, 구속되고 나면 금액이 올라가면 올라갔지 내려가지는 않는다. 당연히 그런 걸 변호사가 모를 리가 없다.

"뭔가 있는 건가?"

구 사장은 고민이 되었다. 무언가 찝찝하기는 했다. 느낌이 좋지 않았다. 하지만 이렇게 유리한 상황에서 돈을 포기하고 빠질 수는 없는 일.

'그냥 두고 볼까? 아니야. 변호사가 이렇게 나온다는 건 무언가 패를 가지고 있다는 걸 거야. 그러니까 구속영장이 기각되면 그때 싸게 후려치겠다 뭐 이런 건가?'

그런 거라면 이해가 되었다. 구 사장은 턱을 살살 쓰다듬다가 다시 한 번 자료를 쭉 훑었다.

"이 정도면 충분한 것 같기는 한데… 혹시 판사한테 직접 줄을 댈 수 있는 그런 변호산가?"

"아뇨. 그런 정도는 아닙니다. 제법 유명세는 있는 모양인데, 그래도 아직 개업한 지 이 년도 되지 않았거든요. 라인이 있는 것 같지도 않고요."

"그래? 그러면 뭔가 쥐고 있다는 건데⋯⋯."

상대가 구속할 정도는 아니라고 우길 수 있는 패가 있어서 그런다는 생각이 들었다.

"그렇다면 무언가 보강을 해야겠는데⋯ 확실하게 구속영장이 떨어지게 할 수 있는 그런 걸로 말이지⋯⋯."

구 사장은 잠시 생각하다가 실장에게 말했다.

"야, 너 그날 그 근처에서 확인했지?"

"예. 제가 모텔에 들어가는 것까지 직접 확인했죠."

"그러면 니가 증인으로 나서. 남자가 거의 강제로 끌고 가는 거 봤다고. 어차피 너도 그 시간대 CCTV에 나왔을 거니까."

구 사장은 여기에다가 확실한 증인까지 나서면 빠져나올 구멍은 없을 것이라고 이야기했다.

"그리고 회사하고 동네에도 바람 좀 넣고. 바람이 불어야 날씨가 추워진 줄 알 모양이니까."

호구를 요리하는 방법에는 여러 가지가 있다. 처음에 사건이 터졌을 때 정신없이 몰아붙이는 방법이 있다. 단시간에 치고 빠질 때 주로 사용한다.

그리고 차츰차츰 옥죄는 방법도 있다. 차근차근 강도를 높여가는 방법이다. 그러면서 점점 높은 금액을 요구하게 되는데, 상대에 따라서 어떻게 할 건지 판단을 한다. 지금은 오천만 원보다 더 뜯어낼 수 있다고 생각해서 차근차근 강도를 높이는 쪽으로 생각하고 있었고.

그런데 구 사장은 조금 속도를 높여야겠다고 판단한 거였다.

"알겠습니다. 바로 그렇게 움직이죠."

*   *   *

이런 사건에는 항상 이모나 삼촌이라는 사람들이 나타난다. 주로 시끄럽게 떠들면서 소란을 피우고 상대가 빨리 돈을 줄 수밖에 없도록 하는 역할을 한다.

"이모님이시라고?"

"아니 이 사람이 지금 누구보고 반말이야?"

율희의 이모와 비슷한 나이로 보이는 중년 여자가 삿대질하면서 소리를 질렀다.

"원하시면 높여 드릴 수는 있는데, 그전에 확인 좀 합시다."

혁민은 진짜 피해자의 이모인지 확인부터 하자고 말했다. 중년 여자는 뭐 이런 게 있느냐면서 고래고래 소리를 질렀지만, 혁민은 눈 하나 깜빡하지 않았다. 오히려 율희 이모가 걱정스러워서 혁민을 말릴 정도였다.

"그러니까 진짜 이모는 아니고……."

혁민은 수첩에 무언가를 적었다. 중년 여자는 기가 막힌다는 듯 혁민을 보았다. 보통은 이런 식으로 나오면 상대는 굽히고 들어오든지 아니면 화를 내든지 한다. 그러면 더 몰아붙이거나 아니면 살살 약을 올려 싸움을 하든가. 이렇게 진행하는 게 작전이다.

그런데 혁민은 상대가 바라는 대로 움직이지 않았다. 중년 여자가 말하는 것에는 신경도 쓰지 않고 자기가 할 말만 했다.

"피는 섞이지 않았지만, 이모나 마찬가지인 사람이야. 그래, 그래서 도대체 우리 애를 그렇게 해놓고 어쩔 거냐고. 어?"

"뭘 어쨌는데요?"

혁민은 무표정한 얼굴로 물었다. 너무나도 태연하게 물어와서 바람잡이로 아르바이트하고 있는 여자가 오히려 당황했다. 하지만 곧 정신을 차리고 소리를 높였다. 어차피 이런 얘기로 동네에서 시끄러워지면 손해 보는 건 상대였으니까.

"아니, 야. 뻔뻔하다, 뻔뻔해. 아니 여자애를 어? 모텔로 데리고 가서 그냥 그래놓고서 말이야. 세상에나, 남사스러워서 말도 못 하겠네, 말도 못 하겠어."

율희 이모는 민망한 이야기가 나오자 안절부절못하고 발을 동동 굴렀다. 하지만 혁민은 전혀 개의치 않는다는 표정이었다. 그리고 오히려 손으로 더 이야기하라고 손짓을 했다.

원래 이런 건 상대가 말을 하지 못하게 말리거나 해야 더 흥이 돋는다. 제발 조용히 해달라고 그러면 신이 나서 더 크게 소리를 지르게 된다. 그리고 지금까지는 대부분 그랬다. 하지만 지금은 상황이 너무 이상했다.

중년 여인은 결국 말을 멈추고 씩씩대면서 혁민을 노려보기만 했다. 아무리 소리를 질러도 전혀 반응을 보이지 않은 채 오히려 더 해보라고 하니 무언가 켕겼던 것이다. 그리고 혁민의 입꼬리에 있는 묘한 저 비웃음도 마음에 걸렸다.

"어머, 저 사람이 그 사람인가 봐."

"그런가 보네. 아유, 저기 얼굴하고 옷하고 너무 이상하지 않아?"

시끄럽게 소리를 지르자 아파트에 있는 사람들이 나와서 수군대면서 구경을 했다. 그런데 분위기가 조금 이상했다. 중년 여인은 왜 분위기가 이런지 전혀 이해하지 못하겠다는 표정이 되었다.

보통은 손가락이 남자가 사는 집을 향해야 한다. 그런데 이상하게도 사람들이 자신을 쳐다보면서 수군거리는 게 아닌가.

"더 얘기할 게 있습니까? 똑같은 얘기 큰 소리로 말하는 거 말고."

혁민은 그렇게 이야기하고는 작은 소리로 중얼거렸다.

"지렴한 선수를 썼나? 레파토리가 너무 단순하네."

그 말을 듣는 순간 중년 여인은 짜증이 확 솟구쳤다. 새파랗게 어린놈이 완전히 자기를 가지고 놀고 있었다. 그런데 더 짜증이 나는 건 뭘 어떻게 할 수가 없다는 점이었다. 그렇게 소리를 지르고 보통이라면 밝혀지기 꺼리는 이야기를 했음에도 주변의 반응이 이상했다.

중년 여인은 당황해서 아무 말도 못 하고 씩씩대고만 있었고, 율희 이모는 그 모습을 보고는 혁민의 말대로 하기를 정말 잘했다고 생각했다.

'변호사님 말대로 하길 잘했네. 공연히 이상한 소문 나는 게 아닌가 걱정했는데…….'

율희 이모는 혁민이 말을 꺼낸 때를 떠올렸다. 느닷없이 찾아와서는 동네와 회사에 지금 상황을 모두 말하고 다니겠다고 말했던 그때가.

"예? 먼저 소문을 내겠다고요? 안 돼요. 그건 절대로 안 됩니다."

"왜 그러시죠? 이게 소문이 안 날 것 같습니까?"

혁민은 어차피 소문은 다 난다고 이야기했다. 아무리 감추려고 해도 상대가 가만히 있지 않을 거라고 설득했다.

"그래도 안 돼요. 어떻게 그런 소문을… 저는 못 해요. 절대로 그건 못 해요."

"잘 생각해 보세요. 상대가 악용하기 전에 우리가 먼저 선수를 치는 게 가장 좋은 방법입니다. 어차피 소문은 다 난다니까요."

결국, 율희 이모는 승낙하고 말았다. 그리고 혁민은 동네와 회사에 바로 소문을 냈다. 소문을 내는 것도 아무렇게나 하는 게 아니다. 회사나 동네나 빅마우스가 누구인지를 파악하고, 그 사람부터 공략해야 한다.

그리고 혁민은 사람들을 풀어서 빅마우스들을 만나 이렇게 소문을 냈다.

'승태가 순진하다는 걸 노린 꽃뱀에게 걸렸다. 그래서 돈을 뜯으려고 사람들이 와서 소란을 피울 것이다. 하지만 유리한 증거를 잡아서 오히려 무고죄로 배상을 받을 예정이다.'

혁민은 승태란 친구가 그래도 사람들의 신임을 얻고 있다는 걸 느낄 수 있었다. 평소 행동이 좋지 않았으면 오히려 역효과가 날 수도 있는 방법이다. 하지만 사람들은 대부분 승태가 안쓰럽다면서 같이 공분했다.

그리고 혁민은 거기다가 조금 더 약을 쳤다. 그래서 소문을 내는 사람들이 그 이야기에다가 약간 다른 걸 덧붙였다.

"아유. 승태 걔가 너무 착해서 그렇다니까. 그러니까 그런 애들이 들러붙지. 쯧쯧쯧… 그런데 그 변호사가 그렇게 지독해?"

"그렇다니까. 돈이 될 만한 거 있으면 악착같이 달라붙어서 챙겨먹는대요. 이번에도 이상한 소문 같은 거 내고 그러면 명예훼손으로 다 걸어서 소송할 거라고 그러더라고. 그런 거 여러 건 모아서 하면 변호사한테 떨어지는 게 짭짤하다네?"

"어머, 너무 재수 없다. 아유, 공연히 엮이기 전에 입조심해야겠네."

처음에는 율희 이모는 그런 줄은 몰랐는데, 사람들에게 이야기를 듣고 나서 알게 되었다. 혁민이 자신이 욕먹는 걸 개의치 않고 그렇게 했다는 걸. 율희 이모는 상념에서 깨어나 혁민을 쳐다보았다.

처음에는 조금 불안하기도 했지만, 지금은 혁민의 말이라면 무조건 오케이였다. 이렇게 든든한 변호사라면 그 돈이 아깝지 않다고 생각했다. 사실 동네하고 회사에 소문이 나면 어쩌나 싶었는데, 어차피 날 소문이라면 이런 식으로 나는 게 차라리 나았다.

'이상하네. 소문은 돈 엄청나게 밝히고 싸가지 없는 변호사라고 하던데……'

율희 이모도 혁민이 어떤 변호사인지 따로 알아보았다. 그런데 그런 이야기를 듣고는 다른 변호사를 찾아야 하나 싶었는데, 지금은 그러지 않은 걸 다행으로 생각하고 있었다. 사실 그 소문은 혁민에게 악감정을 가지고 있는 사람들이 퍼뜨린 거였다.

혁민도 알고는 있었지만, 신경은 쓰지 않았다. 오히려 귀찮게 어중이떠중이가 찾아오지 않아서 좋다고 웃었다.

"아무튼, 어디 그렇게 하고도 잘 사나 보자고."

중년 여자는 분위기가 주는 압박감을 견디다 못해서 자리를 떠났다. 끝까지 악담을 하면서. 하지만 목소리는 처음과는 달리 볼륨이 확 줄어 있었다. 그리고 중년 여자가 떠나자 혁민은 어디론가 전화를 했다.

"다 했죠?"

─물론입니다. 아파트 엘리베이터하고 문에서 지문을 다 떴으니 곧 신원 확인이 될 겁니다.

사람이 미리 대기하고 있다가 엘리베이터 버튼과 문손잡이 등을 깨끗하게 닦아놓고 여자의 지문을 뜬 거였다.

얼마 후, 구 사장은 아주 황당한 보고를 받고는 어처구니가 없어서 헛웃음만 내뱉었다. 이런 경우는 작업하면서 처음이었다.

"뭐? 나 참. 그런 식으로 아예 선수를 쳐 버리는 방법도 있구만. 허허, 기가 막히네, 기가 막혀. 야, 이거 등골이 싸한데?"

상대는 보통내기가 아니었다. 구 사장은 불안한 마음이 풍선껌처럼 커지는 걸 느꼈다.

"야, 그 새끼 뭐하는 새끼야?"

"예? 뭐, 그쪽에서는 괴짜라고 대부분 부른다던데요? 괴짜 천재 정혁민이라고요."

*   *   *

구 사장은 정신을 바짝 차렸다. 어떤 분야에서나 고수는 고수를 알아본다. 상대가 하는 짓을 보니 이게 만만치 않은 놈이구나 하는 감이 팍팍 왔다.

"증인이라고 하고 진술했지?"

"당근이죠. 경찰이 아주 좋아서 입이 찢어집디다. 그런데 사장님. 꼭 이렇게까지 해야 하는 겁니까? 아우, 이게 경찰서 근처만 가도 몸이 뒤틀려서……."

경찰서야 범죄자에게 익숙한 장소이긴 하지만 좋아하지는 않는 곳이다. 그런 곳에 가서 진술했으니 아주 죽을 맛이었다고 실장은 말했다. 게다가 혹시라도 자신을 알아보는 사람이라도 있을까 싶어서 불안하기도 했고.

그래서 실장은 증거도 잘 챙겨줬으니 나머지는 검사가 알아서 잘하지 않겠느냐고 말했다.

"진짜 지랄도 풍년이다."

구 사장은 인상을 구기면서 머리를 벅벅 긁었다. 어쩌다가 이렇게 무식한 놈이 승진했는지 정말 한심했기 때문이었다.

"야, 검사가 얼마나 많은 사건을 처리하는 줄 알아? 자기가 무슨 사건을 하고 있는지도 제대로 모른다고 이 븅신아. 책상에 처리해야 할 사건이 수북하게 쌓여 있는데 그걸 일일이 다 볼 것 같아?"

처리해야 할 사건이 워낙 많아서 어지간해서는 사건을 깊이 파고들거나 하지 못한다. 수사관들을 데리고 다니면서 조사하고 사건의 숨겨진 면까지 파고드는 그런 건 드라마나 영화에서나 가능한 일이다.

수사 검사나 공판 검사나 마찬가지다. 그 사건에 어떤 증거가 있는지 제대로 기억하지 못하는 경우도 허다하다. 어찌 보면 당연한 일이다. 직장인이 한꺼번에 열 몇 개의 프로젝트를 동시에 진행한다고 생각하면 이해가 될 것이다.

"우리나라 사법 체계가 잘돼 있으면 우리가 지금처럼 먹고 살 수 있을 것 같냐? 우리나라가 이따우라는 걸 항상 감사해야 하는 거야 이 자식아. 물론 그래가지고 내가 참 고민이 많기는 하지만 말이야."

"예? 고민이요? 무슨 고민이?"

"척 보니까 앞으로도 별로 좋아질 것 같지가 않거든. 사업적으로 보면 좋은 건데 이게 또 국민의 한 사람으로서는 가슴이 쪼매 아프거든. 그래서 고민이란 거 아니겠냐."

구 사장은 그렇게 얘기하고는 큭큭대며 웃었다.

'미친 새끼. 별 쑈를 다 하네'

실장은 속으로 그리 생각했지만, 겉으로는 드러내지 않았다. 구 사장은 그렇게 잠시 웃더니 표정을 바꾸고는 곧바로 지시했다.

"구속영장 떨어지면 가족들 바로 압박 들어가. 이 건은 감이 좋지 않아. 대충 가격 맞으면 그냥 마무리해."

큰 승리를 거두는 게 중요한 게 아니다. 그런 놈들 한 방에 훅 가는 거 수도 없이 봤다. 열 번의 큰 승리를 하는 것보다 한 번의 치명적인 패배가 없도록 하는 게 중요한 거다. 오래 살아남으려면 말이다.

"뭐해? 월급날 다가오는데. 빨리 준비하고 있다가 받아와."

"예, 사장님."

그렇게 돈을 받기 위해서 일단의 사람들이 준비하는 동안 영장 실질심사가 진행되었다. 영장 실질심사. 구속 전 피의자 심문 제도라고도 한다. 피의자를 구속할 것인지를 판단하기 위해서 판사가 직접 피의자를 심문한다.

"이건 또 뭐야?"

변호인은 검사가 제출한 구속영장 청구서와 피의자신문조

서와 같은 서류를 열람할 수 있다. 그런데 거기에 목격자 증언이 있었다. 얼마 전에 자신이 확인했을 때만 해도 없었던 증거였다.

거기에는 승태가 피해자인 강지희가 싫다고 하는 걸 강제로 끌고 가는 걸 목격했다는 내용이 적혀 있었다.

"가만. 모텔에 도착하기 전 꺾어지는 골목이라면……."

유흥가에서 모텔이 밀집한 지역으로 들어가는 장소다. CCTV도 없고 인적도 많지 않은 지역.

"여자는 취해서 비틀거렸는데, 남자가 모텔을 가리키면서 데리고 가려고 하자 몸을 빼면서 반대 방향으로 가려고 했다. 그런데 남자가 손을 잡고는 강제로 끌고 갔다. 여자는 처음에는 거부하는 몸짓을 했지만, 술에 취해서인지 이내 비틀거리며 끌려갔다."

내용이 무척 상세했다. 목격자는 근처를 지나가다가 그 광경을 봤는데, 상황이 좀 심각한 것 같아서 유심히 지켜봤다고 했다.

"그래서 얼굴을 기억하고 있다? 웃기고 있네. 게다가 그냥 길 가다가 본 목격자를 하루 만에 찾았다? 삶은 호박에 이빨 안 들어갈 소리지."

혁민은 두 가지 생각을 했다. 이 목격자는 분명히 무언가 있으니 털어야겠다는 생각. 그리고 다른 하나는 오늘 구속영장이 기각되기는 어렵겠다는 생각이었다.

사실 오늘 100%는 아니지만, 구속영장은 기각될 수도 있다고 생각하고 있었다. 지금까지 선량하게 살아온 평범한 직장인이고 도주나 증거인멸의 우려도 없다. 범죄 자체도 확실하게 입증된 것이 아니다.

그리고 그 증거로 술집에서의 일을 거론하면서 억울하게 누명을 썼을 수도 있다는 걸 주장할 생각이었다. 그러니 구속까지 할 필요는 없다고 할 생각이었고, 먹힐 수도 있겠다고 생각했다.

"이거 살짝 한 방 맞았는데?"

이런 목격자 증언까지 있으면 쉽지는 않을 것 같았다. 물론 자신에게는 별다른 일이 아니다. 문제는 시간일 뿐 큰 문제는 아니었으니까. 하지만 문제는 가족들이었다.

평소에는 법에 관해서는 전혀 모르던 사람들이 가족 중에 누구에게 법적인 문제가 생기면 그 순간부터 갑자기 어설픈 전문가가 되어버린다. 걱정되어서 여기저기 알아보고 찾아봐서 그런 것인데, 문제는 그런 어설픈 지식이 오히려 해가 될 때도 있다는 거였다.

"구속이 되면 그 인간들이 쑤셔댈 텐데……."

분명히 이야기는 해놓았다. 증거를 확보하는 데 시간이 걸리지만, 분명히 무죄를 증명할 수 있다. 그러니 구속이 되더라도 걱정하지 마라. 하지만 막상 자식이 구속되면 마음이 달라지는 법이다.

구속이라는 건 법원에서 피의자의 혐의를 중하게 본다는 뜻이다. 당연히 재판에서 무거운 형이 내려질 확률이 높아진다.

오죽하면 구속영장이 나오는 걸 골인이라고까지 하겠는가. 그래서 가족들은 불안한 마음을 가질 것이고 상대는 그 틈을 노릴 것이다.

하지만 오히려 좋은 점도 있었다. 상대가 움직였다는 것이다.

"불안하니까 손을 쓴 거겠지… 원래 불안하면 뭐라도 해야 마음이 놓이는 법이니까."

혁민은 그렇게 중얼거리면서 조용히 어디론가 전화를 걸었다.

*   *   *

오전 10시. 서울서부지방법원 309호에서 영장 실질심사가 진행되었다. 판사의 심문은 생각보다 빠르게 진행된다. 많은 사건을 심사해야 하므로 아주 특별한 사건이 아닌 이상, 한 사건에 많은 시간을 쓸 수가 없는 것이다. 짧으면 5분, 대부분 10분 정도면 심문이 끝난다.

승태는 혁민이 조언한 대로 대답했다. 정말 하지 않았고 억울하다는 이야기. 하지만 이곳에 오는 사람 중 많은 수가 그렇게 이야기한다. 자신은 억울하다고. 그래서인지 판사는 그것보다는 증거에 더 믿음이 가는 듯했다.

실제로 관계를 한 건 부인할 수 없었다. 그건 둘 다 인정하고 있었으니까. 그렇다면 강제로 한 것이냐, 아니면 화간이냐가 문제. 그런데 진단서와 강제로 끌고 갔다는 목격자 증언과 CCTV 증거까지. 판사는 그 증거가 더 확실하다고 판단했다.

술집에서 있었던 일을 제시하기는 했지만, 그건 강간상해와는 직접적인 연관이 없다고 판단한 것이다. 만약 그녀가 꽃뱀이라는 다른 증거가 있다면 모르겠지만, 지금 정도의 증거로는 인정하기 어려웠던 것이다.

"아이구, 선생님. 우리 승태 이제 어떻게 해요."

결국, 심문을 하고 얼마 후에 구속영장이 발부되었다. 율희의 이모는 세상이 무너진 것 같은 표정으로 혁민에게 매달렸다. 아마도 구속이 될 수도 있다는 얘기를 미리 하지 않았거나 혁민에 대한 믿음이 없었으면 혼절을 했을지도 몰랐다.

"제가 미리 말씀드렸죠? 이 사건은 오래가지 않을 겁니다."

혁민은 자신감 있게 이야기했고, 율희의 이모는 그 말을 듣고서 조금은 제정신이 돌아온 듯했다. 하지만 그녀의 마음은 이미 엉망진창이었다. 혁민을 믿기는 했지만, 아들이 구속되었으니 마음이 갈기갈기 찢어지는 것이다.

"어떻게 빼낼 방법 같은 건 없나요? 재판은 받더라도 집에서 밥이라도 먹였으면 좋겠어요. 가족이라도 옆에 있어야 버틸 텐데… 아이구……."

율희 이모는 보석이라도 안 되겠느냐고 물었다. 여기저기 법에 대해서 많이 알아본 모양이었다. 어떤 사건이 일어났을 때 범인이라고 의심받는 사람을 용의자라고 한다. 그리고 수사가 개시되어 입건이 되면 용의자에서 피의자로 신분이 전환된다.

그리고 검찰에서 이 사람이 죄가 있다고 법원에 기소를 하게 되면 피의자에서 피고인이 되고. 보석은 피고인일 때 해당하는 이야기다. 승태는 아직 피의자 신분이고.

"아드님은 피의자라서 보석은 신청할 수가 없습니다. 대신 보증금납입조건부 석방이라는 게 있기는 한데……."

혁민은 일단 자신에게 맡겨두라고 이야기했다.

"오래지 않아서 집에서 아드님을 볼 수 있을 겁니다."

"정말이지요? 변호사님만 믿을게요, 변호사님만 믿을게요."

율희 이모는 눈물이 그렁그렁한 채 제발 그렇게 되었으면 좋겠다고 이야기했다. 혁민은 율희 이모와 헤어지고 나서 장중범에게 전화를 걸었다.

"어떻게 되어가고 있습니까?"

─지금 동원할 수 있는 인력은 다 풀어서 하고 있어. 일이 그렇게 간단한 줄 알아?

일이 복잡하다는 건 혁민도 알고 있었다. 이게 한 오 년 정도만 지난 시점이었어도 일이 이렇게 복잡하지 않았을 것이다. 자동차마다 블랙박스가 있고 CCTV도 훨씬 많이 있었기 때문에 뭐라도 건질 수 있었으니까.

하지만 2008년만 해도 자동차에 블랙박스가 있는 경우가 많지 않았다. 아주 고급 차량에나 달려 있는 정도였다. 그래서 사건이 일어난 시간대에 승태와 강지희가 이동한 경로에 주차 되어 있던 차량을 모두 뒤지고 있었다.

각종 CCTV를 통해서 자동차 번호판을 확인하고 차적을 조 회해서 일일이 찾아다녀야 했으니 보통 일이 아닌 것이다. 게 다가 이런 일은 모두 적법한 절차를 거쳐서 되는 게 아니다. 그러니 더 시간과 인력이 많이 필요했다.

"사정이 어떤지는 아는데, 지금 돌아가는 게 심상치 않아서 빨리 좀 해야 할 것 같군요."

─알아. 그래서 알바까지 쓰고 있다니까. 그리고 하나 찾기 는 했는데…….

"그래요? 찾았어요? 어디 있던 차죠?"

혁민은 얼른 물었다. 지금은 무엇보다 시간이 중요했다. 어 떻게든 이길 수는 있다. 방법은 여러 가지다. 하지만 문제는 시간이 오래 걸리면 문제가 된다는 거였다. 일단은 동네와 회 사에 조치를 해놓기는 했는데, 이게 시간이 흐르면 어떻게 변 할지 모른다.

사람의 입이란 건 정말 가벼운 것이다. 그래서 승태가 구속 되었다는 것만 알려져도 이상한 애기가 떠돌 것이다. 그러니 가능하면 빨리 사건을 마무리해야 피해를 보지 않는다. 길게 끌면 이기고도 만신창이가 될 확률이 높았다.

─모텔에 있던 차량이야. 둘이 들어가기 얼마 전에 들어간 차량인데, 주차한 위치로 봐서는 블랙박스에 두 사람의 모습 이 찍혔을 거야. 그런데 그게 좀 그러네…….

사람이 가서 만나려고 했는데, 만나주지를 않는다는 거였다. 그리고 통화도 했지만, 블랙박스는 절대로 내줄 수 없다고 큰소리를 쳤다는 거다. 보고 싶으면 영장을 가지고 오라면서.

"그래요? 그건 내가 처리하죠. 어차피 블랙박스 찾으러 갈 생각이었을 테니까 쓸 만한 자료는 챙겨놨죠?"

─물론이지. 그런데 정말 괜찮겠나? 우리 애들이 하는 편이 더 나을 텐데…….

"그 정도야 뭐 일도 아닙니다. 자료나 폰으로 보내줘요. 가면서 볼 테니까."

─오케이. 지금 바로 보내주지.

혁민은 장중범이 이야기한 주소로 향했다. 차량의 주인은 작은 회사를 운영하는 사람이었다.

"나이는 마흔아홉이고, 어이구. 여자는 많이 봐줘야 서른인데?"

혁민은 차량의 주인이 운영하는 회사로 가서 면담을 요청했다. 변호사 명함을 주니 비서가 안에 연락을 넣었고 차량 주인은 혁민을 들어오라고 했다.

마흔아홉의 나이라고는 보이지 않는 깔끔한 모습의 신사였다. 잘하면 사십 대 초반으로도 볼 수 있을 정도. 관리도 잘했는지 배가 나오지도 않았다.

"어서 오시죠. 그런데 무슨 일로 오셨는지……."

"아, 뭘 좀 부탁해야 할 게 있어서 왔습니다."

차량 주인은 고개를 갸웃거리다가 순간적으로 인상을 찌푸렸다. 블랙박스 생각이 났기 때문이었다.

"블랙박스?"

"잘 아시네요. 그게 좀 필요해서요."

"당신이야? 당신 뭔데 남 뒷조사를 하고 그래? 어?"

차량 주인은 화를 벌컥 내면서 혁민을 쏘아붙였다. 혁민은 가만히 그가 떠들도록 내버려 두었다. 그러자 차량 주인은 혁민 앞에 와서 앉더니 물었다.

"원하는 게 뭐야? 당신 변호사가 맞기는 해?"

아무래도 단단히 오해하고 있는 모양이었다. 약점을 잡아서 돈이라도 뜯으려는 양아치로 착각한 모양. 혁민이 대답을 하려고 하는데 차량 주인은 계속해서 자기 말만 했다.

"너 이러고도 무사할 줄 알아? 이런 거 경찰에 얘기하면 너 어떻게 될 것 같아?"

"그럼 신고하시든가."

혁민이 눈매를 매섭게 하면서 거칠게 말을 내뱉자 차량 주인이 움찔했다.

"사장님, 우리 편하게 갑시다. 서로 바쁜 사람들이잖습니까. 안 그래요?"

혁민이 분위기를 잡자 차량 주인은 조금 경계하는 눈치였다. 혁민은 그렇게 분위기를 확 휘어잡고는 천천히 말을 이었다.

"사장님 사생활은 관심 없고 블랙박스에 중요한 게 찍힌 것 같아서 그러는 거니까 그거 좀 봅시다. 찍혔으면 그 부분만 복사할 테니까 걱정하지 마시고."

"정말 그런 건가?"

차량 주인은 원래 의심이 많은 사람인지 좀처럼 믿으려고 하지 않았다.

"아, 이거 참 사람 불편하게 하시네. 사장님. 내가 사모님하고 아주 진솔한 얘기 나눌 자리 마련해 드릴까? 이런 거 굳이 꺼내지 않고 얘기 끝내려고 하는데 도움을 안 주시네, 도움을."

혁민은 핸드폰을 통해 둘이 자동차를 타고 가는 사진을 슬쩍 보여주었다. 차량 주인은 화들짝 놀라서 핸드폰을 뺏으려 했지만 혁민은 얼른 핸드폰을 주머니에 넣고는 자리에서 일어났다. 혁민이 일어나자 차량 주인은 그제야 다급해져서는 혁민의 손을 잡았다.

"아니, 그게 아니고… 우리 얘기 좀 더 합시다. 얘기 좀……."

"아, 그러니까 진작에 이렇게 협조적으로 나오셨으면 좋았잖아요."

혁민이 자리에 앉자 차량 주인은 목소리를 낮추어 물었다.

"그러니까 나한테는 아무런 피해도 없는 거지?"

"그렇다니까요. 조상 중에 중국분이 계신가. 왜 이렇게 의심이 많으셔."

이후로도 이야기를 나누었지만, 결국 차량 주인은 블랙박스 영상을 혁민에게 넘겨주었다.

　의뢰인인 승태는 피해자인 강지희와 모텔에 들어가기 전에 두어 차례 이야기를 나누었다고 했다. 모텔로 가느냐 마느냐를 두고 이야기를 나누었다고 했는데, 그 광경이 제대로 찍혀만 있다면 결정적인 증거가 될 것이다.

　만취해서 끌려가던 여자가 갑자기 대화를 나눈다? 뭐, 취해서 비틀거리면서 횡설수설하는 정도야 있을 수 있겠지만, 이야기를 들어본 바로는 그런 정도가 아니었다. 그리고 그 장소 중 한 곳이 바로 모텔 입구 근처였다.

　사건이 일어난 모텔은 차를 가지고 오는 손님들이 많으니까 주차를 하고 바로 들어올 수 있게 주차장하고 출입구가 붙어 있었다. 그리고 주차장과 출입구는 밖에서 보이지 않게 천으로 된 발로 가려져 있었고.

　"차에서 내려서 모텔로 들어가는 게 보이지 않게 말이지."

　차량 주인의 블랙박스는 최고급 제품이었다. 과시욕이 있는 인물이라는 건 사장실에 들어갔을 때부터 알 수 있었다. 마호가니 원목 책상에 사장 자리 위에 걸려 있는 그럴듯해 보이는 동양화 액자까지.

　"고급이 좋기는 좋구나. 그래도 화질이 볼만은 하네."

　미래의 선명한 영상보다야 형편없었지만, 정말 형체나 겨우 알아볼 정도인 지금의 CCTV나 블랙박스 화질보다는 나았다.

그리고 거기에는 혁민이 원하는 장면이 찍혀 있었다.

"이야~ 이래서 착한 사람은 복 받는다는 거야. 그 마음이 널 살렸다, 살렸어."

혁민은 회심의 미소를 지었다. 그리고 곧바로 작업에 착수했다.

다음 날.

"정말이에요? 승태가 나올 수 있다고요?"

"그렇습니다. 증거를 확보했거든요."

혁민은 바로 구속적부심사청구를 할 것이니 곧 풀려날 거라고 이야기했다.

구속적부심사청구.

말은 어려웠지만, 구속이 합당한지를 다시 심사해 달라고 법원에 요청하는 것이다.

"구속적부심 승소율이 들쭉날쭉하기는 한데 상당히 높은 편입니다."

"그래요?"

율희 이모는 승소를 한 것처럼 기뻐했다. 사실 승소율이 높은 데는 다 이유가 있다. 그 이유는 어지간히 자신이 있지 않으면 구속적부심을 신청하지 않기 때문이다.

이게 공연히 법원의 결정에 불복하는 모양새로 비추어지면 나중에 판결에도 악영향을 미치기 때문에 신중하게 신청할 수밖에 없다. 그래서 이길 수 있다고 생각될 때에만 신청한다.

그러니 당연히 승소율을 높을 수밖에 없고.

그런데 구속적부심사 신청은 검사가 기소하기 전에 해야 한다. 물론 구속영장이 떨어진 게 바로 어제다. 검사가 기소하려면 시간이 좀 있어야 하겠지만, 그래도 사람 일이라는 건 모르는 일. 혁민은 곧바로 구속적부심사 신청을 할 예정이었다.

"그러면 승태는 언제 나올 수 있는 건가요?"

"법원 사정에 따라서 좀 다르긴 한데요. 제가 그 부분은 손을 좀 써보죠. 최대한 빨리 진행될 수 있게요."

다니고 있던 기업에 이야기해서 며칠은 어떻게 넘어갈 수 있지만, 이게 길어지면 곤란하게 된다. 며칠 안에 다시 회사에 나가게 되면 정말 재수 없게 꽃뱀에게 걸렸구나 하고 넘어갈 수도 있지만, 길어지게 되면 혹시 진짜 죄가 있는 게 아닌가 하고 생각하게 된다.

게다가 구속된 상태라서 장기간 회사를 나갈 수 없게 되면 그걸 가만히 두고 볼 회사가 어디 있겠는가. 그러니 한시라도 빨리 나오게 할 생각이었다. 그러는 과정에서 다소 논란이 될 여지가 있더라도.

"아이구, 감사합니다. 변호사님만 믿을게요."

"당연한 일을 하는 거죠. 그런데 혹시 상대 쪽에서 연락하지 않았던가요?"

"예? 상대 쪽에서요?"

율희 이모가 화들짝 놀라면서 되물었다. 폼을 보니 연락이 온 것이다. 연락도 받지 말라고는 했는데, 그게 어디 쉬운 일인

가. 아들은 구속됐지, 마음은 불안하지.

"그게… 저 전화가 오기는 왔는데 별 얘기는 없었어요. 저도 만나지 않겠다고 했고요."

아마도 말은 저렇게 하지만 생각해 보겠다는 정도로 이야기했을 것이다. 보험을 들어둔다는 심정으로. 사람의 마음은 약하다. 아들이 감옥에서 썩게 놔둘 수는 없으니 만일을 대비해서 그러는 거 이해할 수 있다.

그래서 혁민은 아예 최악의 경우를 생각하고 움직인다. 상대를 믿지 않고 기대를 하지 않는 게 그 시작이다. 그리고 구속을 막지 못한 자신의 책임도 있다. 그래서 한 대 맞은 걸 바로 돌려줄 생각이었다.

"오늘 신청을 하고 어떻게 진행되는지 알려 드리겠습니다."

*　　　*　　　*

"그래. 결정적인 반대 증거를 확보했다니까. 그러니까 다른 건 필요 없고 기일이나 빨리 잡아줘."

─기일은 내가 잡는 것도 아니라서 어렵겠는데?

혁민은 이채민 판사와 통화를 하고 있었다. 오랜만에 연락해서인지 이채민의 목소리에 살짝 서운한 기색이 있었다. 거기다가 약간 장난스러운 기운도 느껴졌고.

"얘기는 해줄 수 있잖아. 거기서도 이런 건 빨리 털어버리는 게 좋고."

─맨입으로?

"야. 친구 사이에 이런 정도는 해줄 수도 있는 거 아냐? 잘 봐달라는 것도 아니고 그냥 좀 심사 기일만 빨리해 달라는 건데."

─세상에 공짜 없는 법이다. 오가는 게 있어야 거래지. 니가 아직 딜을 할 줄 모르는구나?

"오케이, 알았어. 그래 뭐해줄까? 저녁 식사?"

─음… 저녁 식사에 영화 플러스. 오케이?

"영화? 음… 에이. 그래 알았어. 딜!"

혁민은 평소에 연락을 좀 자주 할 걸 그랬다고 자책했다. 마음은 그랬지만 어디 일하다 보면 그렇게 되나. 지인에게 자주 연락하는 것도 만만한 일이 아니다. 연락하는 게 그 정도이니 만나는 거야 오죽하겠는가.

하지만 정말로 이채민이 신경을 써서 그런 것인지 곧바로 심문 기일이 잡혔다. 원래는 청구한 날로부터 3일 이내에 심문 기일이 잡힌다. 그런데 바로 다음 날로 정해졌으니 혁민 입장에서나 의뢰인인 승태의 입장에서나 좋은 일이었다.

"변호사님. 정말 괜찮겠죠?"

"그럼요. 증거가 너무 확실해서 이견의 여지가 없을 겁니다."

검사와 변호인도 참석할 수 있지만, 검사의 경우에는 거의 참석하지 않는다. 사실 너무 바빠서 이런 것에 시간을 낼 여유가 없는 것이다.

구속적부심사는 판사실에서 진행되었는데, 판사가 꽉 막힌 사람은 아니었다. 딱딱한 절차 대신 부드러운 분위기에서 심문이 진행되었다.

　"변호인이 주장하는 새로운 증거라는 게 뭡니까?"

　혁민은 자리에서 일어나서 미리 준비한 모니터를 통해 영상을 틀었다.

　"이 장소가 사건이 일어난 모텔 입구 근처입니다. 그리고……."

　혁민은 플레이를 시키다가 두 사람의 모습이 나오자 잠깐 영상을 멈추었다. 그리고 그 두 사람이 이 사건의 당사자라고 이야기했다. 판사는 자료에 있는 두 사람과 영상을 번갈아 보더니 고개를 끄덕였다. 그 모습을 본 혁민은 다시 영상을 돌렸다.

　"검찰은 피해자인 강지희가 심신미약 내지는 심신상실 상태에서 피의자에 의해서 모텔에 끌려가서 강간상해를 당했다고 주장하고 있습니다. 하지만 이 영상을 보시죠."

　동영상에는 둘이 나타났는데, 승태가 고개를 갸웃거리면서 머뭇거리다가 다른 데로 가자고 손짓을 했다. 무어라고 말을 하긴 했는데, 어떤 내용인지는 알 수 없었다. 하지만 승태가 모텔이 아닌 다른 데로 가자고 한다는 것만은 명확하게 알 수 있었다.

　그런데 만취했다고 한 피해자 강지희가 승태의 손을 잡고 모텔 쪽으로 향했다. 그러자 승태는 강지희의 어깨를 잡고 자신을 보게 한 뒤 무언가 이야기를 했다. 그리고 고개를 저으면서 모텔 반대 방향으로 살짝 끌었다.

'마음에 드는 여자이기도 했고, 좋긴 했는데 막상 취한 상태에서 모텔에 가려니 꺼림칙했던 거지. 그래서 진술한 대로 잠깐 커피라도 마시고 술 좀 깨자고 한 거야. 아무튼, 착해 빠진 놈이라니까.'

세상에는 나쁜 남자도 많지만, 정말 착한 남자도 많다. 뭐 어디나 마찬가지 아니겠는가. 선한 사람과 악한 사람은 어디에나 있다. 그 수가 많으냐 적으냐 하는 게 문제일 뿐이지. 그렇게 실랑이를 하는 지점에서 혁민은 영상을 멈추었다.

판사는 흥미롭게 보고 있다가 갑자기 영상이 멈추자 입맛을 다셨다. 드라마 가장 재미있는 부분에서 광고가 나오는 걸 본 것 같은 표정이랄까. 하지만 여기서는 잠깐 조이고 가줘야 효과가 더 크다.

"보시면 아시겠지만, 피의자는 계속해서 모텔이 아닌 다른 곳으로 가자고 하고 있습니다. 피해자를 모텔로 데려가서 강제로 취할 생각이 있었다면 할 수 없는 행동이죠. 그리고 다음 장면을 보시면 더 확실하게 이 사건의 본질을 아실 수 있으실 겁니다."

그렇게 잔뜩 기대감을 부풀려 놓은 혁민은 영상을 재생했는데, 옆에 있는 승태는 모두 기억난다는 듯한 표정을 하고 있었다. 영상에 있는 승태는 모텔 밖으로 강지희를 살짝 끌었는데, 느닷없이 강지희가 승태를 당기더니 폭 안겼다.

그리고 얼굴을 끌어당기더니 입맞춤을 하고는 무언가를 속삭였다. 그러더니 모텔 쪽으로 승태를 이끌었다. 승태는 잠시 고민하는 듯하더니 강지희와 함께 모텔로 들어갔다. 그리고 그 뒤에는 모텔 내부 CCTV 영상이 이어져 있었다.

만취해서 비틀거리는 것 같은 강지희와 그런 그녀를 부축해서 끌고 가는 승태의 모습이 나와 있었다. 맨정신이었다면 승태도 당연히 이상하다고 생각했을 것이다. 하지만 술에 취한 상태였고, 호감이 있던 여자와 같이 모텔에 왔다는 흥분 때문에 이상한 걸 몰랐던 것이다.

"보신 바와 같이 여기에 있는 피의자는 그저 좋아하는 여자의 유혹에 넘어간 것뿐입니다. 오히려 모텔로 가지 말고 다른 곳으로 가자고 하고 있습니다. 진술에 나와 있는 것처럼 커피나 마시고 술을 좀 깨자고 한 것입니다."

혁민은 적절한 타이밍에 손으로 영상과 승태를 가리키면서 열변을 토했다. 그러고는 절뚝거리다가 점점 멀쩡하게 걷는 연기를 하면서 말을 이었다. 양손을 번쩍 들면서.

"정말 카이저 소제 급의 연기 아닙니까. 이게 사건의 본질입니다. 피의자는……."

그리고 무언가 이야기를 더하려고 했는데 판사가 손을 들었다. 판사의 얼굴에는 부드러운 미소가 담겨 있었다.

"변호인! 됐습니다. 여기까지 해도 충분할 것 같군요. 심사를 하고 결과를 말해야겠지만, 이 정도면 결과는 이미 알고 있다고 봐도 되겠군요. 곧 연락이 갈 테니 기다리고 있으세요."

승태가 먼저 나가고 혁민도 인사를 하고 밖으로 나가려는데 판사가 그의 이름을 불렀다.

"정혁민 변호사라고 했죠?"

"예, 판사님."

"소문대로 재미있는 사람이군요. 이채민 판사하고도 친하 다면서요?"

"예. 예전에 인연이 좀 있어서… 그런데 그런 건 왜 물으시 는지……."

혁민은 살짝 불안한 마음에 물어보았다. 하지만 판사는 별 거 아니라는 듯 나가보라고 손짓했다. 그리고 혁민이 나가자 싱긋 웃으면서 중얼거렸다.

"조카 녀석이 하도 얘기를 해서 어떤 놈인가 했더니 제법 쓸 만한 녀석이네."

*   *   *

"아이구, 승태야. 얼굴이 왜 이렇게 말랐니이……."

율희 이모는 승태의 얼굴을 부여잡고는 눈물을 쏟았다. 결 정은 심문을 하고 24시간 이내에 하게 되어 있었지만, 두어 시 간 지난 뒤에 바로 연락이 왔다.

보증금납입조건부로 석방을 하는 경우도 있고, 어느 지역을 벗어나지 말라거나 지정하는 일시와 장소에 반드시 출석해야 한다는 조건을 붙이는 경우도 있다. 그런 조건을 붙일 때는 그 정도 제약은 있어야 한다고 판단한 것이다.

하지만 그런 것도 전혀 없었다. 판사가 승태가 무죄일 가능성을 더 높게 친 것이다. 승태와 율희 이모는 혁민에게 연신 고맙다고 하면서 머리를 조아렸다.

"변호사님, 정말 감사합니다. 정말 감사해요."

"저는 계약서대로 일합니다. 당연한 일을 한 것뿐이죠."

혁민은 아주 담담하게 말했다. 하지만 그 말을 들은 승태와 율희 이모는 잠시 아무런 말도 못하고 그저 혁민을 쳐다보기만 했다. 눈물이 그렁그렁 매달린 채로.

"자, 그럼 이제 집에 가서 푹 쉬세요. 회사에도 가서 잘 얘기하시고. 아마 며칠 빠진 정도니까 잘 수습이 될 겁니다."

그렇게 모자를 보내고 움직이면서 성만이 혁민에게 물었다.

"정말 다행이네. 이런 건 빨리 해결되어야 그나마 피해가 없지."

"변호사는 의사와 비슷해. 의사가 육체적인 생명을 지켜야한다면, 변호사는 의뢰인의 사회적인 생명을 지키는 거거든. 뭐 그렇지 않은 경우도 많긴 하지만."

성만은 무척 놀란 표정으로 혁민을 쳐다보았다. 혁민이 한말은 성만의 가슴 깊은 곳에 아로새겨졌다. 가슴 깊이 새겨져서 평생 지워지지 않는 그런 말이었다. 그렇게 사법시험 합격만 생각하고 있던 성만에게 혁민의 말은 일생의 모토가 되었다.

그렇게 훈훈한 분위기가 연출되고 있을 때 다른 쪽에서는 아주 험악한 분위기가 펼쳐지고 있었다.

"야, 그게 무슨 개소리야. 석방이라니."

"그게… 모텔에 주차되어 있던 차량 블랙박스 영상을 확보했답니다."

"이런. 야, 그 변호사 새끼가 무슨 신이라도 돼? 거기 주차되어 있던 차 번호 확인하고 주인이 누군지를 찾아서 영상을 확보하게? 그것도 하루 이틀 사이에 찾아서 증거로 제출했다는 거 아냐? 경찰도 그렇게는 못 해."

"그래도 제출했다는데……."

구 사장은 상대 변호사를 범상치 않은 놈에서 억세게 운이 좋은 놈 아니면 굉장히 위험한 놈이라고 생각을 바꾸었다. 어차피 둘 다 좋지 않았다. 위험한 놈 잘못 건드리면 개피 보는 것이고, 운 좋은 놈은 어떻게 해도 이길 수 없으니까.

"야, 손 떼. 이거 느낌이 안 좋다."

"그런데 사장님. 배우가 직접 움직이겠다는데 어쩔까요?"

"배우가 뭘 하겠다는데?"

"여성 단체 통해서 조이겠다는데요?"

실장은 여성 단체를 통해서 이 사건을 키우겠다고 말했다. 강지희 본인이 강력하게 그러겠다고 했다면서.

"여성 단체? 거기 통하면 괜찮기는 한데……."

좋은 방법 중에서도 쓸 만한 방법이었다. 하지만 너무 위험했다. 그렇게 되면 정말 끝장을 보자는 거였다. 여성 단체가 중간에 물러서지는 않을 테니까.

"일단은 그렇게 시늉만 해. 그렇게 되면 서로 골치 아플 테니까 합의하고 끝내자고. 대신에 상대가 먼저 합의하자고 말하기 전까지는 압박만 하는 거야. 알았지?"

"그 정도야 다 아는 거 아닙니까. 그리고 걔가 연기가 아주 좋거든요. 잘할 겁니다."

"그리고 말이야… 일단 선을 그어. 걔가 알아서 하게 냅두고 다른 사람은 일단 빠져. 그 변호사 새끼하고 엮이면 피곤해질 것 같다."

"알겠습니다. 그렇게 하겠습니다."

그리고 그런 사실이 혁민에게도 알려졌다. 혁민은 이제 사건은 끝났다고 생각하고 있었다. 이 정도 됐으면 상대는 물러나야 정상이었다. 여기서 더 가면 자신들도 위험하다는 걸 잘 알 테니까.

"뭐야, 이것들은? 정말 끝까지 해보자는 건가?"

혁민은 짜증 가득한 목소리로 투덜거렸다. 전혀 생각지도 못한 펀치를 한 방 맞았기 때문이었다.

"오케이. 그러면 이쪽도 가만히 있을 수 없지. 일단 강지희를 무고죄로 고소하고 시작하자고."

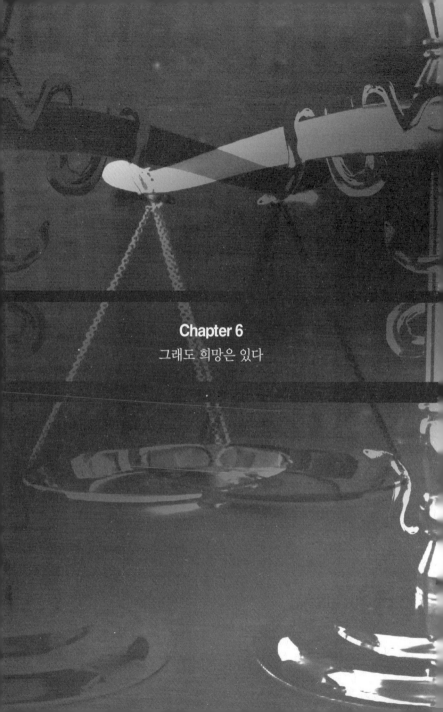

Chapter 6

그래도 희망은 있다

무고죄는 적극적인 방어 수단의 하나이다. 그리고 아주 당연하게 승태도 무고죄로 고소하는 것에 동의했다. 강지희의 파렴치한 행동에 치를 떤 승태는 이런 여자는 도저히 용서할 수 없다고 분개했다. 그래서 혁민은 곧바로 고소장을 제출했다.

"그런데 이상하단 말이지……."

사실 이렇게까지 나오리라고는 생각지도 못했다. 이런 끝장 전술은 아무 때나 사용할 수 있는 게 아니었다. 상대가 심리적으로 불안한 상태여서 조금만 밀어붙이면 승리할 수 있다고 생각할 때 결정타로 날리는 거였다.

그게 아니라면 자신이 정말 궁지에 몰려서 더 이상 물러설 데가 없을 때나 쓰는 방법이다. 여기서 더 밀리면 끝이라고 생각해서 절대로 물러설 수 없을 그런 때에. 하지만 지금 상황은 둘 다 아니라고 생각되었다. 그래서 상대의 의중을 모르겠다는 거였다.

"뭐지? 북한 흉내라도 내는 건가?"

상대가 이런 식으로 나오면 혁민도 곤혹스러웠다. 상대가 그런 방법까지 동원하면 진실과는 상관없이 승태는 파렴치한 사람으로 낙인찍히기 쉬웠다. 그래서 고민이었다.

"이상하네. 이런 끝장 전술을 쓰는 건 기업형 조직 스타일이 아닌데······."

철저하게 시스템으로 돌아가는 게 기업형 조직이다. 이런 식으로 막무가내로 나오는 건 지금까지의 패턴과는 조금 달랐다. 오히려 원한 관계에 있는 사이일 때 이런 경우가 나타난다. 무슨 일인지 알 수 없는 상황. 그래서 혁민은 강지희를 만나기로 했다.

연락을 하니 강지희는 혁민을 만나겠다고 했고, 바로 시간을 정했다.

"이거 손님이 계셨군요."

혁민과 성만이 그녀의 원룸에 찾아갔을 때는 사십 대로 보이는 여자 두 명이 같이 있었다. 여자 둘은 혁민과 성만을 무슨 벌레 쳐다보듯 노려보았다. 그러더니 계속 인터뷰를 이었다.

혁민과 성만은 주변을 둘러보았는데, 무척 깨끗한 방이었다. 손님이 와서 청소한 것도 있겠지만, 원래 깔끔한 성격인 듯했다. 여성 잡지로 보이는 잡지들과 노트가 많은 게 조금 특이하다면 특이한 점이었다.

그리고 강지희는 사진으로 본 것보다 훨씬 미인이었다. 갸름한 얼굴에 청초한 느낌까지 들었다. 게다가 옷을 입는 감각도 무척 세련되었고.

'하기야 저 정도니까 동호회 사람들이 다들 군침을 흘렸겠지.'

승태 말고도 접근하는 남자가 하나둘이 아니었다고 했다. 그러니 만나자고 했을 때 승태가 얼씨구나 하고 나간 게 아니겠는가. 그리고 유혹했을 때 넘어간 것이고.

"그러니까 강제로 성폭행을 하고서 오히려 꽃뱀으로 몰고 있다 이거죠?"

강지희는 눈물을 글썽이면서 고개를 끄덕였다.

인터뷰 막바지였는지 두어 가지 질문을 더 하고는 마쳤다. 아마도 마지막으로 확인하는 중이었던 모양이었다.

혁민은 식탁 의자에 앉아 기다리고 있었는데, 인터뷰를 마치고 여자 둘이 그에게 다가왔다.

"가해자 변호사시라고요?"

"그렇게 의심을 받고 있는 사람의 변호사라고 해둡시다. 우리나라에는 무죄 추정의 원칙이라는 게 있으니까. 그리고 어차피 곧 무죄가 밝혀질 테니까."

여자 둘은 어처구니가 없다는 표정으로 혁민을 바라보았다. 성만도 옆에 있었지만, 둘의 시선은 오로지 혁민을 향해 있었다. 혁민도 피하지 않고 둘의 시선을 받았다. 이런 시선 잘 안다. 자신들만 옳다고 생각하는 그런 꽉 막힌 부류의 인간들.

,여성 단체라고 해서 다 같은 게 아니다. 정말 고통받는 여성을 위해서 좋은 일을 하는 단체도 많다. 하지만 그런 미담은 한 십 년 정도 남에게 알리지 않고 꾸준히 해도 뉴스거리가 되지 않는다.

하지만 자극적인 사건을 다루면 대번에 유명해진다. 바로 그런 걸 노리고 이런 사건만 찾아다니는 곳도 있다. 스스로는 옳은 일을 하고 있다고 떠들지만, 사실은 유명해지고 세상에 알려지고 싶은 욕망으로 가득한 사람들.

"남자들이야 다 그렇지."

"아주 자신만만하신데? 비싼 변호사라 이거지? 구속된 가해자를 어떤 식으로 빼냈는지는 모르겠는데, 법은 속일 수 있어도 정의의 심판은 피할 수 없을 거야."

혁민은 갑자기 큭큭대고 웃었다.

"정의의 심판이라. 아니, 전직 세일러문이셨어요?"

혁민의 말에 여자의 얼굴이 붉으락푸르락해졌다. 하지만 혁민은 그녀들이 무슨 말을 할 틈을 주지 않고 곧바로 몰아붙였다. 공연히 이런 사람들이 떠들어대서 공론화가 되면 승태에게도 좋을 게 없었다.

"구속이 뭔지는 아는 것 같은데 구속적부심이 어떤 건지는 잘 모르시나 보네."

알 리가 없었다. 아니 대충은 알고 있더라도 변호사 앞에서 안다고 자신 있게 말하기는 어려웠다.

혁민도 어차피 대답을 바라고 물어본 건 아니었기 때문에 기다리지 않고 바로 말을 이었다.

"구속된 게 잘못된 거니까 다시 살펴봐 주세요. 법원에 이렇게 신청을 하는 거거든. 그러면 법원에서 어떻게 나올까? 어이구, 우리가 잘못했으니까 당장 풀어드리겠습니다. 이렇게 나올까? 아니면 뭐야, 뭔데 우리 판단이 잘못되었다고 그러는 거야? 하고 살펴볼까?"

여자들은 혁민의 앞에서 서서 학생주임에게 혼나는 학생같이 아무 소리도 못 하고 이야기만 듣고 있었다.

"세상에 자기 잘못이라고 그러는데 기분 좋은 사람 없거든. 그래서 아주 꼼꼼하게 살펴본단 말이지. 그리고 그런 걸 아니까 청구하는 사람도 자신이 있을 때만 청구하게 되는 거고. 공연히 판사한테 밉보이면 큰일이잖아. 그렇지?"

혁민은 식탁을 탕 치면서 이야기했다. 갑자기 식탁을 손으로 때리자 여자 둘은 움찔했다.

"판사가 풀어줬을 때는 어떤 생각을 가지고 풀어준 것일까? 죄가 없다, 내지는 유죄라고 확신할 수는 없다고 생각했으니까 풀어줬을 거다, 이 말이지 내 말이."

"그거야 당신이 어떻게 손을 써서……."

"손? 무슨 손?"

혁민은 두 손을 번쩍 들어서 위아래로 번갈아 뒤집으면서 말했다. 혁민이 워낙 괴팍하게 나오자 여자들은 당황해서 어쩔 줄을 몰라 했다.

"아니, 의뢰인이 무슨 대단한 인물인가? 대기업에 다니는 평범한 직원이고. 내가 과장이나 부장 정도만 됐어도 이런 말을 안 하지. 대리도 아니고 그냥 직원이라니까. 집안이 빵빵한 것도 아니고. 그렇다고 돈이 많은 것도 아니고. 설마 그런 사람이 법원장이나 고위 인사를 움직였다고 생각하는 건 아니겠지? 바보도 아니고?"

혁민은 자리에서 벌떡 일어서면서 말을 이었다. 손가락으로 자신의 가슴을 가리키면서.

"그렇다면 내가? 내가 사법연수원에서 수석으로 졸업하기는 했는데, 아직 별다른 인맥이 없거든. 무슨 큰 로펌에 다니고 있는 것도 아니고, 우리 집이 법조 가문도 아니고. 그러면 어떻게 풀려나오게 했을까요?"

혁민은 여자들을 향해 한 발자국 움직였는데, 여자들은 흠칫 놀라면서 뒤로 살짝 물러섰다. 혁민은 주머니에서 핸드폰을 꺼내면서 말했다.

"무죄를 증명할 수 있는 결정적인 증거를 제출했거든. 만취했다는 여자가 갑자기 남자를 끌어안고 입을 맞추면서 무슨 이야기를 했거든. 그리고 모텔로 가자면서 남자를 끌어당기고."

혁민은 핸드폰을 두 여자 앞에 내밀었다. 거기에는 혁민이
말했던 광경이 영상으로 나오고 있었다.

두 여자는 강지희를 쳐다보았다. 강지희는 벌떡 일어나면서
소리쳤다.

"다 거짓말이야. 조작이라고."

"조작? 어떻게? 둘이 따로 만난 건 이번이 처음이었으니까
예전에 찍힌 장면은 아닐 테고, 컴퓨터 그래픽으로 만들었나?
이야, 이 정도로 감쪽같이 만들 정도면 아카데미 시각효과상
정도는 받을 수 있겠는데?"

혁민이 쉴 새 없이 쏘아붙이자 강지희는 말을 잇지 못했다.
혁민은 두 여자에게 시선을 돌린 다음 이야기했다.

"그 단체에서 무슨 얘기를 하려고 하는지는 모르겠는데, 어
지간하면 안 하는 게 좋을 거요. 명예훼손도 종류가 있는데, 허
위의 사실을 적시하면 죄질이 무겁다고 해서 형이 더 무겁거
든. 게다가 만약에 엄한 사람 잘못 건드렸다가는 어떻게 되는
지 잘 알겠지? 요즘 인터넷이 아주 무섭거든."

혁민은 강렬한 눈빛으로 쏘아보면서 이야기했다.

두 여자의 머리에는 똑같은 생각이 떠올랐다.

꽃뱀에게 놀아나서 죄가 없는 청년을 파렴치한으로 몰아붙
인 단체.

그렇게 된다면 자신들은 당연히 단체에서 쫓겨날 것이다.
한 여자가 분한지 씩씩거리다 악을 썼다.

"당신 말을 어떻게 믿어? 남자들 말을 어떻게 믿냐고."

"믿지 마. 나도 사람 말 믿지 않아. 그런데 나는 당신들같이 남자 여자는 중요하지 않아. 증거만 중요하지. 증거가 가리키는 사실. 난 그것만 믿어. 그게 남자에게 불리한지 여자에게 불리한지는 상관없다고."

혁민은 다시 핸드폰을 들어 올렸다. 그리고 거기에는 강지희가 승태를 모텔 쪽으로 끌어당기는 모습이 나오고 있었다.

"이 정도면 충분히 알아들었을 테니까 그만 가줬으면 좋겠는데. 내가 이쪽하고 할 얘기가 좀 있어서… 바빠서 배웅은 못 하니까 알아서들 가라고."

혁민은 그렇게 이야기하고는 강지희에게 다가갔다. 두 여자에게는 눈길도 주지 않고.

두 여자는 자기들끼리 무언가 수군거리더니 밖으로 나갔다. 여자가 신발을 신고 문을 막 나서려는데 혁민이 그들을 불렀다.

"아! 마침 생각이 나는 게 하나 있네. 내가 누군지 알아보려면 항신정밀에 전 사장님이라고 있거든? 그 사람에게 물어보라고. 그러면 내가 어떤 놈인지 제대로 알려줄 테니까."

혁민은 씨익 웃으면서 말했다. 이빨을 살짝 보이면서 웃었는데, 두 여자는 귀신이라도 본 듯 몸을 부르르 떨더니 후다닥 밖으로 뛰쳐나갔다.

"뭐야? 내가 잘생긴 얼굴은 아니지만, 저렇게 도망칠 정도는 아닌데. 강지희 씨, 안 그래요?"

혁민이 고개를 돌려 강지희를 노려보면서 말했다.

하지만 강지희도 만만치 않았다. 이 정도면 기가 눌렸을 법도 한데 매서운 눈을 하고는 혁민의 눈을 마주 보았다. 오히려 눈빛이 너무 살벌해서 혁민이 살짝 놀랄 정도였다.

혁민은 같이 노려보다가 피식 웃고는 그녀에게 질문을 던졌다.

"강지희 씨. 쉽게 갑시다. 도대체 왜 이러는 겁니까?"

강지희는 아무런 말 없이 표독스러운 표정으로 혁민을 노려보았다.

*　　　*　　　*

혁민은 곤혹스러운 표정으로 거리를 걸어가고 있었다. 그 옆에는 성만이 따르고 있었고.

"저 여자 미친 거 아냐?"

"정상이 아닌 것 같기는 한데……."

강지희는 진짜로 자신이 성폭행당했다고 믿는 것처럼 보였다.

"간혹가다가 망상이 심해지면 그걸 사실로 믿는 경우도 있다고는 하던데……."

"그렇지? 그게 아니면 설명이 되지 않잖아."

방에서 혁민이 질문을 했을 때, 강지희는 아무런 말도 없이 계속 노려만 보고 있다가 갑자기 너희도 똑같은 놈들이라고 소리를 질렀다.

그 이후로는 정상적인 대화를 할 수 없었다. 워낙 강지희가 난리를 피우는지라 잘못하면 이상한 짓이라도 하는 줄 알 것 같았다.

그래서 혹시 무슨 함정이라도 파놓은 것이 아닌가 싶어서 적당한 거리를 두고 앉았다.

하지만 별다른 행동은 없었다. 강지희가 조금 진정된 것 같자 혁빈이 다시 차분하게 물어보았는데, 여전히 비슷한 말을 되풀이했다. 벌을 받아야 한다는 말만 되풀이했다.

"정신적으로 문제가 있는 척하는 건가?"

정신병으로 무죄를 주장하려는 것인가 생각했다가도 잘 생각해 보면 그런 것 같지도 않았다. 그래서 도무지 감이 오질 않았다. 지금까지 한 번도 겪어보지 못한 케이스라서 더 그랬다.

"그건 그렇고 너 정말 끝내주던데?"

성만은 아까 여자 두 명을 몰아붙일 때는 정말 다른 사람 같았다고 이야기했다.

"너는 꼭 두 사람 같아. 평소에는 전혀 그렇지 않은데 이상하게 껄렁껄렁하고 카리스마 있는 모습일 때가 있거든."

"그래야 통하는 사람들이 있거든. 안 그러면 내가 하는 말도 안 통하고 내가 하고 싶은 대로 먹히지도 않고 그래서."

그런 게 있다는 거야 성만도 알고 있다.

하지만 그런 식으로 사람이 확확 변한다는 게 신기하기만 했다. 자신은 죽었다가 깨나도 그렇게 안 될 것 같은데 말이다. 혁민이 그럴 때는 마치 야수 같았다. 먹잇감을 능숙하게 다루는 거친 야수.

혁민은 의아한 시선으로 자신을 쳐다보는 성만을 보면서 그저 웃기만 했다. 사실 자신도 다시 살지 않았다면 그럴 수 없었을 것이다.

하지만 지금은 예전의 자신과는 완전히 다르다.

착해 빠지기만 했던 예전. 원칙대로만 하고 내가 조금 힘들어도 부탁받으면 도와주고.

하지만 그래서 남은 게 뭐가 있는가. 그런 식으로 남을 도와서는 서로에게 도움이 되지 않는다는 걸 너무나도 뼈저리게 깨달았다.

'이제는 다른 방식으로 싸운다. 그래야 다시 사는 의미가 있는 거지.'

지금까지는 아주 순조로웠다. 자신이 원하는 대로 모든 일이 흘러갔다. 자신이 변호를 맡은 사람들은 그들이 상상하는 것 이상의 결과를 얻었고, 자신도 충분한 만족과 경제적인 풍요로움을 얻었다.

이번 사건도 얼마 전까지는 그랬다. 사건이 조기에 마무리되고 상대 조직에 대한 정보를 모아서 뒤통수를 후려갈기는 일만 남았다고 생각했다.

"이상해. 이해가 되지 않아."

도대체 어떤 여자인지 알 수가 없었다. 그래서 일단 그녀에 대한 정보부터 확인하기로 했다.

혁민은 사무실에 도착하자마자 장중범에게 연락해서 강지희에 관한 정보를 보내달라고 했다.

그리고 얼마 지나지 않아 그녀에 대한 정보, 하지만 일반인은 알 수 없는 그런 정보가 도착했다.

"어디 보자. 다른 건 특별한 건 없는 것 같고……."

혁민은 다른 기록들을 보다가 범죄 기록을 살폈다. 거기 보면 그동안 어떤 사건과 연관이 되었는지 나와 있으니까.

그리고 거기에는 성범죄 관련해서 이번 말고도 다른 건이 있었다.

"그럼 그렇지. 어디 보자."

*　　　*　　　*

혁민은 몇 년 전 벌어졌던 사건을 조사하기로 했다. 강지희를 계속 내버려 두었다가는 무언가 사고를 칠 것 같았기 때문이었다.

강지희가 사고를 치든 말든 그건 상관없었다. 하지만 그녀가 사고를 치면 의뢰인인 승태가 다치게 된다. 그러니 가만히 있을 수는 없었다.

혁민은 장중범과 나누어 조사를 진행하기로 하고는 연락을 했다.

"그러니까 그 부분에 관해서 좀 확인해 주시고, 인터뷰도 가능한 빨리 진행해야 합니다. 그리고 체크한 사람은 내가 만나기로 한 사람이니까 만날 필요 없습니다."

―오케이. 이것도 알바를 좀 써야겠구만. 그런데 작은 사건
에 너무 공을 많이 들이는 것 아닌가? 비용은 벌써 오바된 것
같은데……

"작은 사건이란 건 없지. 최선을 다하지 않는 사람은 있을지
몰라도."

―그렇군… 알았네.

혁민은 통화를 마치고 오늘 만나기로 한 사람들에게 연락했
다.

처음으로 만난 여자는 강지희와 대학 동기였다. 강지희가
자퇴하기 전까지 꽤 친했던 친구.

카페에서 만난 여자는 강지희의 이름을 듣고는 조금 놀란
표정이 되었다.

강지희의 이름을 꺼냈다가는 만나주지 않을지도 몰라 변호
사라고 하고는 학교 관련해서 물어볼 게 있는데 시간을 내달
라고 했다.

변호사가 이럴 때는 무척 유용한 직업이다. 한 명도 거절하
지 않은 걸 보면.

"지희요?"

여자는 강지희에 대해서 말하는 걸 조금 꺼렸다.

하지만 혁민은 자신의 변호사 명함을 건네주면서 여자를 살
살 달랬다.

"말씀드렸지만, 제가 맡은 사건과 관련이 있어서 그렇습니

다. 비밀은 지킬 테니까 편하게 얘기해 주시면 됩니다."

여자는 주저하다가 말을 시작했다. 변호사라는 말에 안심한 것도 있는 것 같고 사실 누군가에게 털어놓고 싶었던 것도 있었던 것 같았다.

"걔가 정말 예뻤거든요. 게다가 공부도 잘하고 실력도 좋고. 그래서 동기나 선배 중에 좋아하는 남자가 한둘이 아니었어요."

그런데 어쩌다가 선배 한 명에게 성폭행을 당했다는 거였다. 사실 이런 일을 여자가, 그것도 이십 대 초반의 대학생이 공개적으로 드러내기 쉽지 않다. 그래서 강지희는 교수와 상의했다고 했다.

"그런데 그 교수가 원래 좀 소문이 안 좋은 사람이었거든요. 가뜩이나 경황이 없는 애를 위로한다고 하면서 술 먹여서 모텔로 끌고 간 거예요."

강지희는 며칠 동안 학교에 나오지 않다가 용기를 내서 두 사람을 경찰에 고소했다. 당연히 두 사람은 강력하게 부인했고. 오히려 상대는 무고로 맞고소를 해왔단다.

"그런데 참 세상 그렇더라고요. 그 선배네 집이 좀 괜찮거든요. 교수도 만만치 않고요. 그러니까 일이 아주 우습게 돌아가더라고요. 지희가 오히려 헤픈 년이 되더라니까요. 그리고 지희 변호사도 좀 그랬어요."

강지희는 집안이 넉넉하지 못해서 처음에는 변호사를 선임하지 않고 있다가 나중에 선임했는데, 정말 하는 게 없었다고 했다.

"그냥 있는 자료만 가지고 하려니까 당연히 지희가 불리하죠. 증인도 확보하고 증거도 찾고 그래야 하는데 그냥 사무실에 앉아서 말로만 떠들었대요. 지희가 어쩌겠어요. 이대로 가다가는 오히려 자기가 당하게 생겼는데……."

지희가 돌아다니면서 사람들에게 증언해 달라고 부탁했지만, 한 명도 구할 수가 없었다. 교수의 위세가 시퍼렇게 살아 있는데 누가 증인이 되려고 하겠는가. 교수에게 찍히면 앞으로 이 바닥에서 살아남을 수가 없는데.

그래서 어쩔 수 없이 강지희는 서로 고소를 취하하는 데 동의할 수밖에 없었다.

"그러고는 바로 학교를 자퇴했어요. 도저히 다닐 수가 없었겠죠. 그 선배하고 교수는 멀쩡하게 다시 학교에 나왔지만……. 그다음부터 지희하고는 연락이 끊어졌어요. 수소문해서 연락을 해보려고 했지만, 찾을 수가 없더라고요."

여자는 측은한 표정으로 이야기했다. 하지만 혁민은 솔직히 말해서 이 여자도 가식적이라는 생각이 들었다.

'그냥 자기 마음이 불편한 거겠지. 강지희가 도와달라고 했는데 거절했으니까.'

혁민은 강지희가 고소를 취하해야 했을 때 어떤 마음이었을지 알 수 있었다. 자신이 알고 있었던 모든 상식이 한꺼번에 무너지는 그런 느낌. 세상에 혼자 내팽개쳐진 그런 느낌이었을 것이다.

옳은 것. 정의. 그런 개념 자체가 통째로 날아가 버렸을 것이다. 그리고 친구나 믿음과 같은 말도 완전히 가루가 되어 부서져 내렸을 것이고.

"저한테도 부탁했는데 저도 어쩔 수가 없었어요. 교수나 조교들이 쓸데없는 말 하면 아예 매장당할 거라고 해서……."

여자는 그때의 미안함이 아직 마음에 맺혀 있는 듯했다. 하기야 이 여자를 누가 탓할 수 있겠는가. 그저 힘없는 사람 중한 명일 뿐인데.

"그 교수가 그런 일이 한두 번이 아니었나 보죠?"

"좀 유명해요. 회식 가서 더듬고 안고 하는 건 그냥 다들 그러려니 할 정도라니까요. 예쁜 애들은 따로 연락해서 불러요."

"그 선배는요?"

"뭐… 그 선배야 집이 워낙 빵빵하니까… 그 선배도 여러 명 건드리고 다녔어요."

하지만 선배 집안이 그 분야에서 워낙 영향력이 큰지라 교수도 함부로 하지 못한다고 했다.

"만약 지금 같은 일이 벌어져도 증언하는 사람이 없을까요?"

"음……."

여자는 쉽게 입을 열지 못했다. 당연히 이야기해야 한다고 생각은 하지만 그렇게 되면 그 사람의 인생이 어찌 되는지 잘 알기 때문이었다.

"저도 이런 말을 해야 한다는 게 너무 싫어요."

그녀는 차마 말을 이어가기가 어려운지 찻잔을 쥐고는 한참을 망설였다. 그러다 한숨을 깊게 내쉬고는 고개를 숙인 채 작은 목소리로 이야기했다.

"어려울 것 같아요. 누가 그러겠어요. 정말 정체가 드러나지 않는다는 보장이 있으면 또 몰라도 증언 같은 건 아무도 하려고 하지 않을 거예요."

혁민은 마음에 들지는 않았지만, 이런 사람들의 입장을 이해하지 못하는 건 아니었다. 그렇게 이야기를 마치고 다른 사람도 만나보았지만 비슷한 이야기를 들었다. 공공연한 비밀. 씁쓸한 현실이었다.

며칠 뒤 혁민은 장중범으로부터 자료를 받았다. 강지희 사건 관련된 내용과 꽃뱀 조직에 관한 자료였는데, 조직에 관해서는 거의 파악이 끝나가고 있었다.

"생각보다 진행이 빨리 됐는데요?"

─우리야 그놈들 생리를 잘 아니까. 그 자식들 꽤 웃기는 놈들이야. 제법 점조직 흉내도 내고 말이지.

장중범은 경찰이면 찾아내는 게 좀 어려울지 몰라도 접근 방법 자체가 다르니 오히려 손쉬웠다고 말했다.

─그래. 그래 봤자 어린애 수준이지. 그것보다 어떻게 처리할 생각인가?

"일단 의뢰인부터 만나보려고요. 그리고 그 여자도 한 번 더 만나보고."

장중범도 혁민이 이 사건을 어떻게 처리할지 궁금한 모양이
었다.

혁민은 통화를 마치고는 일단 승태를 찾아갔다.

혁민은 승태의 회사가 끝나고 회사 근처 카페에서 그를 만
났다. 얼굴이 다소 수척해 보이기는 했지만, 표정은 전보다 상
당히 밝아져 있었다.

전에는 정말 다 죽어가는 얼굴이었는데, 이제는 많이 나아
졌다. 그래도 어딘가 그늘이 있어 보이긴 했지만.

"괜찮아 보이니 다행이군요."

"변호사님 덕분이죠. 그래도 이게 참 그러네요. 큰소리만
나도 깜짝깜짝 놀라요."

승태는 자조 섞인 웃음을 지었다. 그래도 점차 나아지고 있
다니 다행이라고 혁민은 생각했다.

"다른 게 아니고 강지희 고소한 것 때문인데……."

강지희 이야기가 나오자 승태의 얼굴이 확 찌그러졌다. 당
연하지 않겠는가. 그렇게 당했으니 이름만 들어도 치가 떨리
는 거였다.

혁민은 일단 다른 쪽으로 화제를 잠깐 돌렸다가 천천히 이
야기를 풀었다. 처음에는 약간 짜증을 내던 승태도 이야기를
들으면 들을수록 표정이 변했다. 그리고 결국 크게 한숨을 내
쉬었다.

"그런 사연이 있었군요. 불쌍하기는 하네. 그 여자 인생도."

그런데 승태는 그 이야기를 듣고는 오히려 편안해진 얼굴이었다.

　"웃기네요. 이제 다시는 여자를 만나지 못할 줄 알았는데… 다른 여자를 봐도 자꾸만 그 생각이 떠올라서 흠칫 놀라곤 했거든요. 이러다가 평생 여자 만나지 못하는 거 아닌가 싶었어요. 그런데 그 이야기를 들으니까 생각이 조금 바뀌긴 하네요."

　그런 사정이 있다고 하니 그래도 연민 같은 게 생긴다는 거였다.

　"변호사님은 어떻게 했으면 좋겠어요? 혹시 고소를 취하할 수 있나요?"

　혁민은 피식 웃었다.

　"그렇게 당하고도 그 여자 걱정이 됩니까?"

　"그게… 사실 당해도 싸다고 생각했는데… 후우~ 얘기 듣고 보니까 좀 안쓰럽네요."

　승태는 자신도 이해가 잘 되지 않는다는 듯 멋쩍은 웃음을 지으면서 이야기했다. 혁민은 천성이 착한 사람은 정말 어쩔 수가 없구나 싶었다. 하지만 기분이 나쁘지는 않았다.

　"무고죄는 친고죄가 아니라서 취하해도 처벌받아요. 그리고 엄연하게 이야기하면 두 사건은 별개의 사건입니다. 두 개를 이어서 생각하는 건 위험하다고 봐요."

　혁민은 고소를 취하하는 건 반대했다. 잘못한 부분에 대한 처벌은 받아야 한다는 거였다. 그러자 승태는 알았다고 고개를 끄덕이면서도 무척 고민이 되는 표정이었다. 한참 생각을 하던 승태는 고개를 들고 혁민에게 물었다.

"그래도 이건 좀 아니지 않나요? 그 여자가 처벌은 받아야 한다는 건 그렇다고 해도 그 여자가 당한 건……."

"어떻게 할 건지는 본인을 만나서 이야기를 들어보고 결정할 겁니다."

혁민은 그렇게 이야기하고 자리에서 일어나려 했다. 그런데 일어나는 혁민을 승태가 잡았다. 그러고는 잠시 주저하다가 입을 열었다.

"저기……."

혁민은 왜 그러냐는 얼굴로 그를 쳐다보았는데 승태는 전혀 뜻밖의 말을 했다.

"저도 같이 가면 안 될까요?"

"같이? 흐음… 그러지 않는 편이 더 좋을 것 같은데……."

"저도 좀 망설여지기는 하는데… 그래도 만나서 얘기해 보고 싶어요."

그러지 않으면 평생의 후회로 남을 것 같다는 표정. 혁민은 마음대로 하라고 이야기했다. 어차피 선택은 본인의 몫. 그 결과에 책임지는 것도 본인이다. 자신은 조언과 도움을 줄 수 있을 뿐이다.

혁민은 강지희와 통화를 했고 다행스럽게도 지금 와도 좋다는 대답을 들었다. 그리고 그녀의 원룸에 갔을 때 강지희는 처음에는 살짝 놀란 표정을 지었다. 승태가 같이 온다고는 생각지 못했던 것 같았다.

강지희는 피곤한지 약간 얼굴이 파리했다. 혁민은 자리에 앉고는 일부러 말을 하지 않고 가만히 있었다. 둘이서 대화를 하도록 내버려 둔 것이다. 강지희는 오히려 매서운 눈으로 혁민과 승태를 노려보았고, 승태는 한참이나 방을 둘러보면서 딴청을 피웠다.

계속되는 침묵!

승태는 어색함을 견디다 못해 결심한 듯 강지희의 얼굴을 보면서 이야기를 꺼냈다. 살짝 떨리는 목소리로.

"나한테 왜 그랬어요?"

"나한테는 왜 그랬는데?"

강지희는 표독스러운 얼굴로, 승태는 이해가 되지 않는다는 표정으로 대답했다.

"당신한테 그런 건 내가 아니잖아요."

"나도 똑같이 물었었어. 나한테 왜 그랬냐고. 그랬더니 뭐라고 한 줄 알아?"

그녀는 갑자기 눈에 힘을 주더니 서늘한 말을 내뱉었다.

"니가 제일 쉬워 보였으니까. 그 두 새끼가 그랬어. 낄낄 웃으면서."

강지희의 눈은 더 커질 수 없을 정도로 커졌다. 마치 그 두 사람이 눈앞에 있기라도 한 것처럼. 그리고 중얼거렸다.

"나도 똑같아. 니가 제일 쉬워 보였어. 왜, 잘못됐어? 뭐가? 왜 나만 잘못된 건데?"

승태는 뭐라고 말을 하려다가 결국 입을 열지 못했다. 무척 복잡한 표정이었다.

혁민은 가만히 지켜보다가 조용히 입을 열었다.

"누군가 멈춰주기를 바라는군."

강지희는 움찔하더니 대답하지 않았다. 그리고 혁민의 시선을 회피했다. 승태는 무슨 말이냐는 표정으로 혁민을 바라보았고.

"일부러 자기 자신을 망가뜨리고 있는 거야. 계속해서 벼랑으로 내몰고 있는 거지. 그러지 않고서는 참을 수가 없으니까. 그러면서도 한편으로는 누군가 잡아주기를 바라고 있는 거고."

승태는 강지희를 바라보면서 말했다.

"왜 그래요? 그만두면 되잖아요. 그러면……."

"선택의 여지가 없었겠지. 아니, 고민하긴 했었겠지. 자살하느냐, 아니면 망가지느냐."

혁민의 말에 강지희는 자신도 모르게 왼쪽 소매를 끌어내렸다. 손목의 상처를 감추려는 듯. 하지만 끝까지 내려가 있는 소매는 더 내릴 데가 없었다. 그녀는 자신의 행동에 어이가 없는지 허탈하게 픽 웃고는 말을 이었다.

"죽는다는 거 쉽지 않더라고."

"지금이라도 다시 해요. 아직 나이도 젊고, 너무 아깝잖아요."

혁민은 고개를 저었다. 안타까워하는 마음은 알겠지만, 말

주변이 너무 없었다. 강지희도 어처구니가 없는지 비웃음을 보내면서 말했다.

"니가 만약 나한테 당했어도 그런 말이 나왔을 것 같아?"

승태는 미간을 찌푸렸다. 지금 일이 잘 해결되어서 그런 것이지 만약 잘못되었다면 정말 그 고통은 이루 말할 수 없었을 것이다. 잠깐의 마음고생만으로도 그렇게 힘들었는데 강지희가 말한 걸 상상하니 그 고통의 크기가 짐작도 되지 않았다.

"나도 운이 좋았으면 너 같았을 수도 있었겠지. 하지만……"

강지희는 아까와는 다른 조금은 쓸쓸한 음색으로 말했다.

"나한테는 이 사람 같은 변호사가 없었으니까……"

강지희는 한 손으로 머리를 쓸어 넘기면서 처연하게 웃었다.

"이미 돌이킬 수 없는 그런 지점도 있는 거야. 내가 지금 서있는 이곳처럼. 저 변호사분은 잘 아시는 것 같은데? 그러면 더 할 얘기는 없는 것 같은데?"

웃고는 있었지만, 원망과 회한이 짙게 배어 나오는 걸 느낄 수 있었다. 다른 사람은 몰라도 혁민은 느낄 수 있었다.

하지만 그녀의 사정 때문에 이 사건을 용서할 수는 없는 일이다.

"그런 게 면죄부가 될 수는 없다."

혁민의 말에 강지희도 그런 건 바라지도 않는다는 듯 대답했다.

"나도 알아. 바라지도 않고. 어차피 이 드라마의 결말은 정해져 있는 거 아냐?"

강지희는 이미 각오했다는 듯 말했다.

그녀는 일부러 실형을 받고 교도소로 갈 작정이었다. 삶에 대한 의욕도 없어 보였다. 잘못하면 그전에 자살할지도 모른다는 생각도 들었다.

"결말은 끝까지 보기 전에는 모르는 거야. 드라마에는 항상 반전이란 게 있거든. 그리고 그게 아니더라도 최선은 아니겠지만, 차선의 방법은 있겠지."

강지희는 지금까지와는 조금 다른 눈빛으로 혁민을 바라보았다. 무언가 호기심이 어린, 약간의 생기가 느껴지는 그런 눈빛으로.

"혹시 내 사건에 변호를?"

강지희는 기대감을 숨기지 않고 이야기했다. 혁민이라면 그들의 죄를 남김없이 밝혀줄 것 같았기 때문이었다. 그녀는 그렇게만 해준다면 여한이 없겠다고 했지만, 혁민은 고개를 저었다.

"상대가 어떻게 나올 것 같아? 아마 이번에 있었던 일까지 전부 까발리면서 원래 꽃뱀이었다고 몰고 갈걸?"

상대방이 보기에는 얼마나 좋은 소재인가. 강지희가 꽃뱀이라는 점을 집중적으로 물어뜯을 것이다. 그런 상황이라 소송으로 가더라도 어려운 싸움이 될 것이고, 승소하더라도 강지희에게 좋을 것이 없다.

"그들은 다른 방식으로 처리해야지."

"다른 방식이요?"

승태도 궁금한지 물어왔다. 강지희도 어떤 방법을 사용해서 그들의 죄를 물을 건지 궁금한 눈치였고.

"내가 이야기하지 않았던가? 나는 법으로만 싸우지 않는다고."

승태와 강지희는 어리둥절한 표정이었다.

변호사가 그럼 뭐로 싸운단 말인가?

하지만 혁민에게는 방법이 많았다. 부산까지 가는 데 꼭 KTX를 탈 필요는 없는 것이다. 고속버스를 타는 방법도 있고, 승용차를 이용하는 방법도 있다.

"다시 말하지만, 고소는 취하하지 않아. 너의 죄에 대해서는 법원의 판결을 받아야 해."

"알아요. 그건 각오하고 있어요. 하지만 그 새끼들도 꼭 자기가 지은 만큼 벌을 받게 해줘요. 더도 말고 그 새끼들이 지은 죄만큼만. 제발……."

혁민은 고개를 끄덕였다.

"대신 강지희. 당신이 해줘야 할 게 있어."

"뭔데요? 뭐든 할게요."

강지희는 신장이라도 한 쪽 떼어줄 수 있다면서 적극적으로 나섰다.

혁민은 웃으면서 고개를 저었다.

"그런 건 필요 없고, 마중물이 되어주면 돼."

"마중물?"

"그래, 마중물. 들어본 적 없어?"

강지희는 고개를 저었다. 처음 듣는 말이었기 때문이었다. 승태도 눈만 껌뻑이고 있었고.

혁민은 '잘 모를 나이인가?' 하고 중얼거리고는 자신도 예전에 시골에 가서 본 거라면서 설명을 해주었다.

"예전에는 시골에 수동 펌프가 있었거든. 그게 땅속에 있는 지하수를 끌어 올리는 건데, 그냥 펌프질하면 아무리 해도 물이 나오지 않아. 그런데 물을 먼저 한 바가지 붓고 펌프질을 하잖아? 그러면 조금 지나면 물이 콸콸 나온다고."

강지희 잘은 모르지만 대충 어떤 의미인지는 알았다는 듯 고개를 끄덕였다.

"그런데 그게 나하고 무슨……."

"보면 알아."

혁민은 싱긋 웃었다.

그리고 몇 주 뒤.

"무슨 소리야? 갑자기 고소라니."

방금 잠에서 깬 대학 의상디자인학과 교수로 있는 박 교수는 대수롭지 않게 여기면서 통화를 했다. 고소 같은 거야 한두 번 겪는 일이 아니었으니까.

"걱정하지 않아도 된다니까 그러시네. 누가 불장난했나 본데 양동이로 물 한번 확 끼얹으면 끝나요. 장사 한두 번 하나."

박 교수는 여유 있게 대답했지만, 전화에서 들려오는 목소리는 무척 다급했다.

—그렇게 속 편한 소리를 할 때가 아닙니다. 학교 게시판이 난리도 아니에요. 게다가 피해자라는 사람들이 줄지어 고소하고 있단 말입니다.

"뭐? 갑자기 왜?"

—이사장님이 찾으시니까 빨리 이사장님 사무실로 오세요. 아, 그리고 학교에 기자들 많이 와 있으니까 피해서 오셔야 합니다.

박 교수는 어안이 벙벙한 표정이었다. 그리고 자신의 핸드폰에 여러 통의 문자가 와 있다는 걸 확인할 수 있었다. 욕설이나 정말 그런 일이 있었느냐고 묻는 문자들이었다. 전화도 여러 통 와 있었다.

어제 만취해서 잠이 들어서 아마도 전화가 온 걸 몰랐던 모양이었다. 그는 허겁지겁 컴퓨터를 켰다. 박 교수는 부팅이 되고 컴퓨터가 켜지는 동안 가슴이 벌렁벌렁 뛰었다. 조깅을 하고 집에 도착했을 때보다 심박수가 더 빠른 것 같았다.

그리고 떨리는 손으로 마우스를 움직였는데, 인터넷에 자신의 이름이 있는 걸 보자 심장이 저릿저릿했다. 숨이 가빠오고 머리가 띵한 게 느껴졌다.

"허어억~ 허어억~"

부들부들 떨리는 손으로 기사를 클릭했는데, 자신아 했던 일이 적나라하게 적혀 있었다. 너무 놀라서 숨을 쉬기조차 힘

들어졌다. 지금까지 가까스로 퍼지지 않게 덮어놓은 일인데 무슨 이유로 이렇게 퍼진 것인지 알 수가 없었다.

그리고 거기에는 자신의 이름과 같이 거론된 이름이 하나 있었다. 익숙한 이름이었다. 바로 자신의 제자이자 예전에 한 여학생으로부터 같이 고소를 당한 녀석이었으니까. 그리고 그 녀석의 얼굴을 오랜만에 볼 수 있었다. 바로 달려간 이사장실에서.

하지만 알은척을 할 수는 없었다. 오랜만에 보는 제자이고 의류업계 거물의 아들이었지만 지금은 태연하게 인사나 하고 있을 상황이 아니었다. 박 교수는 바로 자리에 앉으면서 딱딱한 얼굴로 있는 이사장에게 머리를 조아렸다.

"면목없습니다, 이사장님. 제가 어떻게든 잘해보겠습니다."

"잘? 어떻게요?"

이사장은 코웃음을 치면서 물었다.

"이사장님이 언론 쪽만 어떻게 좀 막아주시면 나머지는 제가 어떻게든……."

"박 교수님은 학교에서 왕처럼 계시다 보니 세상 돌아가는 꼬라지를 잘 모르시네요."

박 교수는 섬뜩한 느낌이 들어 이사장을 쳐다보았는데, 그는 마치 뱀 같은 눈으로 박 교수를 노려보고 있었다.

"제가 부른 건 의논하기 위해서가 아니에요. 더는 학교 이미지가 실추되는 막기 위함이에요. 이 사건은 학교와는 상관없는 겁니다. 개인의 일탈인 거죠. 주변에서도 종종 봤을 테니 어떤 건지는 잘 아시죠?"

학교에서 버려졌다는 의미. 자신의 자리도 내놓아야 할 것이고 도움도 전혀 주지 않을 것이다. 박교수는 다급하게 이사장에게 매달렸다. 학교라는 장소가 아니면 교수는 아무것도 아니다. 그의 힘의 원천은 대학교에 재직 중인 교수라는 사실에서 나오는 거였으니까.

그런데 그걸 지금 없애 버린다고 하는 말을 들은 것이다. 삼손의 머리카락을 잘라 버리겠다는 말이고, 손오공의 여의봉을 빼앗겠다는 소리다.

"아니, 이사장님……."

박 교수는 무어라 말을 하려고 했지만, 이사장은 손을 들어 제지했다.

"이런 상황에서 더 얘기하면 구질구질해지는 거예요. 그만 나가보세요."

박 교수는 찍소리도 못하고 밖으로 나왔는데, 어떻게 알았는지 기자들이 몰려와 있었다. 박 교수는 급히 옷으로 얼굴을 가리면서 도망치듯 건물에서 나와야 했다.

그리고 그 뒤로는 악몽 같은 시간이 이어졌다. 사방에서 박교수가 했던 일들을 시시콜콜 떠들어대고 있었다. 인터넷은 그 일로 계속해서 들끓었다.

"아니 그동안 아무런 소리도 못 하던 것들이……."

박 교수는 그런 글을 볼 때마다 화를 버럭 냈지만 어쩌겠는가. 지금은 인터넷이 화산처럼 끓어오르고 있어서 자신의 힘으로는 어쩔 수가 없었다. 검찰에 아는 사람을 통해서 말을 넣어봐야 소용없었다. 워낙 국민들의 관심이 집중된 사안이라 빼도 박도 못하게 된 것이다.

박 교수는 결국 법정에 설 수밖에 없었다. 합의하려고 해도 상대가 받아주지 않았다. 돈이 문제가 아니라 무조건 처벌을 원한다는 거였다. 그리고 이사장실에서 본 자신의 제자도 비슷한 처지였다. 인터넷에서 신상이 털려서 걸레처럼 난도질당하고 있었다.

"도대체 어떤 놈이 나한테 무슨 억하심정이 있어서 그런 거야? 도대체 왜?"

박 교수는 그리 많이 남지 않은 머리를 쥐어뜯으며 소리를 질렀지만, 그렇다고 상황이 변하지는 않았다.

다시 과거로 돌아가 혁민과 승태가 강지희를 만나던 날.

"보면 알아."

혁민은 싱긋 웃었다. 그리고 무언가 생각이 난 듯 물었다.

"그런데 그 조직에는 어떻게 들어가게 된 거야?"

"그들이 먼저 찾아왔어요. 그리고 제안했어요. 남자들에게 복수할 수 있는데 해보겠냐고."

"그렇다고 그걸 덥석 받아들여요? 뻔히 이용당한다는 거 알면서?"

승태가 화가 난다는 듯 말하자 강지희는 힘없이 웃었다.

"어차피 죽을 생각이었으니까. 아무런 생각도 없었어. 그리고 복수할 수 있다는 게 그때는 아주 달콤하게 들렸어."

"죽고 싶은 게 아니라 그렇게 살기 싫었던 거겠지. 하지만 어떻게 해야 하는지 방법을 몰랐을 뿐이고."

강지희는 아무런 말도 하지 못했다. 자신도 자기 마음이 어떤지 모르는 것 같았다.

"그건 그렇고 그 자식들이 기록을 뒤졌구만. 이용해 먹을 대상을 물색한 거야."

얼굴이나 몸매도 좋겠다, 남자에 대한 복수심도 가득하겠다. 게다가 삶을 거의 포기한 상황의 젊은 여자. 그들이 이용해 먹기 딱 좋은 케이스 아닌가. 그런데 조직 이야기가 나오자 갑자기 강지희가 몸을 조금 떨었다.

"그 사람들이 알면 안 되는데… 그러면……."

"그건 걱정하지 않아도 돼."

강지희는 얼굴이 파리하게 질려서 대답했다. 그런 녀석들이 신사적으로 대했을 리는 만무할 터.

하지만 혁민은 괜찮다면서 강지희의 어깨를 두드리려고 했다. 그런데 혁민이 손을 뻗자 강지희는 순간적으로 자신도 모르게 흠칫했다. 그리고 그 모습을 본 승태도 언뜻 기억이 나는 것 같았다.

술에 취해서 잘 몰랐지만, 그날도 스킨십을 하려고 할 때마다 강지희가 흠칫했던 기억이 있었다. 혁민은 움직이지 않고 강지희를 쳐다보면서 가만히 기다렸다. 강지희는 이내 몸에서 긴장을 풀었고, 혁민은 가볍게 두어 번 그녀의 어깨를 두드렸다.

그녀가 삶을 포기한 이후로 느끼는 가장 따뜻한 손길이었
다.

그리고 다음 날. 혁민은 아주 바쁘게 움직였다.

"요즘은 자주 보는 것 같은데?"

"저번에는 죄송했어요. 좋은 소스가 있을 것 같아서 연락드
렸는데."

윤종연 PD는 괜찮다면서 손을 흔들었다. 애산 법정변론 경
연대회부터 혁민과 인연이 있던 그는 얼마 전에도 혁민과 만
난 적이 있었다. 혁민이 현백정밀 사건을 맡고 있을 때 보험을
들어두려고 만난 거였다.

왜냐하면, 그가 시사 고발 프로그램을 맡고 있기 때문이었
다. 만약 일이 잘 풀리지 않으면 방송 쪽으로도 터뜨려서 상대
를 압박하려는 생각이 있었다. 그가 하는 프로그램에 딱 맞는
소재가 아닌가.

월급과 퇴직금을 떼어먹고 고의부도를 내려는 악덕 기업주
와 그로 인해서 고통받는 직원들. 물론 그전에 모든 상황이 종
료되어서 그에게 소스를 넘겨줄 수 없게 되었지만. 이번 소재
도 만만치 않은 거였다.

"시청률은 잘 나와요?"

"야, 이게 어디 시청률 보고 하는 거냐? 시청률 따질 거면
다른 거 했지. 아우, 그런데 보도국 쪽으로는 영 자리가 안

나네."

그가 보도국에 가고 싶어 하는 거야 전부터 들어서 알고 있었는데, 아직도 미련을 버리지 못한 모양이었다. 하기야 그러니까 거기에 못 가는 대신에 지금 프로그램을 하는 것이겠지만.

"그런데 뭔데? 어떤 소스인데 꼭 내보내야 한다는 거야?"

"일단 좀 보세요."

혁민은 자료를 넘겼고, 윤종연 PD는 종이를 천천히 넘기면서 내용을 읽어나갔다.

"음?"

그때까지만 해도 웃는 표정이었던 윤종연 PD의 표정이 서서히 딱딱하게 굳어갔다. 가볍게 여길 사건이 아니었던 것이다. 그냥 살피기만 했는데도 가슴이 끓어올랐다.

"이거 진짜야?"

윤종연 PD의 목소리가 살짝 거칠어졌다. 부글부글 끓어오르는 분노가 그의 음성에 배어 나왔기 때문이었다.

"제가 사건 맡은 거 조사하다가 알게 된 사실이에요. 의뢰인하고는 상관없는 거니까 아무런 문제도 없고요."

'사실 조금 문제가 된다고 하더라도 건넬 생각이기는 했지만 말이지.'

사각사각 종이를 넘기는 소리만 들렸다. 잠시 후 자료를 테이블에 내려놓은 윤종연 PD는 착잡한 표정이었다.

"내가 이런 프로그램 하고는 있어서 여러 경우를 많이 보긴 하는데 이런 사건은 적응이 되지를 않네, 적응이 되지를 않아. 볼 때마다 피가 끓어."

그는 욕이라도 시원하게 했으면 좋겠다는 표정이었다.

"어때요? 지금 하시는 프로그램에 내보내기 좋은 것 같은데."

"당연히 내가 해야지. 사건 관련해서 내용도 다 있고, 관련자 목록도 있고. 취재하기는 편하겠는데? 그런데……."

"왜요? 문제라도 있어요?"

"이런 건 신뢰성이 중요하거든. 그래서 실제 피해자 인터뷰를 따야 하는데 그게 쉽지 않아. 모자이크하고 음성변조 한다고 해도 이게 방송에 나간다고 하면 다들 꺼리거든."

사실 거기에 시간을 많이 소비하거나 애를 먹는 경우가 많았다.

하지만 혁민은 히죽 웃었다.

"인터뷰하겠다는 실제 피해자도 확보해 뒀죠."

"정말?"

윤종연 PD는 반색을 하며 물었다. 이게 처음이 어렵다. 한 명만 인터뷰하면 다음 사람에게는 이미 인터뷰 한 사람도 있다고 하고 그 영상을 보여주면 쉽게 승낙을 받아낼 수 있다. 그런데 스타트 끊을 사람까지 확보해 놨다니. 그렇다면 이건 정말 식은 죽 먹기였다.

"이야, 이거 자네가 밥상은 다 차려놓고 나는 숟가락만 뜨면 되겠는데? 이거 이렇게 신세를 져도 되는 건가 모르겠어?"

"대신 한 가지만 약속해 주세요."

"뭔데?"

"반드시 방송에 내보낼 것."

"그건 내가 장담하지."

"그리고 가능한 한 빨리 방송할 수 있으면 좋겠네요. 제가 필요한 지원은 다 해드리죠."

윤종현 PD는 갑자기 수첩을 뒤적이더니 머리를 긁었다.

"이거는 잠깐 미뤄도 상관없으니까 삼 주나 사 주 후에 넣으면 될 것 같은데… 아무래도 취재하고 편집하고 하려면 삼 주는 어려울 것 같고. 빠르면 사 주 후에 내보낼 수 있을 것 같아."

"그 정도면 좋네요. 인터뷰 준비되면 연락하세요. 바로 할 수 있으니까요."

윤종현 PD는 알았다고 하고는 급하게 방송국으로 달려갔다.

그리고 사 주 후에 방송이 나갔다. 그가 맡은 시사 고발 프로그램 '그것을 추적한다'에서 '성폭력으로 물든 상아탑'이라는 제목으로 방송이 나간 것이다.

처음에는 별다른 반향이 없었다. 시청률이 높은 프로그램이 아니었기 때문이었다. 하지만 실제 피해자라고 하는 사람들이 인터넷에 글을 올리기 시작하면서 사건은 일파만파 퍼져 나갔다.

그들은 글 말미에 전에는 용기를 외면했지만, 지금 찾아온 희망은 외면하지 않겠다는 글을 적었다. 그들을 찾아와 이야기한 변호사가 해준 말이었다. 그렇게 타오른 불길은 양동이로 물을 끼얹는 정도로는 도저히 잡을 수 없는 그런 불길이었다.

*　　　*　　　*

"아이고, 차동출 검사님. 안녕하십니까."

조직에 대해 조사가 끝나자 혁민은 어떻게 처리를 할까 하다가 처리를 다른 사람에게 맡기기로 했다.

'공연히 내가 고발했다가 나중에 앙심을 품고 해코지라도 하면 피곤해지지…….'

혁민의 전화에 차동출 검사는 무척이나 반가워하면서 놀러 오라고 말했다. 일 끝나면 폭탄주나 마시자면서. 혁민은 바빠서 찾아가는 건 힘들다고 대답했고.

─그런데 그냥 전화했을 리는 없고. 뭔데?

"아니 우리 사이에 그냥 전화도 못 해요?"

─똥을 싸라, 똥을 싸. 남자끼리 무슨 전화를 한다고. 용건이나 말해! 일 많아.

혁민은 킥킥대며 웃고는 본론을 말했다.

"선물 하나 드리려고 하는데……."

─선물? 먹음직한 거냐?

"대박까지는 아닌데 중박 이상은 돼요. 꽃뱀 조직이거든
요."

―꽃뱀 조직? 야, 그거 괜찮다.

차동출은 구미가 당긴다는 듯 관심을 보였다.

"제가 자료 보내드릴 테니까 잘 엮어보세요. 대신 확실하게
털어야 하는 거 알죠?"

―야 인마, 내가 누구냐. 나한테 걸리면 그냥 아작 나는 거
지. 안 그래도 요즘 시시한 것만 걸려서 스트레스 만땅이었는
데 잘됐다. 후딱 보내. 바로 잡아가지고 다 처넣을 테니까.

차동출은 죄지은 새끼들은 전부 빵으로 보내야 한다면서 의
욕을 활활 불태웠다. 혁민이 아는 한 범죄자들 때려잡는 거하
고 폭탄주 마시는 건 차동출이 최고였다. 자료를 보내면 정말
제대로 엮어 넣을 것이다.

처음에는 이걸 어떻게 처리해야 좋을까 고민이었다. 그런데
조직이 서울 근교에서 활동하다 보니까 사건이 여러 곳에 퍼
져 있었다. 그리고 차동출 검사 관할 구역에서 벌어진 사건도
있었고.

그걸 보자마자 차동출이 딱 떠올랐다. 그에게 사건을 넘기
면 자신은 드러나지 않고 조직은 깔끔하게 청소되고. 아주 이
상적인 그림이었다.

"실적 좀 올려 드리는 거니까 나중에 저한테도 뭐 좀 있겠
죠?"

―아이고, 당연하지. 내가 또 받은 거는 안 잊어먹는 거 잘

알잖냐. 좋은 거나 나쁜 거나. 필요한 거 있으면 얘기해. 내가 할 수 있는 거면 한 번은 도와줄 테니까.

혁민은 그렇게 차동출에게 자료를 넘겼다.

그리고 차동출은 자료를 받고는 깜짝 놀랐다. 변호사가 자료를 모아봐야 별거 있겠냐고 생각했었다. 그냥 사건 관련해서 조금 모았겠거니 했는데, 이건 자기가 마음먹고 들이판 것보다 자료가 상세했다.

"뭐야? 이거 그냥 가서 잡기만 하면 되는 거잖아? 이 새끼는 무슨 사건을 맡았는데 조사를 이 정도까지 한 거야?"

자신이야 편해서 좋긴 한데 좀 맥 빠지는 느낌이 있다는 생각을 했다. 하지만 사건을 파서 증거를 확보하는 것에도 희열이 있지만 뭐니뭐니해도 범죄자를 잡아들여서 죗값을 치르게 하는 게 제맛이 아니겠는가.

"이야, 요것들 봐라? 건수가 하나둘이 아니네? 이거 내가 제대로 만져 줘야겠는데? 이런 새끼들은 밖에 돌아다녀 봐야 민폐야, 민폐."

차동출은 빵에서 쉰내가 날 때까지 썩게 해주겠다면서 낄낄댔다. 그리고 혁민에게는 제대로 한번 신세 갚아야겠다고 생각했다.

"가만. 그런데 이 자식하고는 술 마신 게 언제야? 뭐 기억도 잘 안 나는데? 언제 술이나 거하게 한번 사야겠어."

*　　　*　　　*

"감사합니다. 정말 감사해요."

율희 이모와 승태가 혁민을 찾아와서 감사의 뜻을 전했다. 강지희가 고소를 취하해서 찾아온 거였는데, 그녀는 무고죄 판결이 나기만 기다리고 있었다.

"일이 잘 해결되어서 저도 마음이 편합니다."

이런 사건은 주변에 소문이 이상하게 나면 그게 더 치명적일 수 있는데, 처음부터 꽃뱀 사건이라고 말을 해놓은 것이 주효했다. 게다가 고소도 취하되고 무고죄로 상대가 법원에서 판결을 받게 되었다는 게 알려지면서 별다른 잡음 없이 지나가게 되었다.

그런데 혁민은 조금 당황스러움을 느끼고 있었다. 율희도 같이 왔기 때문이었다. 율희가 온 거야 당연히 반가운 일이다. 그런데 하필이면 오늘 이채민 판사와 영화를 보고 저녁을 먹기로 했기 때문에 혁민은 안절부절못하고 있었다.

이채민이 자기 덕분에 일이 빨리 진행된 거 아니냐면서 날을 잡으라고 해서 오늘로 잡았는데, 하필 율희 이모가 찾아오는 바람에 일이 꼬여 버린 것이다.

'이거 이채민이 오기 전에 빨리 가야 하는데……..'

하지만 율희 이모는 혁민의 손을 잡고는 무슨 할 이야기가 그렇게 많은지 도무지 말을 끝낼 생각을 하지 않았다. 그렇다고 빨리 가라고 할 수는 없지 않은가. 사실 이채민을 만나는 게 잘못하는 것도 아니니 그냥 자연스럽게 넘어가도 되긴 하지만 자꾸만 신경이 쓰였다.

그리고 결국 사무실 문을 열고 이채민이 들어왔다. 늘씬한 미녀가 사무실에 들어오자 사람들의 시선이 모두 그녀에게 쏠렸다.

"아, 이쪽은 이채민 판사예요. 이번 사건에 도움을 제가 받아서 식사 대접하기로 했거든요."

"아, 그러셨구나. 아이고 감사합니다, 판사님."

율희 이모는 고개를 꾸벅 숙였다. 이채민도 부드러운 미소를 지으면서 가볍게 고개를 숙였고. 그러고는 혁민에게 다가와서 지금 나가야 한다고 말했다.

"아유, 그러면 저희는 이만 가볼게요."

"변호사님. 제가 나중에 식사라도 한번 사겠습니다."

율희 이모와 승태는 그렇게 이야기하고는 사무실에서 나갔다. 율희는 조금 이따가 보람이하고 같이 나가기로 했다면서 사무실에 남아 있었고.

혁민은 율희에게 무언가 이야기를 하려고 했는데 뭐라고 말을 꺼내야 할지 떠오르질 않았다. 변호할 때나 악당들을 상대할 때는 생각하지 않아도 자연스럽게 말이 떠올랐는데, 지금은 어떤 생각도 나질 않았다.

"빨리 가자. 영화 시작하겠어."

이채민은 빨리 가자고 재촉했고, 혁민은 율희의 표정을 살폈다. 그런 생각을 해서 그런지 몰라도 조금 표정이 어두운 것처럼 보였다. 약간 침울해 보이는 것 같기도 했고.

하지만 이채민이 계속 채근하는 바람이 사무실에서 나올 수밖에 없었다. 율희에게는 아무런 말도 하지 못하고.

"왜? 나랑 영화 보는 게 그렇게 싫어?"

"무슨 소리야. 그런 거 아니야."

"그런데 표정이 왜 그래? 꼭 내가 법정에서 본 죄지은 사람들 표정 같은데?"

"무슨… 그냥 다른 거 생각을 좀 하느라고 그래……."

혁민은 이채민의 말에 찔끔하면서 변명을 늘어놓았다. 다행스럽게 혁민의 말을 믿는 것 같았지만, 그래도 여전히 혁민은 율희의 표정이 머릿속에서 지워지지 않았다. 그건 일 층으로 내려와서 건물에서 나가기 전까지도 계속되었다. 결국, 혁민은 결심을 한 듯 입술을 깨물었다.

"먼저 가고 있어. 난 잠깐 사무실에 들렀다가 갈게……."

혁민은 엘리베이터를 보다가 기다리지 못하고 계단으로 후다닥 뛰어 올라갔다.

이채민은 황당하다는 듯 혁민을 보면서 소리를 질렀고.

"야, 뭐 두고 온 거야?"

이채민은 오늘따라 혁민이 이상하게 군다고 투덜거렸다.

"지갑이라도 두고 온 건가? 쟤가 오늘따라 왜 저래? 원래 저런 캐릭터가 아닌데……."

이채민의 푸념을 뒤로하고 혁민은 부리나케 계단을 뛰어올랐다. 한꺼번에 두세 계단을 건너뛰어 사무실을 향해 달렸다. 무어라고 말을 해야 할지는 아직도 떠오르지 않았다. 하지만 이대로 가면 어쩐지 안 될 것 같았다.

사무실 문을 벌컥 열고 들어가니 사무실에는 율희 혼자 있었다. 보람은 어딜 잠시 나간 모양이었다. 갑자기 헉헉대면서 혁민이 들어오자 율희는 어리둥절한 표정으로 그를 쳐다보았다.

"뭐 두고 가셨어요?"

"아, 그건 아니고……."

혁민은 주저하다가 말을 꺼냈다.

"저기… 언제 우리 영화 같이 볼까요?"

"영화요?"

"예, 그러니까 요즘 재미있는 영화가 많다고 해서… 제가 혼자서는 영화관을 안 가거든요. 그러니까……."

혁민은 말을 더듬거리면서 횡설수설했다.

하지만 율희는 생긋 웃으면서 고개를 끄덕였다.

"예, 좋아요. 저도 영화 좋아하거든요."

"아, 다행이다. 아니 그게……."

혁민은 여전히 횡설수설했다.

"그런데 둘이서만요?"

"예? 둘이서? 그러니까… 음……."

혁민은 둘이서만 보자고 하면 조금 부담스럽게 생각할지도 모른다는 생각이 순간적으로 머리를 스치고 지나갔다. 아직까지는 단둘이 따로 만난 적도 없는 사이가 아니던가.

"그게… 어… 저기 보람 씨… 그래, 보람 씨하고 사무장님하고 다 같이 봐요."

"아~ 다 같이요? 예. 저도 좋아요."

"후우~ 다행… 아니… 그러니까… 저기… 영화 골라서 제가 연락드릴게요."

"예… 그런데 안 가셔도 돼요? 같이 나갔다가 들어오신 거잖아요."

"아, 맞다."

혁민은 나중에 연락하겠다고 거듭 이야기하고는 부리나케 뛰어 나갔다.

그런 모습을 보면서 율희는 어쩐지 귀엽다며 배시시 웃었다. 그러고는 중얼거렸다.

"그냥 둘이 봐도 괜찮은데……."

하지만 혁민은 이미 계단을 뛰어 내려가고 있어서 그 이야기를 듣지 못했다. 혁민은 계단을 내려가면서 계속해서 크게 웃었다. 그의 웃음소리는 건물 계단을 타고 메아리쳤다.

"하아~ 하아~ 미안. 빨리 가자."

"뭐야? 너 오늘 완전 이상하다?"

이채민은 싱글벙글하고 있는 혁민을 수상하다는 듯 쳐다보면서 말했다.

혁민은 그런 거 없다고 말하면서 영화 시작하겠다면서 이채민을 잡아끌었다.

"참, 혜나하고 만났다면서?"

"어. 뭐 보여줄 게 있어서. 야, 빨리 오라니까."

"뭐야? 지가 시간은 다 잡아먹고서. 너 진짜 나 같은 미녀한테 너무 막 대한다?"

"아이고, 알겠습니다. 어서 오시지요, 미녀 판사님."

혁민은 잘못했다면서 웨이터가 안내하는 듯한 포즈를 취했고 이채민은 눈을 샐쭉하게 뜨고 쨰려보다가 못 당하겠다는 피식 웃었다.

*　　　*　　　*

박 교수와 선배는 둘 다 징역 5년을 선고받았다. 둘 다 항소했지만, 그 아래로 나오기는 쉽지 않다는 게 법조계 사람들의 공통된 의견이었다. 죄질이 워낙 불량해서 오히려 5년 이상 받을 수도 있다는 의견도 있을 정도였다.

그리고 강지희 사건의 판결이 내려지는 날이 되었다.

승태는 고소를 취하하지 않았지만 안타까운 사연이 있으니 그 점을 참작해 달라는 장문의 자필 편지를 썼다. 글솜씨가 원래 있는 것인지 진심이 고스란히 묻어나와 그런 것인지 무척 감동적인 글이었다.

편지를 본 여검사가 이 글을 쓴 사람을 직접 보고 싶다고 말할 정도였다. 그리고 판사도 충분히 그런 점을 고려할 것이라고 말했다.

재판정에는 사람이 거의 없었다. 방청석에는 달랑 두 명만이 있을 뿐이었다. 바로 혁민과 승태였다.

"피고인은 이 사건 공소사실을 모두 자백하고 있고, 피해자가 피고인의 처벌을 원하지 않고 있는 사정이 있으나, 한편⋯⋯."

판사는 죄질이 매우 불량하다는 점을 이야기하고 있었다. 승태는 걱정이 되는지 혁민에게 설마 실형을 받게 되는 거 아니냐면서 물었다. 혁민은 그냥 잠자코 보고 있으라고 말했고.

그리고 잠시 후, 드디어 판사가 선고를 했다.

"다음과 같이 판결한다. 피고인을 징역 1년 6월에 처한다."

판사의 말이 떨어지자 강지희는 고개를 푹 숙였다. 그리고 승태도 놀라서 눈이 커졌다. 설마하니 실형을 받으리라고는 생각하지 못했기 때문이었다.

하지만 판사의 말은 끝난 게 아니었다.

"다만, 이 판결 확정일부터 3년간 위 형의 집행을 유예한다. 피고인에 대하여 150시간의 사회봉사를 명한다."

그제야 승태는 몸을 뒤로 젖히면서 한숨을 내쉬었다. 그리고 강지희는 긴장이 모두 풀렸는지 제자리에 털썩 주저앉았고.

판결이 끝나자 승태는 강지희에게 다가가서 말을 걸었다.

"다행이에요. 나오게 되면 식사라도 같이⋯⋯."

"아니요. 그러지 않는 게 좋겠어요."

강지희는 희미하게 웃으면서 말했다. 조금은 슬픈 표정으로.

"승태 씨는 지금 자기감정이 뭔지도 모르고 있는 사람 같아요. 승태 씨가 좋은 분이라는 건 알아요. 하지만 동정과 사랑은 다른 거예요."

승태는 그런 게 아니라고 이야기했지만, 혁민이 보기에도 지금은 만나지 않는 편이 좋을 것 같았다. 하지만 모를 일이다. 시간이 지나고 서로 지니고 있는 감정이 어떤 것인지를 알게 되면 인연이 다시 이어질 수도 있는 것이니까.

혁민도 강지희에게 다가갔다. 그러자 강지희는 옅은 웃음을 보였다.

"고마워요. 이 말밖에는 할 말이 없네요."

"앞으로 잘살면 되는 거지 뭐."

혁민은 그녀의 어깨를 툭툭 두드리면서 말했다. 이번에는 혁민의 손길이 갔는데도 강지희는 피하거나 흠칫 놀라지 않았다.

"꿈을 꾸지 않는 사람은 꿈을 이룰 수도 없어. 꿈에 눈이 멀어서 미친 듯이 달려가는 그런 사람이 되도록 해. 하찮은 현실 같은 건 눈에 보이지도 않게."

그 말을 듣자 강지희의 눈에서는 눈물이 방울방울 맺혀 또르륵 굴러떨어졌다.

"그래요. 그래도 아직은 희망이 있는 거니까."

혁민은 서서히 고개를 끄덕였다. 강지희도 그저 혁민을 바라만 보고 있었고.

"무슨 일이 있으면 언제든 찾아와요. 아! 그리고 그 조직은 대부분 잡혔다니까 걱정하지 않아도 되고."

혁민은 그 말을 남기고는 밖으로 나왔다. 그리고 나오면서 중얼거렸다.

"다른 놈들은 다 잡혔는데, 사장이라는 놈이 아직 안 잡혔다고 하던데… 에이, 쫓고 있다니까 금방 잡히겠지 뭐."

그 시각 구 사장은 사방을 두리번거리면서 버스 터미널에서 차를 기다리고 있었다.

"이런 씨벌. 하필이면 그런 또라이 검사한테 걸려 가지고… 아니야. 한 몇 달만 버티면 어떻게든 수가 날 거야. 그래, 아직 희망은 있어."

하지만 바로 그의 뒤에서 남자들의 목소리가 들렸다.

"아이고, 구 사장님. 이거 미안스러버서 어쩌나. 희망! 아따 그거 좋지. 그런 거 당신한테는 읎는데? 아마 다른 사람이 다 가지고 가서 그런가 봐?"

구 사장은 흠칫 놀라 뒤를 돌아보았는데, 거기에는 형사들이 서 있었다. 그리고 도망치려고 고개를 돌린 반대편에도. 그는 그래도 도망치려다 형사들에게 잡혀서는 보기 흉하게 질질 끌려갔다.

"니한테는 희망 같은 거 없다고 했잖아. 희망 그노마도 사람 봐가면서 붙는다니까. 사람 말을 왜 안 믿노."

형사는 구 사장의 뒤통수를 손바닥으로 후려갈겼다.

"꿈을 꾸지 않는 사람은 꿈을 이룰 수도 없어.
꿈에 눈이 멀어서 미친 듯이 달려가는 그런 사람이 되도록 해.
하찮은 현실 같은 건 눈에 보이지도 않게."

이번 편에 담긴 꿈과 희망의 메시지를 힘들지만 꿈을 향해
다가가고 있는 소중한 나의 어린 친구와
꿈을 향해 달려가는 모든 분에게 바칩니다.

『괴짜 변호사 : 악마의 저울』 4권에 계속…

즐거운 인생

미더라 장편 소설

FUSION FANTASTIC STORY

A Bittersweet Life

삶의 의욕을 모두 잃은 주혁.
어느 날 녹이 슨 금속 상자를 얻는데⋯⋯.

"분명 어제도 3월 6일이었는데?"

동전을 넣고 당기면 나온 숫자만큼 하루가 반복된다!

포기했던 배우의 꿈을 향해 다시금 시작된 발돋움.
눈앞에 펼쳐진 새로운 미래.

과연 그는 목표를 이루고 인생을 바꿀 수 있을 것인가!

Book Publishing CHUNGEORAM

유행이 아닌 자유추구
WWW.chungeoram.com

이모탈 퓨전 판타지 소설
FUSION FANTASTIC STORY

Warrior
워리어

최강의 병기 메카닉 솔져,
판타지 세계로 떨어지다!

서기 2051년.
세계 최초의 메카닉 솔져 이산은
새로운 세계에 발을 딛게 된다.

"나는… 변한 건가?"

차가운 기계에서 따뜻한 피가 흐르는 인간으로!
카이론의 이름으로 새롭게 시작하는
진정한 전사의 일대기!

Book Publishing CHUNGEORAM

유행이 아닌 자유추구 -
WWW. chungeoram.com

데일리 히어로

FUSION FANTASTIC STORY

인기영 장편 소설

지금까지 이런 영웅은 없었다!

『데일리 히어로』

꿈과 이상을 가진 평.범.한. 고딩 유지웅.
하지만……
현실은 '빵 셔틀' 일 뿐.

그러던 어느 날, 유지웅의 앞에 나타난 고양이.
그(?)로 인해 모든 것이 바뀌었다.

선행! 선행! 그리고 또 선행!
데일리 히어로 유지웅의 선행 쌓기 프로젝트!

Book Publishing CHUNGEORAM

내일을 향해 쏴라

김형석 장편 소설

FUSION FANTASTIC STORY

1만 시간의 법칙!
'성공은 1만 시간의 노력이 만든다' 는 뜻이다.

그러나…
사회복지학과 복학생 수.
전공 실습으로 나간 호스피스 병동에서
미지와 조우하다.

1만 시간의 법칙?
아니, 1분의 법칙!

전무후무한 능력이 수에게 강림하다!
맨주먹 하나로 시작한 수의
인생역전이 시작된다!

Book Publishing CHUNGEORAM